KB013473

세계 민담 전집

세계 민담 전집

04

남아프리카 편

장용규 엮음

황금가지

세계 민담 전집을 펴내면서

민담이란 한 민족이 수천 년 삶의 지혜를 온축하여 가꾸어 온 이야기들입니다. 그 민족 특유의 자연관, 인생관, 우주관, 사회 의식이 속속들이 배어 있는 민담은 진정 그 민족이 발전시켜 외부와 교통해 온 문화를 이해하는 골간입니다. 세계화 시대를 맞아 국경의 의미가 나날이 퇴색되고 많은 사람들이 인류 공통의 문제를 피부로 느끼는 지금, 한편으로는 국가와 민족 인종 간의 몰이해로 인한 충돌이 더욱 빈번해져 가고 있습니다. 서로의 문화를 진정으로 이해해야 할 필요성이 더욱 커진 오늘, 한 민족의 문화에서 민담이 갖는 중요성을 생각할 때, 우리나라에 아직 믿고 읽을 만한 민담 전집을 갖지 못했다는 것은 여러 모로 불행한 일이 아닐 수 없습니다.

지금까지 세계 여러 민족의 옛이야기들이 전혀 출판되지 않았던 것은 아니지만, 개별적으로 나와 망실되고 절판된 데다가 영어나 일본어 판에서 중역된 것이 대부분이었고, 그나마 아동용으로 축약 변형되어 온전한 모습으로 소개되지 못했습니다. 황금가지에서는 각 민족의 고유 문화를 이해하는 실마리가 될 민담을 올바르게 소개하고자 다음과 같은 원칙에 따라 편집을 진행하였습니다.

첫째, 근대 이후에 형성된 국가의 구분에 얽매이지 않고 더 본질적인 민족의 분포와 문화권을 고려하여 분류하였습니다. 국가적 동질성과 문화적 동질성이 반드시 일치하지는 않기 때문입니다.

둘째, 각 민족어 전공자가 직접 원어 텍스트를 읽은 후 이야기를 골라 번역했습니다. 영어 판이나 일본어 판을 거쳐 중역된 이야기는 영어권과 일본어권 독자들의 입맛에 맞도록 순화되는 과정에 해당 민족 고유의 사유를 손상시켰을 우려가 높습니다. 황금가지 판『세계 민담 전집』은 해당 언어와 문화권을 잘 이해하고 있는 전공자들이 엮고 옮겨 각 민족에 가장 널리 사랑받는 이야기, 그들의 문화 유전자가 가장 생생하게 드러나는 이야기들을 가려 뽑도록 애썼습니다.

셋째, 기존에 알려져 있던 각 민족의 대표 민담들뿐 아니라 그동안 접하기 힘들었던 새로운 이야기들을 여럿 소개합니다. 또한 이미 들은 적이 있는 이야기일지라도 축약이나 왜곡이 심했던 경우에는 원형에 가까운 형태로 재소개했습니다.

황금가지 판『세계 민담 전집』은 또한 작은 가방에도 들어가는 포켓판 형태로 제작되어 간편하게 들고 다니며 읽을 수 있게 하였습니다. 세계를 여행하면서 그 지역에 뿌리를 두고 자라난 이야기들을 읽고 확인하는 것도 이 전집을 읽는 또다른 즐거움이 될 것입니다.

세계 민담 전집 편집부

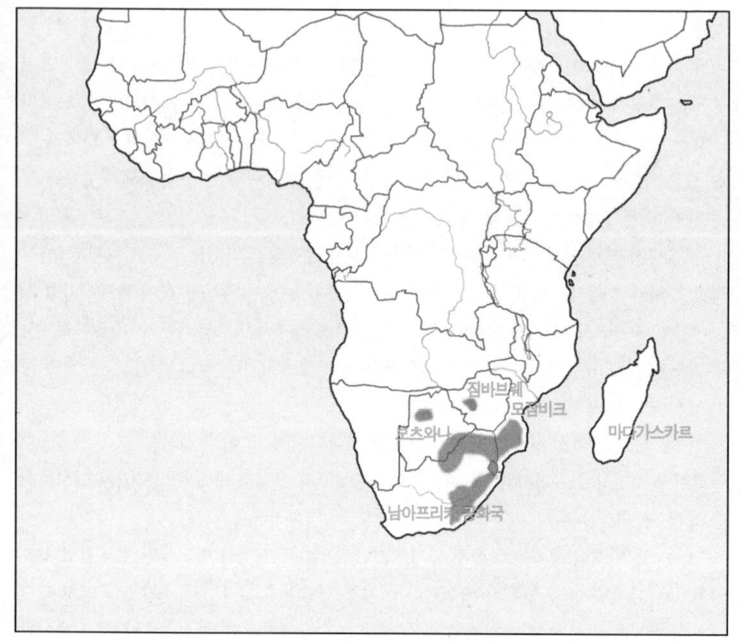

●—1세기경 서아프리카에 거주하던 니그로 인 중에서 남쪽으로 이동하여 4-5세기경 동부 해안가와 중남부 고원 지대에 모습을 드러낸 이들이 반투 인이며, 그중 응구니 계열의 언어를 사용하는 사람들이 남동부 해안가를 따라 이주하여 남아프리카에 정착하였다. 이 책에서는 줄루 족 민담을 중심으로 응구니 사회에서 널리 공유되는 민담을 소개한다.

황금가지 세계 민담 전집 남아프리카 편

제1부 줄루 민담

제1부

줄루 민담

하늘에서 내려온 사람들

움벨리캉기(처음부터 있어 온 존재, 창조주)는 하늘의 왕이었다. 왕은 하늘나라에 어마어마하게 큰 외양간을 지어 놓고 셀 수 없을 만큼 많은 소를 길렀다. 왕은 소들을 무척 사랑했다.

그러던 어느 날, 왕이 다른 때처럼 자신의 오두막 밖에 한가로이 앉아 있는데 신하가 다급히 뛰어오더니 골치 아픈 소식을 전했다. 왕국의 말썽꾸러기 청년이 또 왕이 가장 아끼는 흰 소의 등에 올라타 장난을 치고 있다는 것이었다. 청년의 장난에 넌더리가 난 왕은 청년이 더 이상 하늘나라에서 말썽을 부리지 못하도록 땅으로 내려 보내기로 결심했다. 왕은 청년을 불러 놓고 하늘 바닥에 구멍을 냈다. 그리고 청년의 허리를 이툼부(탯줄)로 묶어 땅으로 내려보냈다.

땅에 내려온 청년은 주위를 둘러보았다. 세상은 풍요로 가득 차 있었다. 청년은 주변에 있는 갈대를 꺾어 날카로운 잎으로 자신의 허리에 붙은 줄을 싹둑 잘라 내었다. 청년은 자유의 몸이 되었다.

청년이 지상에 내려온 지 한 달 정도가 지났다. 하늘의 왕은 땅으로 내려간 청년이 어떻게 되었을까 궁금해서 하늘나라의 구멍을 통해 지상을 내려다보았다. 청년은 바나나 나무 그늘 아래 지친 모습으로 누워 있었다. 그 모습을 본 왕은 청년이 측은하게 느껴졌다.

'저 청년에게 무슨 문제가 있는 것일까? 먹을 것이 부족하단 말인가, 아니면 마실 물이 적은가? 왜 저토록 힘들어하는 걸까?'

문득 왕은 청년이 젊기도 하려니와 혼자 몸이라는 것을 생각해냈다.

'아, 이제야 알겠군. 청년은 외로운 거야. 청년 곁에는 아무도 없어. 청년을 위해 짝을 보내 줘야겠어.'

왕은 청년에게 짝을 만들어 줘야겠다고 생각했다. 그래서 하늘나라에서 가장 예쁜 처녀를 불러 말했다.

"너는 오늘부터 이 하늘나라를 떠나 지상으로 가서 살아야겠다. 내 아들이 너와 함께 즐겁게 살 수 있게 말이다."

말을 마친 왕은 다시 이툼부를 꺼내 여자의 허리에 묶고 구멍을 통해 여자를 땅으로 내려 보냈다.

청년은 그때까지도 깊은 잠에 빠져 있었다. 땅에 내려온 처녀는 청년이 지쳐 누워 있는 바나나나무 가까이 다가갔다. 잠시 후 잠에서 깨어난 청년은 아리따운 아가씨가 자기 옆에 서 있는 것을 보고 깜짝 놀랐다. 청년은 혼잣말을 했다.

"이처럼 아름다운 아가씨는 본 적이 없어. 이 아가씨는 하늘의 왕이 내게 내려보내신 것이 틀림없어. 그렇지 않고서야 그 누가 이처럼 아름다운 아가씨를 내게 보낼 수 있단 말이야?"

청년은 갈대를 꺾어 들고 아가씨의 허리를 묶은 줄을 끊어 버렸다. 하늘에서 이 모습을 흐뭇하게 지켜본 왕은 끊어진 줄을 거둬들여 땅의 사람들이 다시는 하늘을 바라보지 않고, 하늘의 사람들도 땅을 내려다보지 않고 살아가도록 했다. 그 후 청년과 처녀는 스스로 자손을 불려 나갔다. 그 후손들이 바로 아마줄루(하늘에서 내려온 사람들)이다.

하늘에 별이 생긴 이유

은코시하늘의 왕는 끝없이 펼쳐진 하늘나라 외양간을 갖고 있었다. 그 외양간에는 헤아릴 수 없을 만큼 많은 소가 살고 있었다. 왕은 외양간 앞에 앉아 크고 작은 소를 세며 하루하루 그 수가 불어나는 것을 기쁨으로 삼았다. 왕은 이른 아침이면 어김없이 일꾼들을 불러 소 떼를 몰고 나가 산과 들에서 풀을 뜯게 했고, 해가 넘어가는 어스름 저녁 무렵이 되면 배가 부른 소들을 불러 모았다.

소가 많다 보니 그 모양도 참으로 다양했다. 뿔이 가시처럼 위를 향해 날카롭게 솟은 황소도 있었고, 아름답게 굽은 뿔을 가진 암소도 있었다. 소용돌이처럼 빙글빙글 말려 올라간 뿔, 파도처럼 굽은 뿔. 색깔 또한 다양했다. 검은 소와 흰 소, 점박이 소, 누렁이 소. 이처럼 은코시의 외양간은 항상 각양각색의 소들로 가득 차 있었다.

이렇게 수많은 종류의 소들이 외양간에 모여 있으니 외양간 바닥은 그야말로 소 발자국 천지였다. 황소가 찍어 놓은 커다란 발자국, 암소가 찍어 놓은 아담한 발자국, 예쁘장한 송아지가 찍어 놓은 아주 작고 귀여운 발자국.

칠흑같이 캄캄한 밤하늘에 크고 작은 별들이 반짝반짝 빛나는 것은 바로 하늘나라 외양간에 살고 있는 소들이 찍어 놓은 발자국을 통해 하늘나라의 빛이 내려오기 때문이다. 크고 유난히 반짝이는 별은 커다란 황소의 발자국이고, 작고 아담한 별은 예쁜 암소의 발자국, 가물가물 희미하게 보이는 별은 송아지의 발자국인 것이다.

그렇다면 밤하늘을 아름답게 수놓고 있는 은하수는 무엇일까? 그것은 아침저녁으로 하늘나라 외양간을 드나드는 수많은 소들이 외양간 입구에 찍어 놓은 발자국이다.

우리는 이미 도마뱀이 전해 준 창조주의 말씀을 들었다

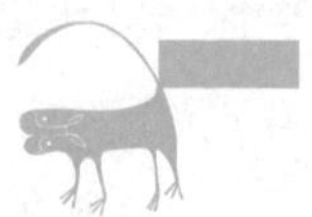

아주 옛날에 사람들은 신과 같이 영원한 존재였다. 사람들은 수백 수천 년을 죽지 않고 살았다. 창조주는 사람들의 영원한 삶을 보고 아주 흡족했다. 인간이 죽지 않는 것은 보기 좋은 일이었다. 창조주는 사람들이 늙어 허리가 구부정해져도 죽지 않는다는 사실이 기분이 좋았다. 하지만 사람들은 창조주가 자신들에게 영원한 삶을 주었다는 사실을 모르고 있었다. 그래서 창조주는 자신이 사람들에게 영원한 삶을 주었다는 사실을 알려 주고 싶었다.

어느 날 창조주는 전령 카멜레온을 불렀다. 카멜레온은 무거운 몸을 이끌고 느릿느릿 창조주 앞에 다가왔다. 창조주가 카멜레온에게 말했다.

“카멜레온, 너는 사람들에게 가서 ‘너희들은 영원히 죽지 않을 것이다.’ 라고 내가 말했다고 전해라. 내 말을 알아듣겠느냐?”

“예, 알겠습니다.”

카멜레온은 둔한 몸을 건들건들, 커다란 눈망울을 앞뒤로 때룩때

룩하며 대답했다. 왕의 명령을 받은 카멜레온은 이내 몸을 돌려 사람들이 사는 곳으로 길을 떠났다.

카멜레온은 걷는 모습이 참 우스웠다. 항상 흐느적흐느적 멈칫멈칫하면서 힘겹게 한 발을 들어 앞으로 딛고 또 다른 발을 들어 멈칫멈칫하다가 앞으로 내딛었다. 게다가 느린 걸음걸이로 걷는 동안에도 카멜레온은 뭔가를 갈망하는 듯 탐욕스러운 눈망울을 쉴새없이 때룩때룩 굴려 댔다.

한참을 걷던 카멜레온은 길가에 탐스럽게 피어 있는 산딸기를 보았다. 산딸기는 카멜레온이 아주 좋아하는 과일이다. 카멜레온은 갈증을 느꼈다. 입에서 군침이 돌았다.

"중요한 것은 시간이 좀 걸리더라도 틀림없이 창조주의 말씀을 전해 주는 것이겠지. 사실, 뭐 급할 것도 없잖아? 여기서 잠깐 쉬었다 가도 될 거야. 아이, 배고파. 급하게 출발하느라고 먹을 것을 하나도 가져오지 않았어. 이렇게 숨어 있으면 창조주께선 나를 찾지 못할 거야. 어쩌면 바빠서 나를 안 보고 계실지도 몰라."

이렇게 혼잣말을 중얼거린 카멜레온은 산딸기를 따서 맛있게 먹기 시작했다. 카멜레온은 곧 산딸기에 푹 빠져 자신의 임무가 무엇인지조차 까맣게 잊어버렸다.

그런데 카멜레온의 생각과는 달리 창조주는 카멜레온의 이런 모습을 줄곧 지켜보고 있었다. 그리고 무책임한 카멜레온의 행동에 무척 화가 났다.

그래서 창조주는 도마뱀을 불렀다. 도마뱀은 잽싸고 가벼운 발놀림으로 달려왔다. 창조주가 말했다.

"도마뱀아, 사람들에게 힘껏 달려가서 이렇게 전해라. '너희들은 모두 때가 되면 죽을 것이다.' 아까 카멜레온을 보냈더니 길가에 있는 산딸기를 따 먹느라고 쓸데없이 시간을 낭비하고 있구나."

창조주의 명령을 들은 도마뱀은 꼬리를 흔들며 빠르게 달렸다. 어찌나 빨리 달리는지 뒤로 뿌연 먼지가 일 정도였다. 도마뱀은 창조주의 명령을 머릿속 깊이 새긴 채 길을 달렸다. 도중에 잠시 쉬거나 음식을 먹을 생각도 하지도 않았다.

도마뱀은 아직도 산딸기를 먹느라고 바쁜 카멜레온의 곁을 스쳐 지나갔다. 카멜레온은 도마뱀이 빠른 속도로 앞질러 가는 것을 보고 왠지 모를 두려움에 사로잡혔다. 그리고 그제야 자신이 창조주의 명령을 받들어 사람들에게 전할 말씀이 있다는 것을 생각해 냈다.

'아뿔싸.'

카멜레온은 먹고 있던 산딸기를 내팽개치고 도마뱀의 뒤를 쫓았다. 하지만 카멜레온의 느린 걸음으로는 멀찌감치 앞질러 달려가는 도마뱀을 따라잡을 수 없었다. 이윽고 사람들이 사는 동네에 도착한 도마뱀은 창조주의 말씀을 전달했다.

"너희 사람들은 들어라. 너희 모두는 창조주께서 나에게 보내신 말씀을 들어라. 너희들은 모두 들어라."

사람들은 하던 일을 멈추고 도마뱀 주위로 몰려들었다. 사람들은 도마뱀이 가지고 온 창조주의 말씀을 듣고 싶어했다.

"모두들 들어라. 창조주가 말씀하시기를 너희들은 모두 때가 되면 죽을 것이라고 하셨다."

도마뱀은 창조주의 말씀을 전한 후 몸을 돌려 재빨리 사라졌다. 도마뱀이 사라지고 나서 한참이 지난 뒤에야 카멜레온이 사람들의 마을에 도착했다. 사람들은 삼삼오오 떼를 지어 웅성거리고 있었다. 그들은 자신들의 운명을 믿을 수가 없었다. 카멜레온이 발을 옮길 때마다 몸을 멈칫거리는 것을 보고 사람들이 말했다.

“저 카멜레온 좀 봐. 우리에게 무슨 할 말이 있는 것 같은데.”

“카멜레온도 창조주의 말씀을 가지고 온 게 아닐까. 무슨 말을 하는지 들어 보자.”

마침내 카멜레온이 창조주의 말씀을 전했다.

“너희 사람들은 들어라. 창조주께서는 너희 사람들이 죽지 않을 것이라고 선언하셨다.”

사람들이 대꾸했다.

“무슨 말을 하고 있는 거야? 저리 가 버려! 너는 지금 공연히 우리 시간을 낭비하고 있어. 우리는 이미 도마뱀이 전해 준 창조주의 말씀을 들었어.”

사람들에게 모욕을 받은 카멜레온은 화가 나서 등을 돌리고 사라져 버렸다. 나중에 창조주의 뜻을 알게 된 줄루 사람들은 그 후 도마뱀을 무척 싫어하게 되었다. 지금도 사람들은 “우리는 이미 도마뱀이 전해 준 창조주의 말씀을 들었다.”고 말하며 스스로 언젠가 때가 되면 죽을 것이라고 생각한다.

산토끼의 꼬리

아주 오랜 옛날 동물들은 꼬리가 없었다. 개들도 꼬리가 없었고, 고양이들도 말도 모두 꼬리를 갖고 있지 않았다. 소와 당나귀, 돼지와 산토끼, 사자와 코끼리도 꼬리가 없었다. 모든 동물과 가축이 꼬리가 없었다.

창조주가 보니 그 모습이 좋아 보이지 않았다. 그래서 창조주는 수많은 꼬리를 만들었다. 긴 꼬리도 만들고 짧은 꼬리도 만들고, 큰 꼬리도 만들고 작은 꼬리도 만들었다. 꼬리를 다 만들자 창조주는 동물들에게 모두 와서 꼬리를 하나씩 가져가라고 했다.

그 소식을 가장 먼저 들은 말이 창조주의 집을 향해 출발했다. 말은 털이 북슬북슬한 꼬리가 맘에 들어서 말총을 선택했다. 말총으로 파리를 쫓으면 좋을 것 같았다.

'파리가 오기만 하면 채찍을 가하리라.'

말은 매우 행복했다. 말과 함께 창조주의 전갈을 들은 돼지도 뒤늦게 창조주의 집에 도착했나. 돼지는 동그랗게 말리는 꼬리가 마음에 들었다. 돼지 생각에 큰 꼬리는 무겁고 더울 것 같았다.

다른 동물들도 꼬리를 얻으려고 창조주의 집으로 갔다. 동물들이 꼬리를 얻으러 가는 길목에는 산토끼[1]의 집이 있었다. 지금은 그렇지 않지만 그 당시 산토끼는 매우 게으른 동물이었다.

산토끼는 바위 위에 걸터앉아 하루 종일 햇볕을 쬐다가 사촌뻘 되는 다른 종류의 토끼가 다가오는 것을 보고 소리쳐 불렀다.

"사촌, 안녕하신가?"

"안녕하신가, 사촌?"

"사촌, 나를 좀 도와줘야겠는걸."

산토끼는 곧 눈물이라도 떨어뜨릴 듯이 흐느끼며 말했다. 토끼가 물었다.

"어떻게 도와주면 되는데?"

"내 아이가……, 아이가 말이야. 아이가 무척 아파. 그래서 간호하느라 밤새 한숨도 잘 수 없었어. 잠이란 것을 잊은 지 오래야. 내가 이렇게 쉴 틈도 없이 아이를 돌봐야 하니 꼬리를 가지러 갈 수가 있어야지. 사촌, 내 꼬리를 좀 가져다 줄 수 없을까?"

산토끼는 거짓말을 하고 있었다. 사실 아이는 멀쩡한데 꼬리를 가지러 가기가 귀찮아서 핑계를 대고 있었던 것이다. 사촌 토끼가 대답했다.

"물론이지. 나중에 다시 보자. 아이가 어서 완쾌되길 바라."

사촌 토끼는 다시 길을 떠났다.

사촌 토끼가 가고 나서 당나귀가 왔다. 당나귀는 걸어오면서 풀을 뜯고 있었다. 산토끼는 혹시라도 사촌 토끼가 자신의 꼬리를 가져오는 것을 잊을지도 모른다고 생각하고 당나귀에게도 부탁해 두기로 했다.

"안녕하세요? 귀 큰 아저씨. 흑흑."

산토끼는 훌쩍훌쩍 흐느꼈다.

"안녕, 무슨 일로 그렇게 울고 있는 거니?"

"이리 좀 와 보세요. 제가 드릴 말씀이 있어요."

"미안하구나. 내가 좀 급하거든. 여기에서도 들을 수 있으니 말해 보렴. 무슨 문제지?"

"아저씨, 제발 안 된다고 말하지 마세요. 사실 제 아이가 무척 아파요. 저는 잠을 잔 게 언제인지 생각이 나지 않을 정도로 밤을 새워 가며 아이 곁에 앉아 간호를 하고 있어요. 지난밤에도 잠을 자지 못했어요. 잠은커녕 눈 깜박일 정신도 없었지요. 그래서 제가 꼬리를 가지러 갈 수가 없거든요. 아이 곁을 떠날 수가 있어야지요. 제발 저를 도와주세요. 제 꼬리를 좀 가져다 주세요."

흔들거리던 당나귀의 귀가 번쩍 섰다.

"그거 어려운 문제도 아니로군. 너는 그냥 여기에서 아이를 돌보고 있어라. 아픈 아이를 혼자 둔다는 것은 안 될 말이지. 내가 꼬리를 가져다 주마. 네 아이가 빨리 나았으면 좋겠구나."

"아저씨, 고마워요. 나도 정말 꼬리를 갖고 싶어요. 아저씨가 제 꼬리를 가져오기를 기다릴게요. 사실은 제 사촌 토끼에게도 부탁을 해 놓았거든요."

많은 동물들이 산토끼의 집을 지나갔고, 그때마다 산토끼는 자기 꼬리를 대신 가져다 달라고 부탁을 했다. 동물들은 먼 길을 걷느라고 헉헉거리며 꾸역꾸역 창조주의 집으로 밀려들었다. 창조주의 집에 도착하자마자 동물들은 각자 자신에게 맞는 꼬리를 골라 엉덩이에 멋지게 붙였다. 당나귀는 길고 날씬하며 끝 부분에 털이 부스스한 것을 골랐고, 개코원숭이와 코끼리, 표범과 사자, 개와 고양이

들도 각자 좋아하는 꼬리를 골랐다. 동물들은 저마다 아주 만족해했다.

동물들은 기쁨에 들떠 하나 둘 집으로 돌아가기 시작했다. 모두들 자신들의 꼬리에 만족하고 도취되어 산토끼가 부탁한 일은 까맣게 잊었다. 동물들은 길을 걸으면서도 꼬리를 돌아보며 스스로 감탄했다. 당나귀는 풀을 뜯어먹는 것을 잊었고, 카멜레온은 산딸기를 까맣게 잊었고, 개와 고양이는 서로 싸우는 것을 잊었다. 이윽고 당나귀가 산토끼 집 앞을 지나가게 되었다.

"귀 큰 아저씨, 꼬리가 참 멋지네요."

"나도 그렇게 생각해."

산토끼는 자기에게 맞는 멋진 꼬리를 기대하면서 당나귀에게 물었다.

"그럼 내 꼬리는 어디에 있나요?"

"아 참, 네 꼬리는 지금 오고 있단다. 네 사촌 토끼가 가져오고 있는 것 같던데. 아마 바로 뒤에서 따라오고 있을 거야. 걱정하지 마. 네 꼬리를 받게 될 테니. 그런데 네 아이는 좀 어떠니?"

"예, 조금씩 좋아지고 있어요."

산토끼는 당나귀가 자신의 꼬리를 가져오지 않았다는 사실에 조금 실망했지만 누군가가 자기 꼬리를 가져오고 있다는 소식을 듣게 되어 기뻤다. 산토끼는 귀 큰 당나귀 아저씨가 꼬리를 흔들며 아주 느릿느릿 걸어가는 모습을 시야에서 사라질 때까지 바라보았다.

산토끼는 저 멀리서 사촌 토끼가 깡충거리며 뛰어오고 있는 것을 보았다.

"사촌, 잘 다녀왔어?"

"응, 이제 돌아왔어."

산토끼가 감탄했다.

“꼬리가 아주 멋진데. 정말 좋겠다.”

사촌 토끼는 자기 꼬리를 자랑했다.

“내 꼬리 정말 멋있지? 내 꼬리가 보기 좋다니 기분이 좋은데. 네 꼬리도 금방 도착할 거야. 네 꼬리는 정말 멋지던데. 내 뒤를 따라오는 하이에나 아저씨가 가져오고 있어. 조금만 기다려.”

사촌은 산토끼에게 대답할 기회조차 주지 않고 깡충깡충 길을 떠났다. 산토끼는 사촌이 저 멀리 사라질 때까지 그 뒷모습을 물끄러미 바라보았다.

“하이에나 아저씨는 나를 좋아하시지. 그래, 아저씨는 내 꼬리를 꼭 가져오실 거야.”

이윽고 하이에나가 모습을 드러냈다.

“어서 오세요, 아저씨. 아저씨가 내 꼬리를 가져온다고 사촌이 말해 주더군요. 내 꼬리는 어디에 있지요? 아저씨마저 내 꼬리를 두고 왔다고 말하지는 않겠지요?”

하이에나가 말했다.

“네 사촌이 너를 놀린 거야. 나는 네 꼬리를 가지고 있지 않은데. 누군가 네 꼬리를 가져오고 있겠지. 기다려 봐라. 다른 동물들이 뒤에 오고 있거든. 아이는 어떠니?”

“아…… 많이 좋아졌어요.”

산토끼는 동물들이 아이의 건강에 대해서만 묻는 데 넌더리가 났다.

“모두들 내 아이의 건강에만 관심이 있구나. 내 꼬리에 대해서는 관심들이 없어.”

뒤이어 수많은 동물들이 하나 둘 산토끼의 집을 지나쳤다. 모두들 꼬리를 달고 행복해 보였다. 동물들은 한결같이 누군가가 산토끼의 꼬리를 가져올 거라는 막연한 대답을 하고 지나가 버렸다. 마지막 동물이 도착했다. 산토끼는 가슴이 철렁했다.

산토끼가 카멜레온에게 빈정대는 투로 말을 걸었다.

"어이, 흔들거리는 친구."

카멜레온이 웃으며 답했다.

"아, 너로구나, 꼬리를 가져오라고 했던 친구가."

산토끼는 이 말을 듣고 카멜레온에게 화를 냈다.

"누구에게 그런 말을 하는 거지? 내 꼬리는 어디에 있어? 모두들 네가 내 꼬리를 가져오고 있다고 하던데?"

카멜레온이 웃으며 말했다.

"미안해. 꼬리가 하나도 남지 않았더라고. 아주 작은 꼬리까지도 동이 났어."

산토끼는 잔뜩 실망해서는 터덜터덜 동굴로 돌아갔다. 그 후로 산토끼는 직접 가서 꼬리를 가져올 걸 하고 두고두고 후회했다고 한다. 이것이 바로 오늘날 동물들 중 유독 산토끼만 꼬리가 없는 이유이다.

주

1 산토끼는 보통 토끼보다 덩치가 크며 태어날 때부터 털이 나 있다. 줄루 민담에서는 주로 교활하게 사자를 농락하거나 사회적 금기를 깨뜨리는 위험한 존재로 나온다.

교활한 산토끼

옛날 옛적 교활한 산토끼가 숲에 살고 있었다. 산토끼는 인가로 내려가 옥수수를 훔쳐 먹고 살았다. 그날도 산토끼는 밭으로 내려가 옥수수를 배불리 먹고 집으로 줄행랑을 쳤다. 밭 주인은 옥수수밭이 엉망이 된 것을 보고 속이 상했다.

"아이고, 누가 내 옥수수를 이렇게 많이 먹어 버렸담."

그때 마침 언덕 위에 앉아 있던 이지무가 밭 주인을 보고 물었다.

"뭐가 문제지요?"

"내 밭을 보라고!"

"밭이 왜요?"

"어떤 작은 짐승이 내 밭에 와서 옥수수를 훔쳐 먹었어. 발자국이 아주 작은데. 누구의 발자국인지 알아볼 수가 없단 말이야."

"왜 올가미를 사용하지 않지요?"

"올가미? 음, 그걸 놓으면 그놈을 잡을 수 있다는 말이지?"

"그걸 그 짐승이 다니는 길목에 놓으면 되잖아요."

그래서 밭 주인은 올가미를 만들어 짐승이 다니는 길목에 놓아두었다. 과연 다음 날 산토끼는 옥수수를 훔쳐 먹으려고 밭에 들어왔다가 올가미에 걸려들고 말았다. 하지만 산토끼는 밭 주인에게 엉뚱하게 둘러댔다.

"아저씨의 옥수수를 먹어 치운 것은 내가 아니에요."

"그럼 누가 먹었단 말이야?"

"이지무가 먹었어요. 이지무가 거짓말을 한 거예요. 나를 놔주세요."

산토끼의 거짓말에 어리석은 밭 주인은 산토끼를 놔주었다. 산토끼가 밭 주인에게 말했다.

"내가 아저씨의 옥수수를 훔쳐 먹은 이지무를 잡아 드릴게요."

하지만 그 후 산토끼는 다시는 밭으로 오지 않았다.

산토끼는 숲으로 가다가 집을 짓고 있는 하이에나를 만났다. 산토끼가 말했다.

"안녕. 혼자서 집을 짓고 있구나. 내가 지붕 올리는 것을 도와줄게."

산토끼는 하이에나가 지붕을 올리는 것을 도와주었다. 지붕을 올린 하이에나는 허기를 채우기 위해 고기를 구웠다. 산토끼는 고기를 굽는 데 정신이 팔린 하이에나의 꼬리를 밧줄로 오두막의 기둥에 꽁꽁 묶었다. 그것도 모른 채 하이에나는 고기를 굽는 데만 열중했다. 고기를 다 구운 하이에나가 막 고기를 먹으려는 순간 산토끼는 고기를 낚아챘다. 하이에나가 산토끼를 잡으려고 했지만 기둥에 꼬리가 묶여 꼼짝할 수가 없었다. 산토끼는 하이에나의 고기를 빼앗아 배를 채웠다.

한참 길을 가던 산토끼는 새끼를 낳은 지 얼마 되지 않은 암사자를 만났다. 교활한 생각이 머리를 스친 산토끼가 암사자에게 말했다.

"혼자 아이를 낳은 것 같은데 제가 새끼들을 돌봐 드릴게요."

사자는 산토끼에게 고맙다고 말하고 먹이를 찾아 사냥을 떠났다. 사자의 집에 남은 산토끼는 새끼 사자들을 돌보는 대신 새끼 한 마리를 잡아먹었다. 암사자가 사냥에서 허탕을 치고 돌아왔을 때 암사자의 앞에는 산토끼가 먹던 새끼 사자 고기가 있었다. 물론 암사자는 이것이 자기 새끼라고는 꿈에도 생각 못 하고 산토끼와 함께 맛나게 나누어 먹었다. 고기를 양껏 먹은 암사자는 산토끼에게 새끼들에게 젖을 주고 싶다고 말했다. 산토끼는 동굴 깊숙이 숨겨 놓은 새끼 사자들을 한 번에 한 마리씩 데리고 나왔다. 모든 새끼에게 한 차례씩 젖을 먹인 산토끼는 잡아먹은 새끼를 대신해서 처음 데리고 나온 새끼 사자를 다시 데리고 나왔다. 암사자는 아무런 의심을 하지 않고 잠이 들었다.

다음 날 아침 일찍 암사자가 다시 사냥을 나갔다. 사자가 동굴을 나서기가 무섭게 산토끼는 다른 새끼 사자 한 마리를 잡아먹었다. 저녁 무렵, 암사자가 동굴로 돌아왔을 때 산토끼는 자기가 사냥한 하이에나라며 새끼 사자 고기를 주었다. 이번에도 암사자는 아무런 의심을 하지 않고 고기를 맛있게 먹었다.

암사자가 새끼 사자에게 젖을 먹여야겠다고 말하자 산토끼는 어제와 마찬가지로 새끼 사자를 한 마리씩 데리고 나왔다. 그러고는 먼저 젖을 먹인 새끼 사자 두 마리를 다시 데리고 나왔다. 암사자는 산토끼가 새끼 사자들을 잘 돌보는 줄로만 알고 만족스러워했다. 더욱이 자신은 번번이 허탕을 치는 데 비해 산토끼는 새끼들을 돌보면서도 훌륭하게 사냥까지 하는 것이 마음에 들었다.

다음 날 아침 암사자가 다시 사냥을 나가자 산토끼는 나머지 새끼 사자들을 모조리 잡아먹었다. 그런 다음 일부러 땅 위를 뒹굴어 몸을 더럽히고 상처를 냈다. 암사자가 동굴에 돌아오자 산토끼는 울부짖으면서 암사자에게 달려갔다.

"주인님, 아이들이 잡혀갔어요. 사람같이 생긴 놈들이 와서 새끼 사자들을 잡아갔어요."

격분한 암사자는 마을을 향해 달려갔다. 산토끼는 암사자를 앞질러 지름길로 뛰어갔다. 그 마을은 개코원숭이들이 사는 곳이었다. 암사자보다 먼저 마을에 도착한 산토끼는 마을 어귀에서 놀고 있는 개코원숭이들을 보고 말했다.

"내가 새로운 노래를 가르쳐 줄게. 자, 따라해 봐."

> 우리가 사자 새끼들을 먹어 치웠지만 우리에게 아무런 일도 일어나지 않았어.

개코원숭이들은 아무런 의심도 하지 않고 산토끼가 가르쳐 준 노래를 따라 불렀다. 그런 다음 산토끼는 암사자에게 가서 새끼 사자들을 잡아간 개코원숭이들이 어디 있는지 알았다고 호들갑을 떨었다.

"나를 그곳에 데려다 다오."

"그런데 먼저 풀 더미를 뒤집어써서 그놈들 가까이 다가가도 알아차리지 못하도록 하는 것이 좋겠어요."

산토끼는 암사자를 무성한 풀 더미로 가린 다음 어린 개코원숭이들이 노는 곳으로 데려갔다. 산토끼는 개코원숭이들에게 다가가 속삭였다.

"내가 가르쳐 준 노래를 불러 봐. 그러면 너희들에게 맛있는 것을 줄게."

개코원숭이들은 산토끼가 가르쳐 준 대로 노래했다.

우리가 사자 새끼들을 먹어 치웠지만 우리들에게 아무런 일도 일어
나지 않았어.

바로 그때 젊은 개코원숭이 한 마리가 풀 더미 속에서 번쩍번쩍 빛나는 사자의 눈을 발견하고 아버지에게 말했다.

"산토끼가 사자를 데리고 온 것 같아요. 저 풀 더미 속에서 번쩍이는 눈빛이 수상해요."

하지만 아버지 개코원숭이는 오히려 노래 부르는 데 흥을 깬다며 아들을 나무랐다.

"예끼! 네가 좋은 음식을 얻을 기회를 망쳐 버리려고 하는구나."

사자의 눈초리를 확신한 젊은 개코원숭이는 혼자 그 자리에서 도망쳤다. 산토끼는 흥에 겨워 노래를 부르고 있는 개코원숭이들의 눈을 피해 슬그머니 암사자에게 다가가 바로 지금 공격하라고 알려 주었다. 암사자는 개코원숭이들에게 달려들어 모두 죽여 버렸다. 그 모습을 본 산토끼는 만족스러운 표정을 지으며 길을 떠났다.

길을 가던 산토끼는 노파를 발견했다. 그는 노파에게 부탁해 그 노파의 집에 머물렀다. 노파는 아들과 함께 살고 있었다. 다음 날 아침 노파의 아들이 집을 나서자 산토끼는 노파를 잡아먹었다. 저녁 무렵 집에 돌아온 아들에게 산토끼가 먹다가 남은 노파를 요리해서 건넸다.

"이건 내가 사냥한 사냥감으로 만든 요리야."

아들은 아무것도 모르고 자기 어머니를 먹어 치웠다. 아들이 모두 먹고 나자 산토끼는 "네가 네 어머니를 먹어 치웠다!"라고 소리

치고는 그 자리에서 도망쳤다. 산토끼는 정말 교활하기 짝이 없는 동물이다.

●—주

1 머리에 눈이 셋 달려 있거나, 머리가 여럿인 반인반수의 식인종. 성격이 난폭하고 잔인하지만, 어리석고 단순한 면이 있어서 종종 사람들에게 속아 넘어간다. 때로는 사악한 인물을 처치하는 해결사 역할을 하기도 한다.

개코원숭이와 자칼

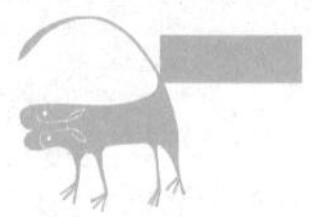

옛날에 염소 고기를 좋아하는 자칼이 살았다. 자칼은 너무 염소 고기가 먹고 싶은 나머지 밤마다 마을로 내려가 염소를 훔쳐 달아나곤 했다. 마을의 농부들은 염소 도둑 때문에 골머리를 앓다가 올가미를 쳐 보기로 했다.

어느 날 저녁 자칼은 염소를 잡아먹으려고 왔다가 그만 농부들이 쳐 놓은 올가미에 걸리고 말았다. 자칼은 어떻게 하면 올가미로부터 빠져나갈 수 있을까 고민하기 시작했다. 그때 마침 개코원숭이 한 마리가 다가왔다. 자칼이 얼른 개코원숭이에게 말을 걸었다.

"아이고, 친구, 아주 잘 왔어. 사실은 아주 재미있는 놀이를 함께 하고 싶어서 자네를 생각하고 있었거든. 나와 이 재미있는 놀이를 같이 하지 않겠어?"

개코원숭이는 자칼이 재미있는 놀이를 하면서 자기를 생각하고 있었다는 말에 기분이 흡족했다. 자칼이 말했다.

"여기에 들어와 봐. 이 놀이가 얼마나 재미있는지 말이야. 직접 한번 해 봐."

개코원숭이는 자칼이 올가미에서 나오도록 한 후 대신 올가미 안에 들어갔다. 자유의 몸이 된 자칼은 올가미에 잡혀 꼼짝도 못 하고 있는 개코원숭이를 바라보면서 비웃었다.

"야, 이 멍청한 개코원숭이야! 이게 무슨 놀이일 것 같냐?"

다음 날 아침 농부가 올가미를 살펴보기 위해 나왔다가 올가미에 개코원숭이가 걸려 있는 것을 보고 이를 갈았다.

"그래, 내 염소를 먹어 치운 것이 바로 너였구나. 오늘 내가 네 못된 버릇을 단단히 고쳐 주지."

개코원숭이는 슬피 울면서 애초에 올가미에 걸려 있었던 것은 자칼이었고, 자신은 단지 자칼이 재미있는 놀이를 하자고 해서 올가미에 걸려든 것일 뿐이며, 염소를 잡아먹은 것도 자칼이라고 항변했다. 마음씨 착한 농부는 개코원숭이의 눈물 섞인 하소연을 믿고 올가미에서 꺼내 놓아주었다.

다행히 무사히 풀려나기는 했지만 개코원숭이는 자신을 위험에 빠뜨린 자칼에게 무척 화가 났다. 그래서 복수를 하기 위해 자칼을 찾아나섰다. 그러던 어느 날 개코원숭이는 마침내 나무 위에서 맛있게 망고를 먹고 있던 자칼을 찾아냈다. 개코원숭이가 분노에 차서 소리쳤다.

"자, 이제 너를 잡았다. 네가 속임수로 나를 골탕먹여? 죽을 뻔했단 말이야. 그걸 재미있는 놀이라고 속이다니. 염소는 네가 먹어 치우고 나를 죄인으로 몰아? 오늘 내가 잊지 못할 교훈을 주도록 하지. 당장 나무에서 내려와!"

"어이, 친구. 진정해. 잘 안 들려. 그렇게 떠들기만 하니 도대체 무슨 말인지 알아들을 수가 없구먼. 내가 뭔가 잘못을 했다고 말하고 있는 것 같은데."

자칼은 망고가 주렁주렁 달린 나무에서 내려와 망고 하나를 건네며 말했다.

"이 망고 맛 좀 봐. 정말 맛있네. 나는 잠깐 볼일 좀 보고 올게. 내가 다녀와서 자초지종을 설명해 주도록 하지. 어, 더 먹어. 여기 많이 있어. 어쨌든 이 망고, 정말 맛있다니까."

안 그래도 자칼을 찾아다니느라 허기가 졌던 개코원숭이는 망고를 입에 댄 순간 끓어오르던 분노도 잊고 게걸스럽게 먹어 치우기 시작했다. 하지만 잠깐 볼일을 보고 오겠다던 자칼은 한참이 지나도 돌아오지 않았다. 개코원숭이는 또 속았다는 것을 깨닫고 다시 자칼을 찾아 나섰다.

이번에 개코원숭이는 자칼이 벼랑 밑에서 서성거리고 있는 것을 보았다. 개코원숭이가 다가오는 것을 발견한 자칼은 순간적으로 벼랑을 등에 지고 힘껏 떠받쳤다. 그리고 개코원숭이가 가까이 오자 상기된 얼굴로 팔에 힘을 잔뜩 주면서 말했다.

"내게는 왜 이렇게 항상 불행한 일만 닥치지? 어이, 친구. 제발 나를 좀 도와줘. 이것 좀 잡아 달라고. 이 절벽이 무너져 내리려고 해. 자네가 이걸 붙들어 주면 내가 가서 절벽을 받칠 나무를 구해 올게."

어리석은 개코원숭이는 또 다시 자칼의 말을 곧이듣고는 재빨리 자신의 양 어깨를 절벽에 대고 힘껏 밀었다. 절벽을 개코원숭이에게 맡긴 자칼은 홀가분한 마음으로 뒤도 돌아보지 않고 떠났다.

개코원숭이는 땀을 뻘뻘 흘리며 절벽에 버티고 서 있었다. 하지만 아무리 기다려도 자칼은 나무를 구하러 가서 돌아오지 않았다. 개코원숭이는 자칼이 또 자신을 속였을지도 모른다는 생각이 들었지만, 절벽에서 어깨를 떼면 혹시라도 절벽이 무너져 내릴까 겁이 나서 쉽사리 어깨를 떼지도 못했다. 어깨와 다리에 너무 힘을 준 탓에 온몸이 덜덜 떨리기 시작했다. 결국 개코원숭이는 죽기 살기로 버티고 있던 절벽에서 한달음에 뛰쳐나왔다. 그리고 눈을 꼭 감고 절벽이 무너져 내리기를 기다렸다. 하지만 절벽은 무너지지 않고 그대로 우뚝 서 있었다.

자칼에게 번번이 속았다는 생각에 개코원숭이는 창피하고 화가 나서 또다시 자칼을 찾아 나섰다. 다시는 그 교활한 친구한테 속지 않으리라고 다짐에 다짐을 거듭했다. 개코원숭이는 마침내 동굴에서 빈둥거리고 있던 자칼을 발견했다. 개코원숭이가 화가 나서 말했다.

"이 사기꾼아, 내가 너를 다시는 찾지 못할 것이라고 생각했지? 왜 나를 올가미에 남겨 두고 돌아오지 않았는지 설명해 봐. 왜 내게 절벽을 기대고 서 있으라고 하고는 나무를 구해 온다고 나가서 돌아오지 않았는지 설명해 보라고."

자칼이 별일이 아니라는 듯 대답했다.

"자, 서서 이야기하지 말고 여기 앉아. 진정하고 이야기를 하자고. 여기 꿀이 좀 있는데 맛을 보겠어?"

꿀을 본 순간 개코원숭이는 자칼을 찾아다니느라 하루 종일 아무것도 먹지 않았다는 사실을 깨달았다. 자칼은 꿀을 먹고 있는 개코원숭이에게 아주 차분하고 정중하게 서로 다투지 말고 행복하게 살자고 제안했다. 달콤한 꿀에 정신이 팔린 개코원숭이는 그저 무턱대고 고개를 끄덕일 따름이었다.

"내가 가서 맛있는 음식을 구해 올게. 길가에 숨어 있다가 지나가는 마차에서 버터를 훔쳐 올 생각이야."

그런 다음 자칼은 큰길에 나가 죽은 척하고 엎드렸다. 얼마 후 한 사람이 마차를 끌고 지나가다가 자칼을 발견했다. 그는 평소 자칼의 교활함을 알고 있었기 때문에 혹시나 죽은 척하고 있지나 않은지 확인하기 위해 채찍으로 자칼의 등을 후려쳤다. 하지만 자칼은 죽은 듯 꼼짝도 하지 않았다. 사람은 자칼이 죽은 것으로 생각하고 집으로 돌아가 가죽을 벗길 생각으로 자칼을 마차 뒤에 던져 넣었다. 마차 뒤에 올라탄 자칼은 죽은 듯 엎드려 사람의 눈치를 살피다가 몰래 버터 한 상자를 들고 마차에서 훌쩍 뛰어내렸다. 그러고는 신이 나서 개코원숭이가 기다리고 있는 동굴로 돌아왔다. 자칼이 말했다.

"이것 봐. 내가 돌아왔잖아. 구해 오겠다고 약속한 버터를 가지고 말이야. 자, 우리 이걸 함께 맛있게 먹자. 하지만 오늘 다 먹을 순 없겠지? 이렇게 많으니 남으면 내일 또 먹어야겠다."

개코원숭이가 막 버터를 먹으려는데 자칼이 밖으로 나가 다리를 좀 펴고 와야겠다고 말했다. 하지만 자칼은 밖으로 나가는 척하며 동굴 안에 숨어 있었다. 자칼이 나가자 순진한 개코원숭이는 버터를 혼자 먹기가 미안해서 자칼을 기다리다가 아무리 기다려도 돌아오지 않자 동굴 밖으로 나섰다. 그때 자칼은 재빨리 돌아와 버터를 먹어 치우고 몰래 동굴 밖으로 빠져나갔다. 한편 밖에서 자칼을 찾지 못한 개코원숭이는 다시 안으로 돌아왔고, 자칼도 한참을 밖에서 서성이다가 안으로 들어왔다. 버터가 없어진 것을 보고 자칼은 짐짓 놀란 척하며 개코원숭이에게 물었다.

"버터가 다 없어졌네? 누가 다 먹었지?"

"모르겠어. 내가 동굴 안에 들어와서 보니 버터가 없던데."

하지만 자칼은 개코원숭이가 버터를 모두 먹어 치우고 거짓말을 하고 있다며 화가 난 척했다.

"자, 그럼 밖에 나가서 태양 아래 엎드려 보자. 엉덩이에 기름기가 묻어나면 버터를 먹었다는 표시야. 동의하지?"

자칼과 개코원숭이는 동굴 밖으로 나가 나란히 엎드렸다. 따뜻한 햇볕을 온몸에 받은 개코원숭이는 동굴 밖으로 나온 이유도 잊은 채 깊은 잠에 빠져들었다.

개코원숭이가 잠이 들자 자칼은 슬쩍 일어나 몰래 숨겨 두었던 남은 버터를 개코원숭이의 엉덩이에 발랐다. 그런 다음 시치미를 뚝 떼고 개코원숭이를 깨웠다.

"자, 일어나. 엉덩이를 한번 보자."

둘은 일어나 엉덩이를 살펴보았다.

"자, 이제 분명해졌지. 버터를 먹어 치운 것은 바로 너야."

개코원숭이가 결사적으로 부정했지만 엉덩이에 기름이 흐르며 반짝반짝 빛나고 있는 것을 어떻게 설명할 길이 없었다. 자칼은 믿을 수 없는 나쁜 친구라고 비난하며 개코원숭이를 쫓아냈다.

그 후로 사람들은 엉덩이가 반짝반짝 빛나는 것을 보면 "개코원숭이 엉덩이 같다."고 말하게 되었다.

산토끼와 사자

어느 날 사자가 집을 짓고 있었다. 사자는 집을 지으면서 한켠에서는 점심으로 먹을 고기를 굽고 있었다. 마침 산토끼가 그 곁을 지나가다가 고기 굽는 냄새를 맡고 꿀꺽 침을 삼켰다. 하지만 무서운 사자에게 고기를 나눠 달라는 말을 할 자신은 없었다. 영리한 산토끼는 용기를 내어 사자에게 다가가 인사했다.

"왕 중의 왕이시여, 당신같이 위대한 왕이 어째서 집을 짓고 고기를 굽는 일 따위를 몸소 하시는 겁니까?"

사자가 으르렁거리는 목소리로 대답했다.

"그럼 이리 와서 일을 좀 해라. 내가 지붕을 이을 테니 너는 밑에 있는 밀짚을 내게 건네 다오. 그리고 저 밑에 있는 장작불을 더 지펴라. 고기가 빨리 익게 말이야."

사자는 산토끼가 흑심을 품은 줄도 모르고 지붕 꼭대기에 올라앉아 열심히 지붕만 이었다. 산토끼는 지붕 위로 열심히 밀짚을 나르는 척하면서 호시탐탐 기회만 노렸다. 그런데 바로 그때 산토끼의 눈앞에서 지붕에서 내려온 사자의 꼬리가 대롱대롱 흔들리는 것이 아닌가.

산토끼는 사자 몰래 튼튼한 밧줄을 골라 사자의 꼬리에 묶고 나머지 한쪽을 집을 받치는 기둥에 단단히 묶었다. 하지만 사자는 일에 정신이 팔려 아무것도 눈치 채지 못했다.

그러고 나서 산토끼는 잘 익은 고기를 맛있게 먹기 시작했다. 산토끼가 보이지 않자 사자는 산토끼가 어디로 갔는지 살펴보다가 장작불이 있는 쪽을 내려다보았다. 그런데 산토끼가 겁도 없이 자기가 점심으로 먹으려고 구운 고기를 야금야금 먹고 있는 것이 아닌가. 화가 머리끝까지 치밀어 오른 사자는 큰소리로 포효하며 산토끼를 향해 뛰어내렸다. 그러나 아뿔싸. 지붕에서 뛰어내린 사자는 산토끼 근처에도 가지 못하고 기둥에 꼬리가 묶여 거꾸로 대롱대롱 매달리게 되었다.

사자는 성에 못 이겨 으르렁거리며 손발을 휘둘렀지만 꼬리가 기둥에 묶여 있어 땅에 내려올 수 없었다. 산토끼는 얄밉게도 그런 사자를 멀뚱멀뚱 바라보며 고기를 맛있게 먹어 치웠다. 사자는 커다란 이를 드러내며 세상을 뒤흔들 듯 으르렁거렸지만 아무 소용이 없었다.

고기를 양껏 먹은 산토끼는 남은 고기를 그릇에 담아 둔 채 그곳을 떠났다. 며칠이 지난 후 배가 고파진 산토끼는 그 장소에 다시 돌아왔다. 고기는 그릇에 그대로 남아 있었다. 고기를 마저 먹은 후 주위를 둘러보니 사자는 제 몸무게를 이기지 못해 꼬리가 끊어진 채로 땅에 떨어져 죽어 있었다. 영리한 산토끼는 사자의 가죽을 이용하면 뭔가 좋은 일이 생길 것 같았다. 그래서 사자의 가죽을 잘 벗긴 후 사자의 머리를 가죽에 붙였다. 사자의 가죽을 뒤집어쓰자 산토끼는 마치 살아 있는 사자처럼 보였다.

그때부터 산토끼는 사자 가죽을 뒤집어쓰고 사자 행세를 하기 시작했다. 사자 가죽을 쓴 산토끼를 본 동물들은 한결같이 두려움에 떨었다. 허연 이를 드러내 보이며 불꽃같은 눈을 번뜩이면 감히 나서는 동물이 없었다.

산토끼는 사자 가죽을 뒤집어쓴 채 걷고 또 걸어 자칼의 동굴에 도착했다. 자칼은 마침 들소를 잡아 새끼들에게 먹이로 주려던 참이었다. 사냥으로 희생된 들소가 땅에 놓여 있었다.

자칼은 사자 가죽을 뒤집어쓴 산토끼를 사자로 착각을 하고 겁에 질려 도망을 쳤다. 자칼의 새끼들도 동굴 속으로 도망쳤다. 산토끼는 어슬렁어슬렁 다가가 사자 가죽을 벗어 땅에 내려놓고 들소를 먹기 시작했다.

한참이 지난 후 자칼의 새끼들이 사자가 떠났는지 보려고 동굴에서 슬그머니 얼굴을 내밀었다. 그런데 자세히 보니 사자는 땅에 누워 있고 대신 산토끼가 들소를 먹고 있는 것이었다. 산토끼는 들소를 다 먹어 치우고 땅 위에 누워 있는 사자에게 다가갔다. 자칼의 새끼들은 산토끼가 사자 가죽을 뒤집어쓰는 것을 보고서야 모든 것을 깨달았다.

자칼이 돌아오자 새끼들이 말했다.

"산토끼가 먹이를 다 먹더니 일어나서 사자에게 다가갔어요. 그러고는 사자 가죽을 들어 뒤집어썼어요. 그러니까 산토끼가 마치 사자처럼 보였어요."

얼마 후 사자의 탈을 뒤집어쓴 산토끼가 다시 자칼의 동굴에 찾아왔다. 그때도 마침 자칼이 새끼들에게 막 먹이를 먹이고 있었다. 사자가 동굴로 다가오는 것을 보자 자칼은 다시 겁에 질려 숲속으로 도망쳤고, 새끼들도 전처럼 동굴로 들어가 숨었다. 잠시 후에 새끼들이 동굴에서 슬그머니 나와 보니 사자가 스르르 가죽을 벗는 것이었다. 역시 이번에도 산토끼였다. 새끼 자칼들은 산토끼가 자기들이 먹을 고기를 맛있게 먹는 것을 몰래 지켜보았다.

한참이 지나서 어미 자칼이 동굴로 돌아왔다. 뒤에 숨어서 자세히 살펴보니 새끼들에게 먹일 먹이를 빼앗아 먹고 있는 것은 사자가 아닌 산토끼였다. 사자의 가죽과 머리는 땅에 고이 놓여 있었다. 화가 난 자칼은 냅다 돌을 집어 산토끼에게 던지기 시작했다. 산토끼는 자칼이 가까이 다가오는 것을 보고 너무나 겁이 난 나머지 사자 가죽을 가져오는 것도 잊고 꽁무니를 뺐다. 산토끼는 자칼이 따라잡기에는 너무 빠른 동물이었다. 결국 어미 자칼은 산토끼를 잡는 것을 포기하고 동굴로 돌아갔다. 동굴 안에는 주인을 잃은 사자 가죽만 동그마니 놓여 있었다.

조상신과 은클룬클루

예부터 사람들이 말하기를 은클룬클루는 세상에 맨 처음 생겨난 존재이자 절대자라고 한다. 최초의 사람은 갈대밭의 갈대가 부러지면서 그 안에서 나왔다고 한다. 그래서 사람들은 은클룬클루가 그 갈대라고도 말한다. 은클룬클루는 항상 우리 곁에 존재한다. 은클룬클루가 최초의 사람을 만들었는데, 그가 우리의 가장 오래된 조상이다. 오래된 조상들은 모두 죽어 잊혀졌지만 그들이 낳은 아이들은 지금도 살아 있다. 그 아이들이 바로 우리 조상들이다. 우리는 조상들로부터 아주 오래전에 갈대가 갈라져 사람이 나왔다는 사실을 들어서 알고 있다. 하지만 그들도 은클룬클루에 대해서 잘 알지는 못한다. 왜냐하면 조상들도 은클룬클루를 직접 보지는 못했기 때문이다. 그들 역시 은클룬클루가 존재하며, 최초의 사람이 갈대에서 갈라져 나왔다는 것을 들어서 알고 있을 뿐이다.

어떤 사람은 은클룬클루가 바로 그 첫 사람이었으며 갈대에서 갈라져 나왔다고 한다. 또 어떤 사람은 은클룬클루가 갈대를 갈라 나라를 만들었다고 말한다. 우리는 절대자인 은클룬클루가 생명을 부여한 존재이며 또 자신이 부여한 생명을 보호하기 위해서 질병을 치료할 이냥가전통 약제사들과 이상고마점술가들을 사람들에게 보내 주었다고 배웠다.

그래서 이상고마는 그 특별한 능력으로 사람이 아플 때 왜 병이 생겼는지를 알아낼 수 있다. 만일 병의 원인이 아마들로지조상 혼령인 것이 밝혀지면 이상고마는 그 가족에게 황소를 잡아 아마들로지를 위로하라고 알려 준다. 그러면 병이 깨끗이 낫는다. 우리의 잊혀진 조상들은 아마들로지가 되어 계속 후손들과 함께 살아가고 있다. 아마들로지들은 잊혀지지 않고 후손들 곁에 언제까지나 머물고 싶어하며 실제로 가끔은 후손에게 도움을 주기도 한다. 요즘도 사람들은 소를 잡아 아마들로지를 위로하고 후손들을 도와달라고 기원한다.

영악한 새끼 돼지 마퀴나세

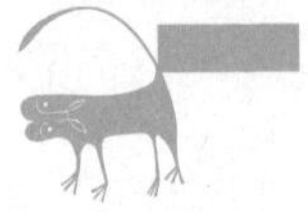

새끼 돼지 다섯 마리가 엄마 돼지와 함께 살고 있었다. 그 중 한 마리는 특히 혼자서 밖에 나가 돌아다니는 것을 무척 좋아했다. 마퀴나세영악한 아이라는 이름은 그에게 아주 어울리는 이름이었다. 당연한 일이지만 엄마 돼지는 아이들이 자신의 시야 밖에 벗어나는 것을 질색했다. 하지만 마퀴나세는 지칠 줄 모르는 아이였다. 그래서 모두들 집에 앉아 쉬고 있을 때도 마퀴나세만은 눈에 띄지 않았다. 그는 언제나 내키는 대로 실컷 돌아다니다가 돌아오곤 했다. 엄마 돼지는 마퀴나세를 엄하게 꾸짖었지만 그런 그의 버릇을 고치지는 못했다.

무척 더운 어느 여름날이었다. 하늘의 태양은 모든 것을 태워 버릴 듯 맹렬하게 타오르고 있었다. 더위에 지친 돼지 가족은 시원한 그늘이 드리운 집 안에서 쉬고 있었다. 엄마 돼지는 더위에 지쳐 이내 잠이 들었다. 누나와 형들 역시 더위에 지쳐 꾸벅꾸벅 졸고 있었다. 마퀴나세는 회심의 미소를 지었다. 그는 살그머니 일어나서 발

끝으로 걸었다. 아무도 마퀴나세가 집을 벗어나는 것을 눈치 채지 못했다. 그는 조용히 문을 열고 나서며 혼잣말을 했다.

"모두들 일어나서 또 나를 찾겠지?"

집을 나선 마퀴나세는 곧장 잰걸음으로 길을 떠났다. 무더운 날씨에 재게 걷는 그의 모습은 모든 동물들의 시선을 끌기에 충분했다. 마퀴나세는 길을 가다가 나무 그늘 밑에서 풀을 뜯던 당나귀를 만났다. 당나귀가 마퀴나세에게 말을 걸었다.

"어디 가니, 마퀴나세?"

걸음을 멈추지 않은 채 마퀴나세가 대꾸했다.

"무슨 참견이야! 내가 너처럼 귀가 긴 짐승에게 일일이 대답해야 할 필요가 있다고 생각해?"

당나귀는 마퀴나세의 무례한 대답에 화가 났다.

"참으로 버릇없는 아이로구나! 내가 다정하게 인사를 했는데 나를 모욕하는 이유가 뭐지?"

마퀴나세가 걸음을 계속하며 대꾸했다.

"이런 짜증나는 일을 일으킨 것은 저 뜨거운 태양이야. 명백한 사실을 말한 것뿐인데 그게 너를 모욕한 거라고? 네 귀가 얼마나 긴지 생각해 본 적 있어? 날씨도 더운데 더 이상 나를 짜증나게 괴롭히지 마!"

마퀴나세는 당나귀를 남겨 두고 계속 길을 갔다. 그러다가 이번에는 거북을 만났다. 거북이 마퀴나세에게 인사했다.

"마퀴나세야, 어딜 가고 있니? 무척 바쁜 모양이구나."

마퀴나세는 걸음을 멈추지 않은 채 중얼거렸다.

"내가 오늘 뭔가에 홀렸나?"

그러고는 코를 훌쩍 치켜들며 말했다.

"너는 발을 땅에 질질 끌면서 다니는 주제에 내게 그런 멍청한 질문을 하니?"

거북은 마퀴나세의 모욕에 마음이 상했다.

"야, 마퀴나세, 기분 좋게 인사를 했는데 왜 날 그렇게 모욕하는 거지? 넌 정말 건방진 아이로구나!"

마퀴나세가 쏘아붙였다.

"나는 이제 건방지다는 소릴 듣는 데 익숙해졌어. 저기 저 긴 귀를 가진 친구도 나를 건방지다고 했단 말이야. 네 일에나 신경 써. 제발 내 일에는 간섭하지 말아 줘!"

마퀴나세는 할 말을 잃고 입을 쩍 벌리고 서 있는 거북을 뒤로한 채 길을 떠났다. 그런 다음 연못가 나뭇가지에 앉아 있는 개구리를 만났다. 개구리가 반가이 인사했다.

"아이고, 영악한 저 아이의 모습을 보라지. 도대체 어딜 그렇게 바삐 가고 있는 거야?"

마퀴나세는 화가 잔뜩 나서 대답했다.

"오늘은 참 재수가 없는 날이로군! 처음에는 당나귀, 그 다음엔 거북, 그리고 이번엔 너야? 모두가 내게 똑같은 질문을 해 대는군. 숨쉬기조차 힘겨워 개굴개굴 우는 주제에 내게 어디에 가느냐고 물어서 내 귀중한 시간을 빼앗는 이유가 뭐야? 그리고 도대체 네가 나와 얼마나 친하다고 나를 '영악한 아이'라고 부르는 거야?"

개구리가 대답했다.

"맙소사. 마퀴나세. 너는 정말로 건방지구나. 눈을 가진 동물이라면 네가 어떤 아이인지 단박에 알아볼 거다."

"동물들에게 네 거대한 입이나 먼저 보여 주시지. 제발 내 일에 참견하지 말란 말이야!"

마퀴나세는 이렇게 쏘아붙이고 가던 길을 재촉했다.

개구리로부터 멀어진 마퀴나세는 큰길을 떠나 길가에 쳐진 가시나무 울타리를 넘었다.

"더 이상 다른 동물들이 나를 귀찮게 하지 못하도록 차라리 큰길을 벗어나는 것이 낫겠어."

울타리를 넘자 밭이 나왔다.

"어, 이 밭은 정말 훌륭하군. 마침내 내게도 행운이 찾아오는 거야. 이곳에서 배불리 먹을 수 있겠어. 그래 식구들은 먹을 것 대신에 계속 잠이나 자고 있으라고 하고……."

그때 마침 마퀴나세가 가시나무 울타리를 넘는 것을 본 밭 주인이 개를 불렀다.

"저기 마퀴나세가 또 왔다. 가서 잡아라!"

밭 주인이 미처 말을 마치기도 전에 개는 큰소리로 짖으며 마퀴나세를 향해 달려갔다.

개가 짖는 소리를 듣고 놀란 마퀴나세는 허둥지둥 울타리를 빠져나오다가 그만 가시나무에 몸을 찢기고 말았다. 마퀴나세가 꽥꽥 울면서 줄행랑을 쳤지만 개는 맹렬하게 마퀴나세를 쫓아왔다. 개에게 쫓기던 마퀴나세는 연못에 있는 개구리를 보고 간청했다.

"개구리야, 개구리야, 나를 좀 구해 줘!"

"미안하구나, 내가 아직 이 큰 입을 다 꿰매지를 못했어."

마퀴나세는 계속해서 도망쳤다. 어느덧 개가 바짝 뒤를 쫓아와 꼬리를 물었다. 아슬아슬하게 빠져나온 마퀴나세는 저 앞에 느릿느릿 걷고 있는 거북을 발견하고 애원했다.

"거북아, 거북아, 제발 나를 좀 도와주렴."

"이렇게 느린 발걸음으로 어떻게 너를 구해 줄 수 있겠니?"

거북이 시큰둥하게 대답했다. 다음은 나무 그늘 아래서 풀을 뜯고 있는 당나귀였다.

"당나귀야, 당나귀야, 제발 나를 좀 구해 다오. 개가 나를 잡아먹으려고 해."

"미안하구나. 나는 너무 긴 귀를 고치기에도 시간이 턱없이 부족하구나."

다행히 개는 마퀴나세의 엉덩이를 한번 덥석 물고는 더 이상 쫓지 않고 집으로 돌아갔다.

"어디 갔다 오는 거야?"

마퀴나세의 어머니가 물었다. 온몸이 상처투성이가 된 채, 마퀴나세는 거칠게 숨을 몰아쉬며 별 일 아니라는 듯 대답했다.

"뭐, 특별히 어디 갔다 온 것은 아니에요. 그냥 집 근처를 산보했어요."

마퀴나세의 어머니는 무척 화가 났다.

"특별히 어딜 갔다 온 것이 아니라고? 그런데 그렇게 꽥꽥거리면서 거친 숨을 내쉬니?"

"아니에요. 저는 그냥 여기저기 뛰어다녔을 뿐이에요. 모두들 잠들었을 때 혼자 돌아다녔어요."

"그러면 왜 개가 너를 쫓아다녔지?"

"아니에요. 개가 나를 쫓아다닌 것이 아니라 나와 함께 뛰어다닌 거예요."

"그래. 너는 네가 똑똑하다고 생각하겠지? 이걸 기억해라. 현명한 사람은 남의 결점을 들어 적을 만드는 일을 하지 않는단다."

개코원숭이의 기원

개코원숭이는 한때 사람이었다고 한다. 이 동물은 아마투시에 속하는 아마페네[1]로부터 비롯되었다고 알려져 있다. 아마페네라고 불리는 사람들은 게으르고 일하는 것을 꺼렸으며 아무 노력도 없이 다른 사람들이 열심히 일해서 만든 음식을 얻어먹기를 좋아했다.

그들은 항상 제대로 먹지 못했다. 사람들은 그들을 불쌍하게 여기면서도 한편으로는 그들의 게으름을 비웃었다. 어느 날 그들은 자신들이 더 이상 사용하지 않는 괭이자루를 등에 붙이고 꼬리 달린 짐승이 되었다. 그 후로 그들은 자신들에게 음식을 주기를 거부했던 사람들의 음식을 훔쳐 먹기 시작했다. 그러다 사람들에 쫓겨 마을을 벗어나 숲속으로 들어가 살게 되었고, 결국 개코원숭이가 되었다. 오늘날 개코원숭이는 그들이 변해서 된 것이다.

한번은 개코원숭이를 싫어하는 마을의 한 사내가 밭을 돌보다 피곤에 지쳐 잠이 들고 말았다. 그때 개코원숭이가 몰래 밭에 들어와 자라는 곡식을 먹어 치웠다. 하지만 잠이 든 사내는 전혀 낌새를 채지 못했다. 개코원숭이는 옥수수 줄기를 꺾어 채찍을 만들고는 사내가 깊은 잠에 빠져 있는 감시탑 위에 올라갔다. 그리고 채찍을 들어 사내를 힘껏 내리쳤다. 사내는 심한 통증을 느끼고 깜짝 놀라 잠에서 깨어났다. 사내는 개코원숭이가 감시탑을 내려가 밭을 빠져나가는 것을 보고 외쳤다.

"나쁜 놈! 저놈이 나를 치고 도망가는구나."

감시탑에서 내려온 사내는 주변에 개코원숭이의 발자국이 흩어져 있는 것을 보았다. 밭은 이미 폐허가 되어 있었다.

대부분의 아마투시 사람들은 아직도 마을에 살고 있다. 그래서 깊은 계곡에서 개코원숭이의 울음소리가 들릴 때 사람들은 아마투시 사람들을 보며 이렇게 놀린다.

"자, 저기 네 친척이 너를 부르고 있다."

●—주

1 자신들이 남아프리카 최고의 민족이라고 생각한 줄루 사람들은 변방의 페네 사람들을 비하하여 개코원숭이라고 불렀다.

마법의 황소

옛날에 소년이 커다란 바위 위에 앉아 소 떼를 돌보고 있었다. 어느 날 한 무리의 식인종이 그곳을 지나가다가 바위에 앉아 있는 소년을 발견했다. 식인종들은 바위 위로 올라가 소년을 잡으려고 했다. 하지만 식인종들의 둔한 몸으로는 쉬운 일이 아니었다. 식인종들은 소년에게 어서 바위에서 내려오라고 했다. 물론 소년은 내려가지 않았다. 그러자 식인종들은 소년의 소들을 빼앗아 가겠다고 협박했다.

"우리가 바위 위에 올라갈 수 없으니 네 소들을 가져가겠다."

식인종들은 소들을 에워싸더니 몰고 가 버렸다. 소년은 하는 수 없이 바위 위에서 내려와 식인종들의 뒤를 쫓았다. 그런데 소들 가운데 황소 한 마리가 우뚝 멈춰 서자 모든 소들이 덩달아서 제자리에 서는 것이었다. 그 황소는 음샤야은들렐라라고 불리는 소였다. 식인종들이 채찍으로 황소를 내려쳤지만 황소는 꿈쩍도 하지 않았다. 황소는 소 떼의 맨 앞에 있었기 때문에 다른 소들도 움직일 수 없었다. 식인종들이 뒤따라오던 소년에게 물었다.

"야, 이거 이래 가지고 어떻게 이 소들을 몰고 다니는 거야?"

그러자 소년이 대답했다.

"소들은 내가 노래를 불러 움직이라고 해야 움직여."

소년은 노래를 불렀다.

걸어라, 음샤야은들렐라.
도둑들이, 음샤야은들렐라.
그를 훔쳐갔다, 음샤야은들렐라.
그들이 그를 잡아갔다, 음샤야은들렐라.

이 노랫소리에 황소는 걷기 시작했고, 다른 소들도 그 뒤를 따랐다. 소 떼는 깊은 협곡에 도착했다. 음샤야은들렐라는 다시 한번 걸음을 멈추었다. 음샤야은들렐라는 그 협곡을 건너기를 꺼렸다. 식인종들이 소년에게 다시 한번 노래를 부를 것을 종용했다.

"노래를 불러라. 그렇지 않으면 너를 잡아먹어 버리겠다."

소년은 다시 노래를 불렀다.

걸어라, 음샤야은들렐라.
도둑들이, 음샤야은들렐라.
그를 훔쳐갔다, 음샤야은들렐라.
그들이 그를 잡아갔다, 음샤야은들렐라.

이 노랫소리에 음샤야은들렐라가 협곡을 건너고 소 떼가 그 뒤를 따랐다. 이렇게 가다 서기를 반복하던 소년과 소 떼는 식인종들의 집에 도착했다.

식인종들은 소 떼를 외양간에 집어넣으려고 했다. 이번에도 음샤야은들렐라는 완강하게 저항했다. 식인종들은 소년에게 잡아먹히기 싫으면 노래를 부르라고 협박했다. 소년이 노래를 부르자 황소는 곧바로 외양간으로 들어갔다. 식인종들은 골칫거리인 황소를 찔러 죽이려고 했지만 황소가 거세게 저항하는 바람에 실패하고 말았다. 식인종들은 소년에게 노래를 부르라고 명령했다. 소년이 노래를 부르자 황소는 저항하지 않았다. 하지만 문제는 여기서 끝나지 않았다.

식인종들은 음샤야은들렐라의 가죽을 벗기고 싶었지만 쉽게 가죽을 벗길 수 없었다. 소년이 다시 노래를 부르자 가죽은 순순히 벗겨졌다. 식인종들은 황소의 고기를 자르기를 원했지만 이것도 쉽지가 않았다. 또다시 소년이 노래를 부른 후에야 고기에 칼이 들어갔다. 식인종들은 황소를 부위별로 잘라 외양간 이곳저곳에 늘어놓았다.

식인종들은 소년에게 고기를 지키라고 명령하고 강으로 몸을 씻으러 갔다. 집에는 소년 말고도 눈 먼 식인종 할머니가 있었다. 식인종들이 강으로 몸을 씻으러 가자 소년은 음샤야은들렐라의 가죽을 외양간 바닥에 잘 펼쳤다. 그런 다음 황소 고기를 가죽 위에 모아 놓았다. 소년은 소가죽을 막대기로 때리고 노래를 불렀다.

일어나라, 음샤야은들렐라.
도둑들이, 음샤야은들렐라.
그를 훔쳤다, 음샤야은들렐라.
그들이 그를 잡아갔다, 음샤야은들렐라.

소년의 노래를 수상쩍게 여긴 식인종 할머니가 소년에게 물었다.

"너 거기에서 무엇을 하고 있느냐?"

"춤을 추고 있어요, 할머니."

소년은 노래를 부르면서 다시 음샤야은들렐라의 가죽을 막대기로 때렸다. 그러자 죽었던 음샤야은들렐라가 꿈틀하더니 그 자리에서 벌떡 일어났다. 소년은 다른 소 떼들도 차례차례 막대기로 때리며 집으로 가자고 했다.

소년은 소 떼를 이끌고 길을 떠났다. 소년과 소 떼는 강물이 거세게 흐르는 강에 도착했다. 소년이 강물을 막대기로 때리자 강물이 둘로 갈라졌다. 소년은 음샤야은들렐라와 나란히 강을 건넜고, 소 떼도 한눈팔지 않고 음샤야은들렐라를 따랐다. 소년과 소 떼가 강을 건넌 후에 강은 다시 강물로 채워졌다.

식인종들이 집에 돌아와서 보니 집에는 고기도, 소 떼도, 소년도 없었다. 식인종들은 소년이 소 떼를 몰고 갔음을 알아차리고 전력을 다해 소년과 소 떼를 뒤쫓았다. 식인종들은 소년과 소 떼가 강 건너편에 있는 것을 발견했다. 하지만 강물은 꽤 깊고 강물도 거세 보였다. 식인종들이 소년에게 소리쳤다.

"야, 도대체 이 강을 어떻게 건넌 거야?"

"별로 어렵지 않던데요. 내가 도와줄까요?"

식인종들이 좋다고 했다. 그래서 소년은 긴 끈을 만들어 강 건너편에 있는 식인종에게 던졌다. 그러고는 식인종에게 끈으로 몸을 꽉 묶고 있으면 강 건너편에 있는 자기가 끈을 잡아당길 것이라고 말했다. 식인종들이 끈으로 몸을 묶자 소년이 끈을 잡아당기기 시작했다. 식인종들은 끈에 묶인 채 강물로 들어갔다. 식인종들이 강의 중간에 도착했을 때 소년은 잡고 있던 줄을 놓았다. 식인종들은 모두 물에 휩쓸려 떠내려갔다.

소년은 소 떼를 몰고 집으로 돌아갔다. 그런데 집에 도착해서 보니 사람들이 슬피 울고 있었다. 사람들은 소년이 식인종에게 끌려가서 죽었을 것이라고 생각했던 것이다. 소년이 부모에게 그 동안 일어났던 일들을 설명하자 소년의 아버지는 크게 기뻐하며 소년에게 음샤야은들렐라를 선물로 주었다. 그 후 소년과 음샤야은들렐라는 행복하게 오래오래 잘 살았다.

머리가 일곱 달린 뱀

옛날에 한 여인이 머리가 일곱 달린 뱀을 기르고 있었다. 여인은 그 뱀을 항아리에 담아 오두막에 가두고는 아이들이 그 오두막에 들어가지 못하도록 했다. 오두막에는 오로지 그 여인만이 들어갈 수 있었다. 여인은 무서운 힘을 가진 음타가티[마녀]였고, 모두들 그 여인을 두려워했다.

어느 날 여인이 외출을 하면서 오두막의 문을 잠그는 것을 깜박 잊었다. 여인이 오두막 문을 잠그지 않은 채로 집을 나서는 것을 지켜본 몇몇 아이들은 마을 아이들에게 손짓으로 알려 오두막으로 모이게 했다. 아이들은 오두막을 향해 살금살금 다가갔다.

오두막에 들어가자 제일 먼저 눈에 띈 것은 깊숙한 구석에 놓인 커다란 질항아리였다. 호기심 많은 아이들은 그 안에 무엇이 들어 있을지 궁금해졌다. 어떤 아이들은 열어 보자고 했고 또 다른 아이들은 겁에 질려 뚜껑을 열면 안 된다고 말했다. 결국 한 아이가 나서서 항아리 뚜껑을 열었다. 그러자 뜻밖에도 항아리 안에서 머리가 일곱이나 달린 뱀이 기어 나오는 것이었다. 일곱 개의 뱀 머리는 아이들을 보고 각자 한마디씩 했다.

"아이들이 달아나네!"

"우리 머리를 보고 도망가나?"

"우리 머리가 어때서 도망가는 거야?"

"머리가 너무 많아서 그러나?"

"어떤 아이는 우리를 가까이에서 보고 싶어하는 것 같은데?"

"잡아먹힐까 봐 겁나나 보지?"

"바로 잡아먹어 버릴까?"

뱀은 항아리에서 나와 강이 있는 방향으로 갔다. 강가에 이르자 뱀은 빽빽이 자란 풀을 돌돌 감고 똬리를 틀었다.

이때 한 무리의 소녀들이 강으로 물을 길러 왔다. 막 물을 길으려는 순간 소녀들은 저쪽 먼발치에 반짝반짝 빛나는 물체가 놓여 있는 것을 보았다. 한 소녀가 말했다.

"얘들아. 저쪽을 좀 봐. 저기 반짝거리는 물건을 좀 보라고. 저게 뭘까?"

소녀들은 반짝이는 물체가 있는 곳으로 재빨리 뛰어갔다. 물체에 가까이 다가선 소녀들은 그것이 머리를 일곱 개나 가진 뱀이라는 사실을 발견하고 경악했다. 이번에도 일곱 개의 뱀 머리는 소녀들을 보고 각자 한마디씩 했다.

"소녀들이 달아나네!"

"우리 머리를 보고 도망가나?"

"우리 머리가 어때서 도망가는 거야?"

"머리가 너무 많아서 그러나?"

"어떤 소녀는 우리를 가까이에서 보고 싶어하는 것 같은데?"

"잡아먹힐까 봐 겁나나 보지?"

"바로 잡아먹어 버릴까?"

소녀들은 걸음아 날 살려라 하고 그 자리에서 도망쳤다. 물을 긷기 위해 가져간 호리병박마저 강가에 그냥 버려두었다. 소녀들은 집에 도착하자마자 자신들이 본 뱀 이야기를 했다. 그러나 사람들은 소녀들이 물을 길어 오기 귀찮아서 거짓말을 꾸며 낸 것이라고 생각했다. 마을에 물이 없었기 때문에 집에 있던 여인 몇 명이 물을 긷기 위해 다시 강에 나가야 했다. 여인들은 풀이 빽빽이 우거진 길을 지나가다가 뭔가 반짝이는 물체를 발견하고는 그 자리에 멈춰 섰다.

일곱 개의 뱀 머리는 또 한마디씩 했다.

"여자들이 달아나네!"

"우리 머리를 보고 도망가나?"

"우리 머리가 어때서 도망가는 거야?"

"머리가 너무 많아서 그러나?"

"어떤 여자는 우리를 가까이에서 보고 싶어하는 것 같은데?"

"잡아먹힐까 봐 겁나나 보지?"

"바로 잡아먹어 버릴까?"

여인들도 겁에 질려 앞다투어 줄행랑을 쳤다. 결국 여인들도 물을 길어 오지 못했다. 집에 도착한 여인들은 아직도 흥분이 가시지 않은 상태에서 강가에서 본 이상한 일을 집의 남자들에게 이야기했다. 하지만 남자들은 그 이야기를 아주 가볍게 흘려들었다. 남자들은 여자란 모두 어린아이처럼 겁쟁이라고 여겼기 때문이다.

드디어 남자들이 방패와 무기를 들고 집을 나섰다. 소녀들과 여인들이 이야기한 이상한 물건을 보기 위해서였다. 강으로 가는 도중에 남자들은 아주 가벼운 마음으로 농담까지 주고받았다. 하지만 강가에 도착해 빛나는 물체를 발견한 남자들은 그 자리에 우뚝 선 채 믿을 수 없다는 듯이 두 눈만 껌벅였다. 머리가 일곱 달린 뱀이 이야기를 하고 있었다.

"아, 사람들 서 있는 것 좀 봐."

"우리 머리를 보고 도망가네."

"우리 머리가 어때서 도망가는 거야?"

"머리가 너무 많아서 그러나?"

"어떤 사람은 우리를 가까이에서 보고 싶어하는 것 같은데?"

"잡아먹힐까 봐 겁나나 보지?"

"바로 잡아먹어 버릴까?"

남자들은 겁에 질려 무기를 든 채 줄행랑을 쳤다. 이번에는 뱀들이 남자들의 뒤를 쫓았다. 남자들은 집에 도착하자마자 사람들을 불러 뱀이 오는 길가에 가시나무를 늘어놓으라고 명령했다. 두려움에 사로잡힌 사람들은 힘을 모아 가시나무를 길가에 늘어놓았다. 곧이어 뱀이 스르르 길을 따라 미끄러져 왔다. 뱀은 길에 가시나무가 깔려 있는 것도 모르고 가시나무에 올라탔다가 가시에 온몸을 찔려 죽고 말았다.

노칸다가자나

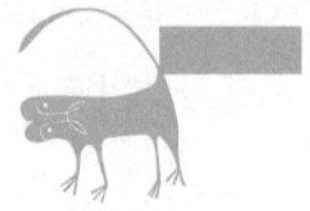

옛날에 욕심이 많고 고집이 센 노칸다가자나라는 소녀가 살고 있었다. 노칸다가자나에게는 템벨레체니라는 여동생이 있었다. 노칸다가자나는 매우 조숙한 반면 템벨레체니는 아직 순진하기만 했다. 자매는 둘 다 매우 아름다운 외모의 소유자였다.

하루는 왕궁에서 한 무리의 사람들이 도착했다. 그들은 왕이 보낸 사자들이었다. 그들의 임무는 왕의 아내가 될 만한 아름다운 아가씨를 찾아오는 것이었다. 여러 마을을 돌아다니던 그들은 마침 자매가 물놀이를 하고 있는 강가를 지나게 되었다. 꽃다운 얼굴의 두 아가씨를 본 왕의 사자들은 감탄을 금치 못했다.

"마침내 찾아냈구나! 저 아름다운 아가씨들을 좀 봐!"

사자들은 노칸다가자나와 템벨레체니에게 물었다.

"아가씨, 집이 어디입니까?"

"우리는 이 마을에 살고 있는데요."

서로 인사를 건넨 후 노칸다가자나가 물었다.

"어디에서 오신 분들이지요?"

"우리는 왕의 명령을 받고 이곳에 왔습니다. 우리가 이곳에 온 목적은 왕의 신붓감을 찾기 위해서지요."

노칸다가자나와 템벨레체니는 둘 다 아름다웠지만 왕의 아내가 될 사람은 한 사람뿐이었다. 사자들은 둘 중 한 명을 선택해야 했다. 노칸다가자나도 아름다웠지만 템벨레체니는 정말로 빛나 보였다. 결국 사자들은 템벨레체니를 왕의 아내로 삼기로 결정했다. 이에 화가 난 노칸다가자나가 말했다.

"왜 나를 선택하지 않은 거지요?"

사자들은 노칸다가자나가 매우 시기심이 많다는 것을 느꼈다.

"당신은 참으로 욕심이 많군요."

사자들은 템벨레체니를 선택한 후 그녀의 아버지에게 청혼을 하고 왕궁으로 돌아갔다. 왕궁에 도착한 사자들은 왕에게 경과를 보고했다.

"우리는 참으로 아름다운 아가씨들을 보았습니다. 두 명의 아가씨가 있는데 그 중 한 아가씨는 욕심이 많아 보였습니다. 그 아가씨는 참으로 교육이 덜되었고 이기적인 아가씨였습니다."

한편 자매의 아버지는 템벨레체니에게 말했다.

"자, 이제 왕궁으로 가서 왕과 결혼해라."

노칸다가자나가 말했다.

"나도 가겠어요."

"안 된다. 너는 가지 말고 여기에 있어라."

하지만 노칸다가자나는 아버지의 말을 듣지 않고 템벨레체니와 함께 길을 떠났다. 자매는 집을 떠나 한참을 걸었다. 갑자기 노칸다가자나가 말했다.

"나는 네가 가는 곳으로 가지 않겠어. 네가 갈 곳은 저쪽 길이야."

노칸다가자나는 템벨레체니에게 개들이 살고 있는 마을의 방향을 가리켰다. 템벨레체니는 아무런 의심도 없이 몸을 돌려 그쪽으로 길을 떠났다. 노칸다가자나는 홀로 여행을 계속하여 왕국에 도착했다.

"아가씨가 도착했다!"

성문을 지키던 사람이 소리쳤다. 그러자 성에서 한 남자가 나와서 노칸다가자나를 바라본 후에 다시 성 안으로 들어갔다. 그러고 나서 마을에 왔던 왕의 신하가 나왔다.

"아아, 저 아가씨는 우리가 선택한 아가씨가 아닌데. 저 아가씨는 욕심 많은 아가씨가 아닌가."

신하는 들어가서 왕에게 고했다.

"왕궁 앞에 서 있는 아가씨는 저희가 말씀드렸던 욕심 많은 아가씨입니다."

왕이 말했다.

"그 아가씨를 이리 데리고 오너라. 내 아내가 될 아가씨가 어디에 있는지 물어봐야겠구나."

노칸다가자나가 왕의 앞에 나왔다.

"자, 다른 아가씨는 어디에 있지?"

"템벨레체니는 나와 함께 오던 중 갑자기 왕과 혼인하고 싶지 않다며 다른 곳으로 가 버렸어요."

왕이 신하들에게 어찌 된 일이냐고 물었지만 신하들은 템벨레체니가 왕의 아내가 되겠다는 약속을 했노라고 대답했다.

다음 날 예쁜 앵무새 한 마리가 왕궁에 도착했다. 새는 외양간에 있는 나무 기둥 꼭대기에 앉아 말했다.

"왕께 전할 전갈을 가지고 왔어요. 템벨레체니는 노칸다가자나에게 속아 왕궁이 아닌 다른 방향으로 길을 떠났어요. 노칸다가자나는 템벨레체니를 개들이 살고 있는 마을로 가도록 속였던 거예요. 템벨레체니는 그곳에서 많은 고초를 겪고 있습니다. 개들은 먹고 난 뼈다귀를 던져 주면서 그걸 먹도록 강요하고 있답니다. 개들은 템벨레체니에게 '너도 고기를 먹고 나면 뼈다귀만 우리에게 던져 주잖아. 마찬가지로 우리도 네게 고기를 절대 주지 않겠다.' 며 학대하고 있어요."

한편 개들에게 시달리던 템벨레체니는 결국 마을을 떠나기로 결심했다. 하지만 며칠 동안 아무 음식도 입에 넣어 보지 못했기 때문에 몹시 배가 고팠다. 허기진 배를 움켜쥐고 길을 가던 템벨레체니는 길가에 서 있는 집을 한 채 보았다. 템벨레체니는 그 집 앞으로 기다시피 다가가서 배가 무척 고프니 음식을 좀 나눠 달라고 애원했다. 집 안에 인기척이 없자 템벨레체니는 실례를 무릅쓰고 집 안으로 들어갔다. 그런데 그곳에서 템벨레체니를 맞이한 것은 여기저기 늘어놓인 해골들이었다. 그곳은 사람을 잡아먹는 이지무의 집이었던 것이다. 템벨레체니는 겁에 질려 울부짖었다.

"아아, 이런……. 내가 이지무의 집에 들어왔구나. 이젠 어떡한담?"

이지무의 집 한구석에는 높은 선반이 있었다. 템벨레체니는 만일을 대비해 커다란 돌을 몇 개 들고 선반 위로 올라갔다.

저녁이 되자 이지무들이 돌아왔다. 그 중 하나가 말했다.

"뭔가 맛있는 냄새가 나는데?"

이지무들은 그 자리에 앉아서 막 사냥해 온 사람 고기를 먹기 시작했다. 식사를 마치자 이지무들은 템벨레체니가 숨어 있는 선반 아래에 누워 잠이 들었다. 그러던 중 템벨레체니는 오줌이 너무 마려워 참지 못하고 그냥 선반에서 오줌을 누었다. 그랬더니 한 이지무가 소리쳤다.

"비가 오는구먼. 나가서 살펴봐야겠어. 도대체 어디에서 비가 새는 거야?"

그 순간 템벨레체니가 가지고 있던 커다란 돌멩이를 이지무를 향해 던졌다. 돌멩이는 이지무의 가슴에 꽂혔다. 이지무는 숨도 제대로 쉬지 못하고 그 자리에서 쓰러졌다. 용기를 얻은 템벨레체니는 나머지 돌멩이를 가지고 잠들어 있는 나머지 이지무들도 모두 처치했다.

아침이 밝자 템벨레체니는 선반에서 내려와 다시 길을 떠났다. 이윽고 얼마 전에 노칸다가자나와 헤어졌던 갈림길에 다다랐다. 이번에는 노칸다가자나가 가지 말라고 했던 길을 택했다. 템벨레체니는 곧 강가에 도착해 막대기로 땅바닥을 내려쳤다. 그러자 강가에서 작은 새들이 날아올라 그녀에게 말했다.

"맞아요. 당신이 왕의 신붓감이에요."

그러고는 다시 이렇게 말했다.

"음식아, 나와라!"

그러자 땅콩 한 바구니가 땅에서 솟아났다. 템벨레체니는 땅콩을 배불리 먹었다. 땅콩을 다 먹고 나자 맥주 항아리가 나왔다. 템벨레체니는 그것도 실컷 마셨다. 그 다음에는 고깃덩어리가 나왔다. 템벨레체니는 고기도 양껏 먹었다. 기운을 차린 템벨레체니는 다시 길을 떠났다.

결국 템벨레체니는 왕의 궁에 도착했다. 궁에 들어가는 입구에는 강이 있었는데 템벨레체니는 그곳에서 노칸다가자나를 발견했다. 노칸다가자나는 템벨레체니를 보고 깜짝 놀랐지만 뻔뻔스럽게도 또다시 거짓말을 했다.

"어디 가는 거야? 왕은 더 이상 너를 좋아하지 않아. 왕이 말하기를 만일 너를 다시 본다면 너를 죽여 버리겠다고 했어. 왜냐하면 너는 개들과 혼인을 했기 때문이지. 안됐구나. 우리는 같은 아버지의 자식인데 말이야. 자, 내가 이 진흙을 네 얼굴에 발라 줄게. 그러면 아무도 눈치 채지 못할 거야. 왕궁에 가서는 네가 떠돌이 아이라고 말해 주지."

템벨레체니는 좋다고 말했다. 노칸다가자나는 템벨레체니의 얼굴에 진흙을 바른 후 같이 왕궁으로 돌아왔다.

"이 아이는 강가에서 만났는데 떠돌아다니는 아이예요."

이렇게 말한 후 노칸다가자나는 템벨레체니를 하인으로 부렸다. 때는 추수기였다. 하인이 된 템벨레체니는 왕궁의 하인과 함께 왕의 밭에서 새를 쫓는 일을 하도록 명을 받았다.

이른 아침 템벨레체니는 새를 쫓기 위해 밭으로 나갔다. 밭에 도착한 템벨레체니는 그늘에 들어가 앉았다. 새들이 날아와 옥수수 위에 앉자 하인이 소리쳤다.

"저기에 새들이 있다, 얘야."

하지만 템벨레체니는 그 말을 무시하고 노래를 부르기 시작했다.

여기는 왕의 밭이에요.
왕은 내게 와서 아내가 되어 주겠느냐고 물었고요.

그러자 새들이 갑자기 옥수수 밭에서 후드득 날아올라 멀리 날아가 버렸다. 그 후로도 새 떼가 몰려올 때마다 템벨레체니는 일어나서 새를 쫓지 않고 앉은 채 노래를 불렀다.

여기는 왕의 밭이에요.

왕은 내게 와서 아내가 되어 주겠느냐고 물었고요.

어느 날 오후였다. 템벨레체니는 하인에게 잠깐 목욕을 하고 올 동안 자리를 지켜 달라고 부탁했다. 그녀가 강 쪽으로 발걸음을 옮기자 작은 새들도 함께 강둑에 날아가 앉았다.

템벨레체니가 강가를 막대기로 치자 온갖 음식이 땅속에서 나왔다. 템벨레체니는 맛있게 음식을 먹었다. 한편 시간이 지나도 템벨레체니가 돌아오지 않자 왕궁 하인은 이상히 여겨 강가로 그녀를 찾아왔다.

"떠돌이 아이가 이렇게 오랜 시간 동안 강에서 뭘 하는지 한번 봐야겠어."

그는 강둑으로 기어 올라가서 템벨레체니가 뭘 하고 있는지 훔쳐보았다. 템벨레체니는 온몸의 진흙을 씻어 내고 목욕을 하고 있었다.

"아니, 저 아이가 저토록 아름다운 아가씨였다니."

하인은 재빨리 왕의 밭으로 돌아가 템벨레체니를 기다렸다. 목욕을 마친 후 템벨레체니는 다시 온몸에 진흙을 바르고 밭으로 돌아왔다. 저녁이 되어 템벨레체니와 하인은 왕궁으로 돌아갔다. 하인은 서둘러 왕의 거처로 달려가 보고했다.

"왕이시여, 새로 온 아이가 얼마나 아름다운지 왕께서 직접 보셔야 합니다."

왕이 물었다.

"너는 어떻게 보았느냐?"

"예, 그애가 목욕을 하러 강에 간 후에 돌아오지 않아 무슨 일이 있는가 하고 따라가 보았습니다. 그런데 목욕을 하고 있는 아이의 모습이 너무 아름답더군요. 그녀의 몸을 덮고 있는 진흙은 피부가 아니었습니다. 목욕을 마친 후 그애는 다시 진흙을 온몸에 발랐습니다."

왕이 말했다.

"너는 다른 사람에게 절대 이 이야기를 하지 마라."

다음 날 아침 템벨레체니와 왕궁 하인은 밭으로 나갔다. 템벨레체니는 다시 그늘을 찾아 들어갔다. 그리고 새 떼가 날아오자 노래를 불렀다.

여기는 왕의 밭이에요.
왕은 내게 와서 아내가 되어 주겠느냐고 물었고요.

정오가 되자 템벨레체니는 왕궁 하인에게 부탁했다.

"목욕을 하고 오겠어요."

하지만 이번에는 왕이 미리 강둑에 와서 숨어 있었다. 템벨레체니가 강에 도착하자 작은 새들이 우우 강둑에 몰려들었다. 어제와 마찬가지로 온갖 음식들이 나왔고, 템벨레체니는 목욕을 했다. 몰래 이 모습을 훔쳐보던 왕은 템벨레체니의 아름다움에 반해 단숨에 그녀에게 달려갔다. 왕은 템벨레체니를 데리고 왕궁으로 돌아왔다.

왕은 신하들을 소집했다. 템벨레체니를 본 신하들은 "이 아가씨가 바로 저희가 그때 선택한 아가씨입니다."라고 말했다. 템벨레체니는 왜 자기가 온몸에 진흙을 바르고 다녔는지를 설명했다.

"노칸다가자나가 내게 말하기를 왕궁은 저쪽이라고 했어요. 그리고 그녀는 다른 길을 택했지요. 노칸다가자나는 내게 잘못된 방향을 가리켜 주었던 거예요. 도착해 보니 개들이 살고 있는 마을이었어요. 개들은 뼈를 모아 제게 주면서 '이걸 먹어라. 사람들은 고기를 먹고 남은 뼈를 우리 개들에게 주잖니? 그러니 우리도 사람에게 뼈를 주겠다.' 라고 말했어요."

왕은 노칸다가자나에게 왕궁을 떠나도록 명령했다.

"내 왕궁을 당장 떠나거라. 나는 너를 사랑하지 않는다. 네 집으로 혼자 돌아가도록 해라. 아무도 너를 호위해 주지 않을 것이다."

템벨레체니는 왕궁에 남아 왕의 아내가 되었고, 노칸다가자나는 분노에 차서 길을 떠났다. 노칸다가자나는 은솔로라는 청년의 집에 도착했다. 은솔로는 커다란 점토 항아리에 뱀을 기르고 있었다. 은솔로는 이 항아리를 항상 봉해 놓고 있었다. 노칸다가자나는 홧김에 은솔로에게 결혼하자고 말했다. 노칸다가자나도 역시 아름다운 아가씨였기 때문에 은솔로는 당장에 승낙했다.

하지만 노칸다가자나는 참견하기를 좋아하는 아가씨였다. 어느 날 은솔로의 식구들이 집을 비운 사이 노칸다가자나는 커다란 항아리 안에 무엇이 들어 있을까 궁금해 봉해 놓은 항아리 뚜껑을 열었다.

"이 항아리 안에 무엇이 들어 있는지 봐야겠다."

노칸다가자나가 항아리 뚜껑을 열자마자 독을 잔뜩 품은 뱀이 튀어나와 그녀를 물고 말았다.

사자와 자칼

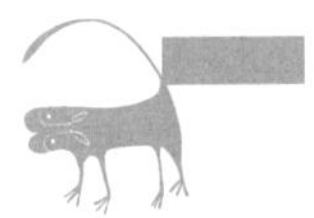

하루는 자칼이 사냥을 하다가 사자를 만났다. 사자는 자칼에게 함께 사냥을 하자고 말했다. 단 조건이 하나 있는데, 만일 작은 사슴을 잡게 되면 그것은 자칼의 몫, 큰 사슴을 잡게 되면 그것은 사자의 몫이라는 것이었다. 자칼은 사자의 제안을 받아들였다.

사자와 자칼이 처음 사냥한 동물은 아주 커다란 일런드영양[1]이었다. 사자는 무척 기뻐하며 자칼에게 말했다.

"나는 사냥을 계속할 테니 너는 약속대로 우리 새끼들에게 이 짐승을 가져가라고 전해 다오."

"그렇게 하지, 뭐."

사자는 다른 짐승을 사냥하기 위해 길을 떠났다. 사자가 떠난 후 자칼은 자기 집으로 돌아가 새끼들에게 일런드영양을 가져가라고 말했다.

"사자는 내가 바보인 줄 아는 모양인데, 내가 내 새끼들이 굶주리는 것을 두 눈으로 보면서 사자 새끼들을 챙길 것 같아?"

자칼의 새끼들은 죽은 일런드영양을 높은 절벽 위에 있는 집으로 운반해 갔다. 자칼의 집으로 가려면 절벽 위에 드리운 밧줄을 타고 올라가는 길밖에 없었다.

한편 사자는 그날은 운이 다했는지 더 이상 동물을 잡지 못했다. 집에 돌아온 사자는 아내에게 자기가 잡은 일런드영양이 어디에 있느냐고 물었다. 아내는 사자에게 언제 일런드영양을 잡았느냐고 되물었다.

사자가 말했다.

"자칼 한 마리가 와서 우리 새끼들에게 일런드영양을 가져가라고 말하지 않았어?"

"아니요. 자칼은 여기에 오지 않았는데요. 쓸데없는 소리 그만하고 어서 사냥해 온 고기를 주세요. 우린 배가 고파요."

사자는 무언가 잘못되었다고 생각하면서 자칼의 집에 찾아갔다. 하지만 절벽 위에 있는 자칼의 집에 올라갈 수가 없었다. 그래서 사자는 절벽 밑에 있는 물가에 앉아 마냥 자칼을 기다렸다. 한참이 지난 후 자칼이 절벽에서 밧줄을 타고 물을 길러 내려왔다. 자칼은 사자가 물가에 쭈그리고 앉아 있는 것을 보고 가슴이 덜컹 내려앉았다. 그 자리에서 줄행랑을 치려고 했지만 사자가 어느새 바짝 쫓아왔다. 다급해진 자칼은 나무 밑에 나 있는 구멍으로 들어갔다. 하지만 미처 구멍 속으로 들어가기도 전에 뒤쫓아 온 사자에게 꼬리를 잡히고 말았다. 자칼은 최후의 수단으로 꾀를 부렸다.

"미안하지만 네가 잡고 있는 것은 내 꼬리가 아니다. 그건 나무뿌리야. 의심스럽다면 돌을 집어서 한번 때려 봐. 그리고 피가 나오는지 아닌지 확인해 보면 알 것 아냐."

사자는 자칼의 말이 의심스러웠지만 자칼의 꼬리를 그 자리에 놓고 돌을 찾으러 갔다. 그 사이에 자칼은 나무 구멍 깊숙이 파고 들어갔다. 돌을 집어 들고 돌아온 사자는 자칼이 이미 나무 구멍 속 깊이 들어간 것을 알았다. 자칼의 꾀에 속았다는 사실에 화가 난 사자는 나무 구멍 옆에 숨어 자칼이 나오기를 기다렸다.

한편 깊숙이 들어갔던 자칼이 구멍 근처로 나와 살펴보니 주변에 사자가 없었다. 안심이 되지 않은 자칼은 이렇게 소리쳤다.

"어이, 대장. 숨어도 소용없어. 거기 있는 것이 보이는데."

사자는 자칼의 꾀에 속아 넘어가지 않고 숨어 있는 곳에서 조금도 움직이지 않았다. 그러다가 자칼이 안심하고 구멍에서 얼굴을 내미는 순간 기다렸다는 듯이 덤벼들었다. 하지만 재빠른 자칼은 이번에도 사자의 발톱을 피해 무사히 도망쳤다. 사자로선 이보다 더 분통이 터지는 일이 없었다.

다시 사자는 집요하게 자칼을 기다렸다. 어느 날 자칼이 멋모르고 절벽에서 내려와 사냥을 나서려는데 사자가 덤벼들었다. 눈 깜짝할 사이에 벌어진 일이라 아무리 교활한 자칼이라도 사자의 발톱을 피할 수 없었다. 자칼은 더 이상 도망갈 수 없는 궁지에 몰렸다. 사자가 막 자칼에게 덤벼들려고 하는 순간 자칼이 차분하게 말했다.

"쉿! 움직이지 마! 저기 반대편 바위에 영양이 보이지? 저기, 저기 말이야. 네가 나를 도와주면 참 좋겠는데. 내가 반대편으로 돌아가서 영양을 이리 몰 테니까 너는 여기에서 기다리다가 영양을 잡도록 해. 지난번 일런드영양은 내가 먹었으니까 이번에는 네가 식구들에게 영양을 가져가도록 해."

사자는 자칼의 말에 솔깃해 그 자리에 엎드려 자칼이 영양을 몰고 오기를 기다렸다. 그 사이에 자칼은 또다시 사자의 이빨로부터 무사히 도망칠 수 있었다.

그러던 어느 날 동물들의 회의가 열렸다. 물론 동물의 왕인 사자가 회의를 주도했다. 사자와 사이가 좋지 않은 자칼도 그 회의에 참석하고 싶었다. 하지만 뿔을 가지지 않은 동물은 회의에 참석할 수 없다는 이상한 규정이 있었다. 그래서 자칼은 벌집에서 밀랍을 구해 와 가짜 뿔을 만들어 머리 위에 붙이고 회의에 참석했다. 물론 어리석은 사자는 가짜 뿔을 단 자칼을 알아보지 못했다. 하지만 모닥불 옆에 앉은 자칼은 이내 끄덕끄덕 졸았고, 그 바람에 머리 위에 단단히 붙어 있던 밀랍 뿔이 불의 열에 녹아내리기 시작했다.

회의를 진행하던 사자는 뿔이 녹아내리는 것을 보고 그제야 그 동물이 자칼임을 알아차렸다. 사자는 으르렁거리며 한달음에 달려들었지만 이번에도 자칼은 한 발 앞서 사자를 피했다. 자칼은 절벽 밑으로 도망치면서 이렇게 외쳤다.

"사자야! 도와줘! 도와줘! 절벽이 무너져 내리고 있어!"

절벽이 무너진다는 소리에 깜짝 놀란 사자는 절벽을 받칠 튼튼한 나무를 구하러 달려갔다. 그 사이에 자칼은 또다시 무사히 도망칠 수 있었다.

시간이 흘러 자칼과 사자는 다시 화해하고 친구가 되었다. 둘은 다시 사냥을 나가 이번에는 황소 한 마리를 잡았다. 사자가 황소의 가슴살을 뚝 떼어 자칼에게 주며 말했다.

"이걸 내 아내에게 가져다 줘라."

하지만 자칼은 이번에도 가슴살을 자기 아내에게 가져다 주었다. 자칼이 돌아오자 사자는 이번에는 어깻죽지를 떼어 주며 말했다.

"이것을 네 아내에게 가져다 줘라."

자칼은 이것을 사자의 아내에게 가져다 주었다. 사자의 아내는 고기를 거절했다.

"나는 어깻죽지를 먹지 않아. 나는 이것을 받을 수 없어."

이 말을 들은 자칼은 건방지다며 사자 아내의 따귀를 때리고 사자에게 돌아갔다. 그러자 사자가 커다랗게 고깃덩어리를 떼어 자칼에게 주었다.

"이걸 내 아내에게 가져다 줘."

자칼은 그것을 자기 아내에게 가져다 주었다. 이렇게 고기를 하나하나 떼어 식구들에게 나누어 준 다음 둘은 집으로 돌아갔다. 사자가 집에 도착하자 아내가 흐느껴 울면서 말했다.

"당신이 자칼을 보내 나와 아이들을 때리게 했어요? 그리고 당신이 황소의 어깻죽지를 보냈어요? 내가 언제 어깻죽지를 먹는 것 봤어요?"

이 소리를 듣고 사자는 또 자칼에게 당했다는 생각에 몹시 화가 나서 자칼의 집으로 달려갔다. 사자가 바위 근처에 도착하자 자칼은 사자를 물끄러미 내려다보며 능청스럽게 물었다.

"누구세요? 뭘 원하시는데요?"

"나는 너를 만나고 싶어서 왔다. 밧줄을 내려라."

자칼은 쥐 가죽으로 만든 밧줄을 내려 주었다. 사자가 그 밧줄을 타고 한참 올라오는데 쥐 가죽 밧줄이 사자의 무게를 이기지 못하고 그만 끊어지고 말았다. 사자는 땅에 떨어져 크게 다쳤고, 결국 이번에도 자칼을 잡는 데 실패하고 집으로 돌아갔다. 그 후로 사자는 자칼만 보면 죽일 듯이 으르렁거리며 달려든다고 한다.

●—주

1 영양 중에서 가장 덩치가 크며 진한 노란색 바탕에 검은 줄이 있다.

바다젤라와 음닝기

어느 날 한 왕국의 왕이 죽었다. 그 왕국에서는 새로운 왕이 선출되면 전통에 따라 왕의 힘을 강화하는 제사를 지냈다. 제사에서 가장 중요한 것은 용[1]의 간肝에 낀 희귀한 지방脂肪이었다. 왕의 심부름꾼들은 용의 간 지방을 구하기 위해 왕국 구석구석을 찾아다녔다. 하지만 불행하게도 이 신비의 묘약을 갖고 있는 의원은 아무도 없었다.

결국 왕은 살아 있는 용의 간 지방을 찾아오라고 명령했다. 마침 왕국의 커다란 저수지에는 용이 살고 있었다. 왕은 용감한 전사들을 그 저수지로 보냈다. 하지만 그 저수지에는 머리가 여럿 달린 음닝기여럿라는 뱀이 살고 있어 용을 보호하고 있었다. 음닝기는 성격이 매우 포악해서 용감한 전사들조차 가까이 가기를 두려워했다. 누구도 음닝기를 없애 버릴 엄두를 내지 못했다. 왕은 주술사를 불러 상의를 했지만 저수지에 있는 용의 간 지방을 구하려면 음닝기를 처치하는 것 말고는 방법이 없었다. 많은 주술사들이 음닝기를 처치할 방편을 생각해 냈지만 어느 누구도 성공하지는 못했다. 모든 노력이 실패로 돌아가자 왕은 포고령을 내렸다.

"용의 간 지방을 얻어 오는 젊은이에게는 내 딸 은타냐나 공주와 결혼할 자격을 주겠다."

포고령이 발표되자 나라 안팎에서 수많은 젊은이들이 용의 간 지방을 구하러 길을 떠났다. 하지만 아무도 살아서 돌아오지 못했다. 왕은 수많은 청년들이 간 지방을 구하려고 떠났지만 모두들 목숨을 잃었다는 소식을 듣고 매우 우울해졌다. 자신이 간 지방을 얻지 못하는 것은 불길한 징조가 아닐까 하는 생각도 하게 되었다.

수많은 사람들이 간 지방을 구하는 데 실패한 어느 날 바다젤라라고 하는 청년이 왕을 찾아왔다. 바다젤라가 왕에게 말했다.

"폐하, 제게 음닝기를 제거할 묘책이 있습니다."

하지만 왜소한 체격의 바다젤라는 뱀과 격투를 벌일 만큼 용맹스러워 보이지 않았다. 왕과 함께 있던 많은 사람들이 웃음을 터뜨렸다.

"네 모습을 봐라. 감히 네가 어떻게 은타냐나 공주와 결혼할 꿈을 꿀 수 있느냐?"

하지만 바다젤라는 확신에 차 있었다. 그래서 왕은 바다젤라를 한번 믿어 보기로 했다. 왕은 바다젤라가 어떤 계획을 가지고 있든지 용의 지방을 구해 오기만 한다면 은타냐나 공주와 결혼시켜 주겠노라고 약속했다.

바다젤라는 준비를 하는 데 약간의 시간이 필요하다고 말했다. 우선 그는 아주 커다란 오두막을 짓고 거기에 아주 작은 출입문을 달았다. 집이 완성되자 바다젤라는 바람처럼 빠른 말을 몇 필 구했다. 그리고 말이 피로해질 때마다 바꿔 탈 요량으로 저수지에서 오두막으로 오는 길목에 일정한 간격을 두고 말을 묶어 놓았다. 마지막으로 새로 지은 오두막 안에 아주 날카로운 칼을 숨겨 놓았다.

모든 준비가 끝나자 바다젤라는 음닝기가 밤에 침입자를 막기 위해서 저수지 밖에 등을 밝혀 놓는 장소에 숨어들어 음닝기와 등잔의 위치를 확인했다. 바다젤라는 적당한 날을 잡아 음닝기를 공격하기로 했다. 그의 계획은 뱀을 저수지에서 끌어내는 것이었다. 그러기 위해서는 먼저 음닝기가 밤에 불을 밝히는 등을 훔쳐 내야 했다.

음닝기를 공격할 날이 되자 바다젤라는 왕에게 갔다.

"전하, 오늘이 결전의 날입니다. 오늘 음닝기를 처치할 것입니다. 지금 저수지로 떠나겠습니다."

왕과 은타냐나는 행운을 빌어 주었다.

날이 저물자 바다젤라는 바람같이 달리는 말을 타고 저수지로 갔다. 바다젤라는 저수지에서 멀찌감치 떨어진 곳에서 말을 내려 기회를 살폈다. 음닝기의 등은 저수지 둑에서 밝게 빛나고 있었다. 바다젤라는 음닝기가 눈치 채지 못하도록 숨을 죽여 살금살금 저수지 둑 밑으로 다가갔다. 그리고 음닝기가 한눈을 팔기를 기다렸다가 등잔을 낚아채서는 재빨리 도망쳐 말 등에 올라탔다. 그러고는 뒤돌아보지도 않고 말을 달렸다. 말은 바람같이 달려갔다. 말이 지쳐 속도가 떨어질 즈음이면 기다리고 있던 다른 말을 갈아타고 또다시 바람같이 내달렸다.

음닝기는 몸을 일으켜 무서운 기세로 바다젤라를 추적하기 시작했다. 음닝기는 여러 개의 머리를 가진 거대한 뱀이었지만 땅 위에서도 믿어지지 않을 만큼 빨랐다. 얼마나 빠른지 음닝기가 달리면서 일으킨 먼지가 하늘을 뒤덮고 땅을 뒤흔들 정도였다. 앞서 달리는 바다젤라의 귀에 휘파람 같은 소리가 들려오기 시작했다. 바다젤라가 말을 달리면서 뒤를 돌아보니 시커먼 먼지가 말의 꼬리를 물고 달려오고 있었다. 바다젤라는 길 위에서 음닝기에게 잡히면 끝장이라고 생각했다. 하지만 이제 거의 오두막에 가까이 다가오고 있었다. 게다가 바다젤라가 타고 있는 말도 보통 말이 아니었다. 말은 말 그대로 바람처럼 내달렸다. 무시무시한 먹구름이 뒤따라오고 있음을 알고 말은 더욱더 속도를 내서 달렸다.

바다젤라는 오두막에 도착하자마자 말에서 내려 바로 안으로 들어갔다. 바다젤라의 손에는 음닝기로부터 훔쳐 온 등이 들려 있었다. 음닝기도 바다젤라의 뒤를 쫓아 뜰로 들어왔다. 하지만 오두막의 출입문은 음닝기가 들어가기에 너무도 작았다. 사실 출입문은 음닝기의 머리 하나가 겨우 들어갈 정도의 크기였다. 음닝기는 오두막을 무너뜨리려고 애를 써 봤지만 바다젤라는 이미 음닝기의 힘을 알고 아무리 힘을 써도 무너지지 않게끔 튼튼하게 오두막을 지어 놓은 터였다. 그는 숨겨 놓은 칼을 들고 오두막 안에서 조용히 음닝기를 기다렸다. 마침내 음닝기가 머리 하나를 출입문 안으로 밀어 넣었다. 바다젤라는 기다렸다는 듯이 날카로운 칼로 음닝기의 머리를 싹둑 잘라 버렸다. 머리가 잘린 음닝기는 불같이 화가 나 다른 머리를 집어넣었지만 다른 머리도 이내 댕강 잘려 버렸다. 이렇게 머리가 하나씩 잘린 음닝기는 결국 머리를 모두 잃고 말았다. 머리를 모두 잃은 음닝기는 꼼짝도 할 수 없었다.

한편 왕궁에서는 왕과 다른 많은 사람들이 바다젤라를 기다리고 있었다. 그때 바다젤라가 보낸 전령이 왔다.

"전하, 바다젤라가 저를 보내 이 소식을 전하라고 했습니다. 바다젤라는 음닝기의 등과 용의 간 지방을 폐하께 가져오는 것을 허락해 달라고 했습니다."

이 말을 들은 왕과 여러 사람들은 기대치 않았던 바다젤라의 성공에 깜짝 놀랐다. 혹시 저 전령이 거짓말을 하는 건 아닌가? 하지만 바다젤라가 음닝기를 처치하고 용의 간 지방을 구했다는 사실을 확인하자 모두들 기쁨에 들떴다.

모든 사람들이 잔치 옷을 입고 음닝기의 등이 도착하기를 기다렸다. 왕은 포고령을 내려 왕국의 모든 사람이 마중을 나오도록 했다. 등이 도착할 때가 되자 왕궁은 수많은 사람들로 가득 메워졌다. 이윽고 등이 도착했고, 뒤이어 바다젤라가 의기양양한 모습으로 노래를 부르며 들어왔다. 이제 모든 사람들이 바다젤라를 다른 눈으로 바라보기 시작했다.

등을 무사히 왕궁으로 가지고 돌아온 바다젤라는 왕 앞에 음닝기의 지방과 용의 지방을 내놓았다. 음닝기의 지방도 용의 지방 못지않게 왕에게 힘을 주는 신비의 영약이었다.

왕이 그 간 지방으로 제사를 올리는 날, 왕은 은타냐나와 바다젤라의 혼인을 선포했다. 이렇게 해서 바다젤라는 왕국에서 아주 중요한 인물이 되었고, 그 후 사람들의 존경을 받으며 행복하게 잘 살았다.

●—주

1 원래 줄루 사회에는 용이라는 상상의 동물이 없었다. 이 이야기에서 서양 문물의 영향을 느낄 수 있다.

노마잘라 공주의 노래

옛날 은강게줄루 왕국에 노마잘라 공주가 살고 있었다. 왕은 노마잘라를 지나치게 아껴 결혼할 나이가 되었는데도 시집을 보낼 생각을 하지 않았다. 이 일을 두고 왕국 사람들은 서로 수군거렸다.

"왜 우리 공주님은 혼인하지 않는 걸까? 저렇게 아름답고 집안일도 잘하는데 말이야. 그렇다고 마음에 두고 있는 사람이 있는 것 같지도 않아."

그렇다고 왕을 두둔하는 사람이 없지는 않았다.

"왕도 결국은 노마잘라 공주가 결혼하기를 원하고 있을 거야. 문제는 왕이 지나치게 신중하게 공주의 배필을 고르는 데 있지. 왕은 애지중지하는 공주에게 최고의 배필을 구해 주기 위해 공주와 혼인하기를 원하는 청년들에게 시험을 치르게 하잖아. 다만 여태껏 그 시험을 통과한 사람이 없을 뿐이지."

이렇게 수군거리는 사람들 틈에서 이웃나라에서 온 음자모라고 하는 젊은이가 귀를 쫑긋 세우고 이야기를 듣고 있었다. 젊은이는 아름다운 공주가 배필을 찾는다는 말에 가슴이 두근거렸다.

"공주와 결혼하려면 시험에 통과해야 한다고? 그처럼 아리따운 공주님이라면 왕에게 가서 나와 결혼시켜 달라고 해 봐야겠다."

음자모는 왕궁을 향해 혼자 길을 떠났다. 왕궁이 내려다보이는 언덕에 도착하자 음자모는 왕궁에 대고 크게 외쳤다.

"이봐요. 나는 우리 아버지 쿠말로의 아들 음자모예요. 은강게줄루 왕국에 청혼을 하러 왔어요."

먼 언덕에서 들려오는 음자모의 목소리를 들은 왕은 몹시 언짢은 표정이 되었다. 궁 안에서 음자모가 서 있는 언덕을 넌지시 쳐다본 왕은 신하들에게 명령했다.

"저 친구한테 누구인지 다시 한번 물어보아라. 어디에서 왔는지, 여기에 왜 왔는지를 물어보아라."

한 신하가 왕궁에서 달려가 음자모에게 외쳤다.

"이봐, 언덕 위에 있는 친구! 왕께서 자네 아버지가 누구이며 어디에서 왔는가를 밝히라고 하시네. 여기에 온 목적은 무엇인가?"

"나는 쿠말로 성을 가진 우리 아버지의 아들이며 쿠말로 가문에서 왔습니다. 여기에 온 목적은 공주와 결혼을 하기 위해서입니다."

음자모의 출신과 방문 목적을 다시 한번 듣게 된 왕은 몹시 화가 났다. 음자모의 신분이 너무나 미천했던 것이다. 왕은 신하들에게 음자모를 붙잡아 태형을 가한 후에 쫓아 버리라고 말했다. 하지만 한 신하가 반대했다.

"아닙니다, 폐하. 저 젊은이는 자신감이 넘쳐 보입니다. 먼저 저희가 만나 이야기를 해 보겠습니다. 저 젊은이가 바로 폐하께서 공주님의 배필로 찾던 사람일지 또 누가 알겠습니까?"

왕은 내키지 않았지만 마지못해 동의했다. 신하가 언덕을 향해 소리쳤다.

"이봐, 언덕 위에 있는 친구. 왕께서 네가 왕궁으로 들어오는 것을 허락하셨다. 이리 내려와서 왕의 앞에 서라."

신하들은 음자모가 언덕에서 내려오는 것을 바라보았다. 음자모는 아주 건장하고 키가 훤칠한 청년이었다. 그는 용맹한 전사의 시원시원한 걸음걸이로 왕궁을 향해 다가왔다.

왕궁에 들어온 음자모는 왕과 신하들을 보고 걸음을 멈췄다. 그런 다음 관습에 따라 왕에게 예의를 갖췄다. 음자모는 무릎을 꿇은 후 양손을 번쩍 치켜들고 엎드려 절했다.

"바에테전하 만세!"

음자모는 왕의 입에서 결혼을 허락한다는 말이 나오기를 기다렸다. 하지만 왕의 입에서는 음자모가 기대하던 말이 나오지 않았다.

"젊은이, 우리는 젊은이가 저 언덕 위에서 소리치는 것을 들었다. 하지만 너무 멀어서 젊은이가 말하고자 하는 바를 정확하게 듣지 못했다. 젊은이는 길을 잃은 것인가?"

"왕이시여, 저는 분명히 제가 원하는 여행의 목적지에 도착했습니다. 결코 길을 잃은 것이 아닙니다."

"그렇다면 젊은이는 무슨 목적으로 이 여행을 시작했단 말인가?"

"저는 공주님에게 청혼하기 위해 이곳에 왔습니다."

"참으로 무례하구나. 젊은이는 결혼을 신청하러 왔단 말인가? 그것도 혼자서 말이야?"

"왕이시여, 제 무례를 용서하십시오. 하지만 저희 집안은 확신이 서면 무엇이든지 혼자서 행동을 하는 관습을 갖고 있습니다. 우리 집안은 전쟁터에서도 혼자 싸웁니다."

"아주 용감하군. 자, 청혼을 하러 왔으니 기꺼이 시험을 치를 준비가 되어 있겠지? 전쟁터에서 혼자 싸우듯 혼자 힘으로 시험을 잘 통과하기 바라네."

"왕이시여, 어떤 시험을 내시든 반드시 해결하도록 하겠습니다."

왕은 몸을 돌려 신하들과 한동안 귓속말을 주고받았다. 그리고 음자모가 해결할 수 없는 일을 시험으로 내기로 했다. 왕은 다시 한 번 몸을 돌려 음자모에게 제안했다.

"젊은이, 용맹스러운 자여. 저 아래 계곡을 보게나. 우리는 저 계곡을 개간해서 옥수수를 심어 놓았지. 만약 젊은이가 공주와 결혼을 하고 싶다면 저 계곡에 있는 옥수수를 모두 오늘 안에 거두어들이도록 하게."

그때 마침 노마잘라 공주가 물을 길러 가기 위해 오두막 밖으로 나왔다. 공주는 물동이를 머리에 이고 고운 목소리로 노래를 부르며 음자모를 지나쳐 갔다. 음자모는 노마잘라 공주를 처음 본 순간 심장이 멎는 듯했다. 음자모는 그 자리에서 벌떡 일어나 왕에게 말했다.

"왕이시여, 저는 준비가 되었나이다."

음자모는 계곡으로 내려가서 옥수수를 따기 시작했다. 밭에는 옥수수를 담을 커다란 바구니 두 개가 놓여 있었다. 그는 열심히 옥수수를 따서 바구니에 담았다. 해가 지기 전에 옥수수를 모두 따기 위해서는 다른 생각을 할 겨를이 없었다. 한순간도 쉬지 않고 열심히 일했다. 점심도 걸러 가며 일을 한 탓에 가끔씩 허기와 피곤에 멍해지기도 했다. 그래도 음자모는 쉬지도 먹지도 않고 계속해서 옥수수를 땄다. 머릿속에는 아름다운 공주와 결혼을 하기 위해서는 해가 지기 전에 옥수수를 모두 따야 한다는 생각뿐이었다.

해는 어느덧 뉘엿뉘엿 서산으로 넘어가고 있었다. 열심히 일했지만 옥수수는 반 이상 남아 있었다. 음자모는 이대로 실패해 버릴 것 같았다. 바로 그때 언덕 너머에서 아름다운 노랫소리가 들려왔다.

작고 붉은 옥수수야.
우리 어머니들이 뿌려 놓은 씨에서 난 옥수수야.
너희들이 원래 모여 있던 바구니 속으로
너희들이 알아서 모이렴.
너희들이 알아서 모이렴.

해는 막 서산으로 넘어가고 피곤에 지친 음자모는 거의 포기하기 직전이었다. 그런데 그 많은 옥수수들이 살아 움직이듯 뽑혀 나와 바구니 안으로 빨려 들어가는 것이 아닌가. 바구니는 금세 옥수수로 가득 찼다. 음자모는 바구니 안에 옥수수가 가득 찬 것을 확인하고는 바구니를 들고 은강게줄루의 왕궁으로 갔다.

"왕이시여, 제게 명하신 일을 모두 마쳤나이다."

왕과 신하들은 서로 귓속말을 나눴다. 이윽고 한 신하가 말을 꺼냈다.

"젊은이여, 아주 잘했다. 오늘 젊은이가 한 일은 아주 쉬운 일이었다. 자, 오늘은 이만하고 쉴 장소를 알려 주겠다. 내일 또 다른 시험이 기다리고 있을 것이니."

음자모는 신하가 안내한 오두막으로 들어갔다. 피곤에 지친 음자모는 저녁 식사를 하는 둥 마는 둥 그 자리에서 곯아떨어졌다.

다음 날 아침 일찍 일어난 음자모는 왕의 거처 앞으로 가서 앉았다. 이윽고 왕과 신하들이 모습을 드러냈다. 음자모를 본 왕이 물었다.

“무슨 일인가, 젊은이?”

“왕이시여, 공주에게 청혼을 하려고 왔습니다.”

“그럼, 우리가 내거는 시험을 해결해야 하네.”

“왕이시여, 저는 준비가 되었나이다.”

“저 계곡물이 흐르는 숲이 보이나? 해가 지기 전에 저 숲에 있는 나무를 모두 베게. 일을 마친 후에 와서 결혼에 대해 이야기하도록 하지.”

“왕이시여, 해가 지기 전에 숲에 있는 나무를 한 그루도 남김없이 베겠습니다.”

음자모는 도끼를 들고 계곡으로 내려가 즉시 나무를 베기 시작했다. 그는 나무를 찍고 또 찍었다. 수많은 나무가 그의 도끼에 넘어졌다. 하지만 숲은 너무 컸다.

어느덧 하루 해가 지고 있었다. 숲은 여전히 나무로 빽빽이 들어차 있었다. 음자모의 임무는 실패로 돌아갈 것처럼 보였다. 그런데 해가 서산에 넘어가려는 순간 깊은 숲 속에서 어제처럼 아름다운 노랫소리가 흘러나왔다.

숲속의 나무들아.
음자모의 도끼 앞에서
너희들 스스로 넘어지렴.
너희들 스스로 넘어지렴.

노랫소리와 함께 빽빽이 들어서 있던 나무들이 하나 둘 좌우로 쓰러지기 시작했다. 숲을 채우고 있던 나무들이 음자모 앞에서 물

결처럼 쓰러졌다. 눈 깜짝할 사이에 숲에는 단 한 그루의 나무도 남아 있지 않게 되었다. 그리고 바로 그 순간 해가 서산에 넘어갔다.

음자모는 은강게줄루의 왕궁으로 돌아왔다. 음자모는 왕에게 계곡을 내려다보라고 말했다. 숲이 있던 자리는 깨끗한 공터로 변해 있었다. 왕은 하루 만에 숲을 공터로 만든 음자모의 힘에 무척 놀랐다. 그는 신하들을 돌아보며 화를 냈다.

"왜 너희들은 저 젊은이가 해결할 수 없는 어려운 일을 생각해 내지 못하느냐?"

신하들은 잠시 침묵하고 있다가 왕에게 말했다.

"왕이시여, 공주님께서 지난번에 강에서 목욕을 하던 중 팔찌를 잃어버린 일을 기억하십니까? 이 젊은이에게 그 팔찌를 찾아오라고 하시면 어떻겠습니까? 만일 이 젊은이가 팔찌를 찾아온다면 결혼에 대해 이야기를 하겠노라고 하십시오."

이번에도 마찬가지로 음자모는 왕이 시키는 대로 팔찌를 찾아오겠다고 했다. 하지만 만일 자신이 팔찌를 찾아온다면 이번에는 결혼에 대해 진지하게 고려해 달라고 말했다.

다음 날 아침 일찍 음자모는 공주가 팔찌를 잃어버렸다는 강으로 나갔다. 그는 물속으로 들어가 여러 차례 바닥을 훑었지만 도무지 팔찌를 발견할 수 없었다. 아무런 성과 없이 오후가 되자 그는 이제 정말 포기해야 하는가 하는 생각에 기운이 빠졌다. 하지만 여기까지 와서 포기한다는 것도 있을 수 없는 일이었다. 어느덧 뉘엿뉘엿 서산으로 해가 기울기 시작했다. 바로 그때 강둑 너머에서 어제처럼 고운 노랫소리가 들려왔다.

구렁아. 물속에 사는 구렁아.

네가 살고 있는 물속에서
공주가 잃어버린 물건을 가져다 다오.

거대한 몸집의 구렁이는 이 노랫소리를 듣고 강바닥까지 헤엄쳐 들어가더니 얼마 후 공주가 잃어버린 팔찌를 입에 물고 나왔다. 구렁이는 팔찌를 강둑 모래밭에 공손히 내려놓고 갈대밭 속으로 사라졌다.

이 사실을 모른 채 음자모는 계속해서 물속을 드나들었다. 그런데 갑자기 강가에서 반짝이는 물체가 눈에 띄는 것이었다. 뭔가 하고 살펴보니 팔찌였다. 그는 팔찌를 집어 들고 왕궁으로 돌아왔다. 왕궁에 돌아온 음자모는 팔찌를 왕의 앞에 내놓았다.

"왕이시여, 공주에게 청혼하러 왔습니다."

왕은 잠시 동안 침묵에 잠겨 있었다. 그는 뭔가 골똘히 생각하는 것처럼 팔짱을 낀 채 턱수염을 어루만졌다. 이윽고 왕이 입을 열었다.

"젊은이, 내일 아침에 다시 오게나. 우리는 젊은이를 마지막으로 시험할 걸세. 지금까지 자네가 해 온 시험은 아주 쉬운 것이었어. 이런 일들은 다른 젊은이들도 능히 할 수 있는 그런 쉬운 일이었단 말이지."

왕과 신하들은 밤늦도록 다음 날 음자모에게 시킬 어려운 일에 대해 논의했다. 다음 날 동이 트자 음자모는 왕의 거처 앞으로 나아가 큰소리로 청을 올렸다.

"왕이시여, 결혼을 허락해 주십시오."

왕과 신하들이 모습을 드러냈다. 그들은 의도적으로 음자모에게 관심이 없는 척하면서 서로 귀엣말로 소곤거렸다. 마침내 한 신하가 음자모에게 말했다.

"저기 절벽 끝에 서 있는 대추나무가 보이는가? 왕께서는 자네가 만일 저 대추나무 꼭대기에 붙어 있는 나뭇잎을 가져온다면 결혼에 대해 고려해 보겠다고 하셨네."

음자모가 왕에게 말했다.

"알겠습니다. 나뭇잎을 가져온 다음에 다시 청혼하겠습니다."

음자모는 대추나무가 아슬아슬하게 매달려 있는 절벽 끝으로 다가갔다. 음자모가 절벽으로 가자 왕과 신하들은 속으로 쾌재를 불렀다. 나뭇잎을 따기 위해서는 대추나무를 기어 올라가야 하는데 나무는 위로 올라갈수록 가늘어져 사람은커녕 새가 앉아도 부러질 것 같았다. 이제 음자모는 꼼짝없이 절벽 아래로 떨어져 죽을 처지에 놓인 것이다. 왕은 공주를 자신의 곁에 두기 위해 이 끈질긴 청혼자를 떼어 놓고 싶었던 것이다.

음자모는 대추나무가 자라고 있는 절벽의 가장자리에 도착했다. 그는 절벽 밑으로 펼쳐진 아슬아슬한 풍경을 바라보았다. 저 멀리 집과 사람들이 마치 아주 작은 버섯처럼 보였다. 음자모는 다시 나무를 바라보았다. 대추나무의 꼭대기는 절벽 바깥쪽으로 휘어져 자라고 있었다. 음자모는 절벽 아래와 나무 꼭대기를 번갈아 바라보다가 깊게 숨을 한번 내쉬고는 나무에 오르기 시작했다. 하지만 나무의 밑둥치는 손으로 부여잡기에는 너무나 컸다. 음자모는 있는 힘을 다해 나무에 오르려고 했지만 나무의 가장 낮은 가지에도 미치지 못하고 번번이 미끄러져 내려오고 말았다. 다시 한번 나무에 오르려 시도했지만 역시 실패하고 말았다.

마침내 음자모는 힘이 빠져 대추나무 아래 반쯤 드러눕고 말았다. 바로 그때 대추나무의 무성한 잎 속에서 아름다운 노랫소리가 흘러나왔다.

대추나무야, 대추나무야.

붉은 잎을 가진 대추나무야.

붉은 과일을 맺는 대추나무야.

네 잎, 나무 꼭대기에 있는 네 잎을 우리에게 주렴.

그럼 우리는 아주 기쁠 거야.

그 잎을 떨어뜨려 다오. 떨어뜨려 다오.

그 잎을 음자모의 손 안에 떨어뜨려 다오.

노랫소리에 정신이 팔렸다가 다시 정신이 든 음자모는 나무를 바라보았다. 그리고 바로 그때 대추나무의 가장 높은 꼭대기에 달려 있던 아주 작고 붉은 잎이 흔들거리며 떨어져 내렸다. 그 나뭇잎은 음자모 옆 바닥에 떨어졌다. 음자모는 그 잎을 주워 들고 주위를 둘러보았다. 놀랍게도 거기에는 노마잘라 공주가 서 있었다. 음자모가 어려움에 처할 때마다 고운 노래를 불러 위기에서 구한 것은 다름 아닌 노마잘라 공주였던 것이다.

음자모는 공주의 손을 꼭 잡고 함께 은강게줄루 왕궁으로 향했다. 왕은 더 이상 어쩌지 못하고 음자모와 노마잘라 공주의 결혼을 허락했다. 그 후 둘은 행복하게 잘 살았다.

사악한 형

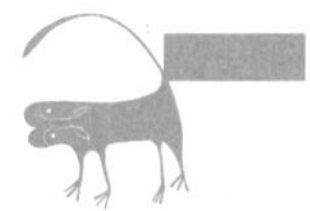

이른 아침 형제가 숲으로 사냥을 떠났다. 형제는 각자 활과 화살을 들었고 어깨에는 커다란 가죽 가방을 메고 있었다. 형제는 사냥에서 많은 짐승을 잡아 가방 가득 담아 올 생각에 가슴이 한껏 부풀었다.

형제는 걷고 또 걸었다. 그들이 가는 길에 뱀이 나타나 긴 자취를 남기며 사라지기도 했고, 숲속의 이름 모를 새들이 울부짖으며 날아오르기도 했다. 하지만 기대했던 것처럼 근사한 사냥감은 나타나지 않았다. 결국 형제는 방향을 바꿔 자갈과 가시나무가 무성한 숲으로 들어가기 시작했다. 깊숙한 숲으로 들어선 형제들의 눈앞에 붉은 황토로 빚은 항아리가 나타났다. 그런데 이상하게도 항아리들은 땅에 거꾸로 박힌 채 일렬로 늘어서 있었다.

"이게 뭐지?"

동생이 물었다.

"난 별로 알아보고 싶지 않은데. 여기에는 뭔가 들어 있을 것 같단 말이야. 그냥 지나치는 것이 좋겠어."

하지만 형보다 용감하고 호기심이 많았던 동생은 항아리들을 그냥 지나치고 싶지 않았다.

"내가 항아리 밑에 무엇이 들어 있는지 알아볼게."

동생은 항아리를 뒤집기 위해 몸을 굽혔다. 형은 멀찍이 떨어져 동생이 하는 일을 불안한 마음으로 바라보고 있었다.

첫 번째 항아리를 뒤집었다. 하지만 그 안에는 아무것도 없었다. 죽 늘어서 있는 항아리를 계속해서 뒤집었다. 하지만 이상한 것이라고는 찾아볼 수 없었다. 그런데 마지막 항아리를 뒤집으면서 동생은 외마디 소리와 함께 뒤로 벌렁 넘어졌다. 항아리 안에서 얼굴이 쭈글쭈글한 노파가 힘들게 기어 나오고 있었다. 노파는 동생에게 전혀 관심을 보이지 않았다. 관심은커녕 항아리에서 꺼내 준 것에 대해서도 전혀 감사의 인사를 하지 않았다. 대신 노파는 멀찌감치 서 있는 형에게 소리쳤다.

"놀란 사슴처럼 떨고 있지 마라. 너를 해칠 생각은 전혀 없다. 자, 나를 따라오너라. 보여 줄 것이 있다."

하지만 형은 여전히 겁에 질려 노파 앞으로 단 한 걸음도 나갈 수가 없었다.

"겁쟁이 같으니라고."

그래서 노파는 몸을 돌려 동생을 보고 자기를 따라오라고 명령했다. 항상 모험과 여행을 위해 떠날 준비를 하고 있었던 동생은 서슴지 않고 노파를 따라나섰다. 한참을 걷다가 커다란 나무 앞에 다다른 노파는 걸음을 멈추고 동생에게 도끼를 건넸다.

"나를 위해 나무를 찍어 다오."

도끼로 쿵 하고 나무를 찍자 나무에서 황소가 한 마리 뛰쳐나왔다. 동생이 도끼로 나무를 찍을 때마다 암소, 황소, 염소, 양 같은 동물들이 쏟아져 나왔다. 얼마 후 동생은 나무에서 튀어나온 온갖 가축들에 둘러싸이게 되었다.

"자, 이것들은 모두 네게 주는 선물이란다. 이제 이 가축들을 몰고 집으로 돌아가거라. 가라, 나는 여기에 있을 테니."

소년은 놀라움에 말문이 막혔다. 하지만 노파에게 감사의 인사를 하는 것을 잊지 않았다.

동생은 가축을 앞세우고 형이 있는 곳으로 돌아왔다.

"형, 그 노파가 내게 준 선물을 좀 봐."

동생이 행복에 겨워 소리를 질렀다.

"그 노파가 같이 가자고 했을 때 따라갔으면 좋았을 걸 그랬지?"

동생은 형에게 그 동안 벌어졌던 일들을 설명해 주었다. 그리고 형과 함께 가축을 몰고 집을 향해 길을 떠났다. 가축이 생겼으니 더 이상 사냥할 필요가 없었다.

때는 건기의 한복판이었기 때문에 주변의 풀은 시들고 갈색으로 변해 있었다. 형제는 심한 갈증을 느꼈다. 가축들 또한 허기와 갈증을 달래 줄 신선한 풀이 필요했다. 그래서 형제는 집으로 가던 발걸음을 돌려 물을 찾기 시작했다. 한참을 걸어가자 깎아지른 듯한 절벽이 나타났다. 절벽 밑을 조심스럽게 바라보던 형이 기쁨에 찬 얼굴로 외쳤다.

"봐! 저기 물이 있다!"

형이 가리키는 곳에는 작은 샘물이 솟아오르고 있었다. 샘물은 나무와 풀을 적시며 흘러내리고 있었다.

"자, 내 몸을 밧줄로 묶을 테니 나를 절벽 밑으로 내려 다오. 그러면 내가 물을 양껏 마실 수 있지."

동생은 형의 말대로 했다. 절벽 밑으로 내려가 샘물을 양껏 마시고 몸을 씻자 형의 얼굴에는 생기가 돌았다.

"자, 이제 내가 내려갈 차례예요."

동생이 말했다. 형은 동생을 줄에 묶어 절벽 아래로 내려 보냈다. 동생도 형과 마찬가지로 맑은 샘물을 양껏 마시고 몸을 씻었다. 그런데 갑자기 절벽 위에 있던 형의 마음에 사악한 기운이 들어섰다. 형은 절벽 밑에서는 위로 올라올 방법이 없다는 것을 잘 알고 있었다. 그는 쥐고 있던 밧줄을 절벽 아래로 던져 버리고는 동생의 가축을 몰고 집으로 돌아갔다.

집으로 돌아오는 길은 멀고도 힘들었다. 하지만 마침내 형이 집에 도착했을 때 식구들은 수많은 가축들을 보고 놀라움에 눈이 휘둥그레졌다. 형은 부모에게 거짓말을 했다.

"웬 노파가 이 가축들을 제게 줬어요."

"그런데 네 동생은 어디 있니?"

"아니, 동생이 아직 돌아오지 않았단 말이에요? 이상하네. 동생은 출발한 지 얼마 안 되어서 힘들다며 먼저 집으로 돌아가겠다고 했는데요. 그 후로는 동생을 보지 못했는데……."

물론 동생은 저녁이 되어도 집으로 돌아올 수 없었다. 하지만 형제의 부모는 그다지 걱정하지 않았다. 아마도 아들이 집으로 돌아오던 중에 마음을 바꿔 다른 곳으로 사냥을 갔을 것이라고만 생각했다.

다음 날 아침 일찍 마을의 여자들이 우물에서 물을 긷고 있었다. 그런데 어디선가 꿀벌새의 노랫소리가 들려왔다. 꿀벌새의 노래를 따라가면 벌집을 찾을 수 있었다. 물을 긷던 여자들은 서둘러 집으로 돌아가 남편들을 불렀다.

"서둘러요. 꿀벌새가 노래 부르고 있어요. 새를 따라가서 꿀을 좀 구해 오세요."

형제의 아버지를 포함한 마을의 몇몇 남자들이 새가 노래하는 소리를 따라갔다. 새는 마치 사람들을 기다리고 있었다는 듯이 한참을 날다가는 멈추고, 또 날다가는 멈추길 반복했다. 새는 날아가고 사람들은 따라가고, 그렇게 몇 시간이 흘렀다. 사람들은 꿀벌새가 보통 때와는 달리 자꾸만 멀리 날아가는 것을 이상하게 생각했다. 새는 평소에는 가지 않던 방향으로 자꾸 날아갔고, 결국 마을 사람들은 길을 잃고 말았다. 마침내 인내심을 잃은 한 사람이 말했다.

"마을에서 너무 멀리 떠나왔어. 내 생각에 이 새가 우리를 꿀이 있는 곳으로 데려갈 생각이 없는 것 같아. 나는 너무 지쳤어. 이제 그만 마을로 돌아가야겠어."

그런데 바로 그 순간 새가 다시금 힘차게 노래를 부르기 시작하는 것이었다. 그 노랫소리는 전에 불렀던 그 어떤 노래보다도 크고 우렁찼다. 마을로 돌아가려던 사람들은 어리둥절해졌다.

"새는 우리가 계속 따라오기를 원하는 것 같은데."

형제의 아버지가 말했다.

"조금만 더 따라가 보자."

마을 사람들은 다시 새를 따라나섰다. 이윽고 마을 사람들은 형제가 물을 마셨던 절벽에 다다랐다. 그런데 절벽 아래에서 가느다란 목소리가 들려왔다. 누군가가 도움을 요청하는 소리였다. 새는 그 자리에서 위아래로 날아오르더니 계곡으로 곤두박질치듯 내려가 소년의 발치에 앉았다. 소년의 아버지가 절벽에 엎드려 조심스럽게 아래를 내려다보았다.

"오, 맙소사. 내 아들아!"

아버지가 소리쳤다.

"내 아들이 절벽 밑에 있다!"

사람들은 재빨리 밧줄을 엮었다. 그리고 그 밧줄을 내려 소년을 절벽 아래에서 끌어올렸다. 소년은 지난 하루 동안 일어났던 일들을 자세히 털어놓았다.

"아아……."

소년의 아버지가 눈물을 흘렸다.

"내가 그런 사악한 아들을 두었다니. 마법의 꿀벌새가 우리를 여기로 이끌지 않았더라면 너는 절벽 밑에서 죽을 뻔했구나."

마을 사람들이 화가 나서 말했다.

"네 형은 처벌을 받아 마땅하다. 어떻게 욕심 때문에 동생을 이 지경에 빠뜨리고 가축이 자기 것인 것처럼 행세할 수 있단 말인가."

동생이 구출되었다는 소식은 마을 사람들이 도착하기도 전에 온 마을에 쫙 퍼져 나갔고, 그 소식을 들은 형은 마을을 떠나 다시는 마을에 돌아오지 않았다.

그 후 동생은 가축이 번성해서 부모님을 봉양하며 행복하게 잘 살았다.

사자에게 빼앗긴 다리 한 짝

템바와 여동생 얌과 나머지 누이들은 부모님과 함께 행복하게 살고 있었다. 템바는 키가 크고 건강한 소년으로, 하루 종일 어린아이처럼 집 안에 갇혀 지내는 것은 참을 수가 없는 아이였다. 그는 숲으로 들어가 올가미를 쳐서 짐승을 잡는 것을 좋아했다. 특히 큰 짐승을 잡을 때는 정말 신이 났다.

어느 날 템바의 아버지가 템바에게 올가미를 치는 새로운 방법을 가르쳐 주었다. 템바는 당장 숲속으로 들어가서 새로 배운 방법대로 올가미를 놓았다. 다음 날 아침 일찍 템바는 설레는 마음으로 숲속으로 달려가서 밤새 올가미에 동물이 걸리지 않았는지 살펴보았다. 운 좋게도 몸집이 커다란 야생 멧돼지가 올가미에 걸려 있었다. 템바는 좋아서 어쩔 줄을 몰라 했다.

"야, 굉장해! 식구들 모두 좋아하겠지? 이 돼지는 커서 우리 식구가 몇 끼니는 충분히 먹을 수 있을 거야."

바로 그때 덥수룩한 갈기를 기른 사자 한 마리가 숲속에서 나타나 이를 드러내 보였다.

"어이, 친구. 내 몫은 내놓고 가져가야지."

"말도 안 되는 소리."

템바는 한마디로 거절했다.

"돼지는 내 올가미에 걸린 거란 말이야. 그러니까 당연히 내 몫이지. 저 돼지를 집에 가져가서 어머니한테 요리해 달라고 할 거야."

"저 돼지가 네 올가미에 걸린 것은 사실이지."

사자가 템바에게 다가와 날카롭고 누런 이를 드러내며 으르렁거렸다.

"하지만 너는 내가 지배하고 있는 숲속에 올가미를 놓았다는 사실을 알아야 해. 그러니까 당연히 저 돼지의 일부는 내 몫이 되어야 하고. 무슨 말인지 알겠지? 자, 저 돼지의 다리 하나를 내놔. 그렇게 하면 너를 무사히 보내 주겠다."

템바는 잠깐 주저했지만 사자의 요구를 들어줄 수밖에 없었다. 사자는 돼지의 뒷다리를 물고 유유히 사라졌다.

템바는 돼지를 어깨에 둘러메고 집으로 돌아갔다. 어머니는 기쁜 마음으로 돼지를 받았다. 하지만 왜 돼지 다리가 세 개밖에 없느냐는 어머니의 질문에 템바는 아무 말도 하지 않았다.

그날 저녁 템바는 다시 올가미를 놓았다. 이튿날 아침 숲에 들어간 템바는 이번에는 영양이 한 마리 걸려 있는 것을 보았다. 이틀에 걸쳐 큰 짐승을 잡은 템바는 기분이 좋아 어쩔 줄 몰랐다. 템바는 서둘러서 영양을 올가미에서 꺼냈다. 오늘은 사자가 도착하기 전에 얼른 도망칠 생각이었다. 하지만 템바가 미처 자리를 뜨기도 전에 사자가 숲속에서 나와 템바 앞에 섰다.

"내 몫을 다오."

사자는 으르렁거리며 자기 몫을 요구했다. 이번에도 템바는 사자에게 영양의 다리를 하나 잘라 줄 수밖에 없었다.

템바의 어머니는 템바가 잡아 온 영양을 보고 무척 기뻐했다. 하지만 이번에도 영양의 다리 한 짝이 없는 것을 보고는 의아한 생각이 들었다.

어머니가 템바에게 물었다.

"다리가 셋뿐일 리가 없는데 나머지 다리 하나는 어떻게 했니?"

하지만 템바는 자존심이 상해 대답을 할 수 없었다.

셋째 날 템바는 야생 사슴을 잡았다. 그리고 이번에도 집에는 다리가 셋뿐인 사슴을 집에 가져왔다.

결국 템바의 어머니는 무엇이 문제인지 직접 알아보기로 마음을 먹었다. 그날 저녁 어머니는 템바의 음식에 잠자는 약을 섞었다. 약을 먹은 템바는 다음 날 아침 늦잠을 잤다.

어머니는 마을 사람들이 아무도 눈치 채지 못하도록 살금살금 마을을 빠져나갔다. 그녀는 가족의 밭을 지나 템바가 올가미를 쳐 놓은 곳에 도착했다. 수풀을 헤치며 숨을 만한 장소를 찾던 어머니는 그만 실수로 발을 헛디뎠다.

덜컥.

어머니는 템바가 쳐 놓은 올가미에 걸리고 말았다. 몸부림을 칠수록 올가미는 더욱 강하게 발을 죄었다. 이런 일이 있는 줄은 꿈에도 모르는 템바는 정신없이 곯아 떨어져 있다가 태양이 중천에 떠서야 올가미를 살피러 왔다.

"어머니! 여기에서 뭐하시는 거예요?"

템바는 놀라움에 소리를 지르며 올가미를 풀기 위해 허리를 굽혔다.

“그대로 놔둬라.”

어느 틈에 나타났는지 사자가 으르렁거리고 있었다. 사실 사자는 어머니가 올가미에 걸린 것을 알면서도 템바가 나타날 때까지 기다리고 있었던 것이다.

“그대로 놔둬. 네 어머니는 내 숲에 놓은 올가미에 걸린 것이다. 그러니 네 어머니의 다리 하나를 내게 주기 전에는 어머니를 넘겨주지 않겠다. 지금까지 너는 네가 잡은 동물의 다리를 하나씩 내게 주곤 했지 않느냐.”

템바의 어머니는 사자의 요구를 알아듣고는 겁에 질려 비명을 질러 대기 시작했다.

“하지만 이분은 내 어머니야. 내 어머니의 다리를 자를 순 없지. 내 어머니는 짐승이 아니야.”

템바가 소리쳤다.

“하지만 내게는 먹이야.”

사자가 대수롭지 않다는 듯이 대답했다.

“그리고 네가 내 요구를 들어주지 않는다면 너까지 잡아먹을 수밖에 없어.”

템바는 이 궁지를 빠져나올 좋은 묘안이 얼른 떠오르지 않았다. 템바는 어쩔 줄 몰라 하며 땅을 바라보았다.

그런데 그때 마침 산토끼가 그 곁을 지나가다가 사자와 템바의 이상한 대화를 듣고 큼지막한 눈을 반짝이며 끼어들었다. 산토끼는 템바에게 속삭였다.

“내가 널 도와주도록 하지. 너는 네 어머니가 소리 지르는 것을 막기나 해. 그래야 내가 말을 할 수 있지.”

템바는 가까스로 어머니를 진정시킬 수 있었다.

사자가 먼저 산토끼에게 말했다.

"이 소년은 올가미에 잡힌 짐승의 다리를 내게 주기로 약속했지."

템바가 끼어들었다.

"하지만 이번에는……. 내 어머니는 먹이가 아니란 말이야."

"그래, 바로 그거야. 그 문제부터 해결해야 해. 템바의 어머니가 먹이인지, 먹이가 아닌지. 사자의 주장은 어머니도 먹을 수 있는 먹이란 말이지? 그런데 말이야, 우리 우선 동굴 쪽으로 가서 이 문제를 해결하도록 하자. 길에서 계속 다투고만 있을 거야? 그리고 일단 저 어머니는 풀어 주도록 하자. 다리가 얼마나 아프겠어? 동굴 안에 가둬 놓고 내가 도망가지 못하도록 지켜보고 있으면 되지 않을까?"

템바는 어머니를 올가미에서 풀어 주었다. 사자는 동굴로 들어가는 어머니를 보며 으르렁거렸다.

"자, 이제 다시 시작하도록 하자."

산토끼가 말을 꺼냈다.

"사자야, 이 소년이 올가미에 잡힌 모든 짐승의 다리 한 짝을 네게 주기로 약속했단 말이지?"

"맞아."

그때 갑자기 산토끼가 외쳤다.

"아이고, 이런. 동굴 천장이 무너져 내리는구나. 모두들 천장을 떠받치라고!"

템바와 어머니 그리고 사자는 모두 힘을 합쳐 동굴의 천장을 떠받쳤다. 산토끼는 주변을 빙글빙글 돌고 땅과 천장을 번갈아 바라보며 용기를 북돋웠다.

"좋아, 좋아. 천장이 무너져 내리면 안 돼. 만일 천장이 무너져 내리면 우린 모두 돌 더미에 깔려 죽을 거야. 자, 힘을 내서 천장을 밀어 올려."

이때 산토끼가 한 가지 좋은 생각을 해냈다.

"모두가 계속 천장을 떠받치고 있을 순 없는 노릇이지. 그보다는 천장을 떠받칠 버팀목을 구하는 것이 현명하겠는걸. 사자야, 내가 보기엔 네가 가장 힘이 센 것 같은데. 템바와 어머니가 밖에 나가서 버팀목을 구해 올 동안 네가 천장을 떠받치고 있으면 어떻겠니? 템바와 어머니가 버팀목을 구해 오면 우리 모두 힘을 합해 천장을 밀어 올릴 수 있을 거야."

사자가 미처 대답을 하기도 전에 템바와 어머니는 서둘러 동굴 밖으로 나갔다. 사자도 같이 나가고 싶었지만 천장이 무너질까 두려워 그 자리에서 꼼짝도 할 수 없었다. 밖에 나온 템바는 어머니에게 말했다.

"자, 이제 도망가요, 어머니. 영리한 산토끼가 사자를 잘 다룰 테니 우리는 도망가요."

동굴에 남은 산토끼는 공중으로 껑충껑충 뛰어오르며 사자를 응원하는 척했다.

"너, 정말 힘이 세구나."

산토끼는 감탄을 하며 사자에게 말했다. 사자는 힘이 들었지만 자신이 속고 있다는 사실조차 알아차리지 못했다.

"네가 아니었다면 이 동굴의 천장은 이미 무너져 내렸을 거야."

가끔씩 산토끼는 동굴 입구로 나가 밖을 내다보았다.

"조금만 있으면 템바가 버팀목을 가져올 테니 조금만 참아. 버팀목이 도착하면 쉴 수 있을 거야. 천장이 무너져 내리면 안 돼. 잘 받치고 있어."

조금 지나자 산토끼는 템바에게 무슨 일이 일어났는지 알아봐야겠다며 밖으로 휙 나가 버렸다.

"빨리 가서 왜 템바가 늦는지 알아올 테니 조금만 기다려."

이렇게 말하고 산토끼는 숲속으로 달아나 깔깔깔 웃으며 자기 집으로 돌아갔다. 산토끼의 웃음소리에 숲속의 동물들은 꾀 많은 산토끼가 이번엔 누구를 골탕 먹였을까 궁금해했다.

한편 동굴에 남은 사자는 산토끼를 기다리고 또 기다렸다. 뒷발로 버티고 선 채 앞발을 들어 천장을 떠받치고 있자니 점점 몸이 쑤셔 오기 시작했다. 서서히 앞발이 굳어서 감각조차 없어졌다.

"산토끼야, 산토끼야. 어디에 있니?"

대답이 없었다. 들리는 소리라곤 나뭇잎을 스쳐 지나가는 바람소리뿐. 갑자기 사자는 산토끼에게 속았을지도 모른다는 생각이 들어 아주 조심스럽게 천장을 떠받치고 있던 앞발을 뗐다. 천장은 무너져 내리지 않았다.

수치심과 분노에 휩싸여 사자는 동굴 밖으로 뛰쳐나갔다. 하지만 어느 곳에서도 산토끼의 흔적을 찾을 수 없었다. 템바와 그 어머니의 모습도 보이지 않았다.

분을 삭이지 못한 사자는 이리저리 뛰어다니다가 아름드리 나무를 들이받고 말았다. 머리를 크게 다친 사자는 그 자리에 드러누워서 회복될 때까지 꼼짝도 할 수 없었다. 며칠 후 사자는 산토끼에게 당한 데 대한 수치심 때문에 다른 숲을 찾아 힘없이 떠났다. 그리고 다시는 돌아오지 않았다.

이리하여 템바는 다시 숲속에서 올가미를 놓을 수 있게 되었고 매일같이 가족을 위해 동물들을 잡아 올 수 있었다. 물론 이번에는 네 발이 모두 달린 동물들로만 잡아 왔다.

전사가 된 템바

어느 날 템바가 무척 낙심한 채 사냥터에서 돌아오고 있었다. 그날따라 운이 없었는지 아무런 짐승도 잡지 못했던 것이다. 힘없이 터덜터덜 걷던 템바는 땅에 야생 얌의 뿌리가 길게 늘어져 있는 것을 발견했다. 템바는 탐스럽게 생긴 얌 뿌리를 정성스럽게 캤다.

"아, 내가 가장 좋아하는 얌. 오늘 저녁은 이 얌으로 충분할 거야."

집에 도착한 템바는 어머니가 오두막 밖에서 불을 지피고 있는 것을 보았다. 어머니는 잔가지를 불에 집어넣고 있었다. 템바는 어머니에게 얌을 건넸다.

"어머니, 소 젖을 짜 올 테니 이 얌을 요리해 주시겠어요?"

"그래, 아들아."

어머니는 커다란 냄비를 꺼내 물을 담고 불에 올렸다. 그리고 껍질을 벗기고 깨끗이 씻은 얌을 잘게 썰어 끓는 물에 집어넣었다.

잠시 후 어머니는 막대기 끝으로 얌 한 조각을 찍어 후후 불고는 잘 익었는지 어쩐지 맛을 보았다.

"음, 참 맛있는걸!"

어머니는 얌 한 조각을 더 꺼내 먹었다. 템바의 어머니도 템바 못지않게 얌을 좋아했다. 이렇게 한 조각, 두 조각 먹는 사이 어머니는 템바가 가져온 얌을 모두 먹어 버리고 말았다.

잠시 후 템바가 얌을 먹으러 왔다. 템바는 불 위에 얹혀 있는 냄비를 모두 열어 보았지만 어디에서도 얌을 찾을 수 없었다.

"어머니, 얌은 어디에 있어요?"

템바는 어머니가 호리병박에 물을 담아 들고 오두막 뒤편에서 나오는 것을 보고 물었다. 어머니는 어쩔 줄 몰라 하며 사실을 고백했다.

"얘야, 어쩌냐. 내가 얌을 다 먹어 버렸구나."

얌을 무척 좋아하는 템바는 무척 화가 났다.

"미안하다, 얘야. 그 대신 이렇게 큰 호리병박을 줄게. 이 호리병박으로 우유를 받으면 어떻겠니?"

템바는 어쩔 수 없이 호리병박을 받아 들었다. 다음 날 아침, 템바는 호리병박을 가지고 숲속으로 사냥을 떠났다.

숲을 지나 초원을 가로질러 사냥터로 가는데 한 무리의 소년들이 양 떼를 방목하고 있었다. 소년들이 여기저기 흩어져 한가하게 앉아 있는데, 한 소년이 다 깨진 호리병박에 젖을 짜고 있었다. 템바는 그 소년이 측은해 보였다.

"얘, 호리병박이 다 깨졌구나. 네가 우유를 좀 나눠 줄 수 있다면 내가 가지고 있는 좋은 호리병박을 빌려 줄게."

소년이 물었다.

"어디에서 이렇게 좋은 호리병박을 얻었어요?"

템바가 대답했다.

이 호리병박은 내 어머니가 주셨어.
왜냐하면 어머니가 내가 숲속에서 캐 온 약을 혼자 다 드셨거든.
그래서 미안하다고 이걸 주셨어.

호리병박은 금방 신선한 우유로 가득 찼다. 아이들은 돌아가면서 우유를 배불리 마셨다. 그런데 마지막 소년이 우유를 마시려고 호리병박을 받다가 떨어뜨려 호리병박이 산산조각이 났다. 템바는 자신의 호리병박이 깨진 것을 보고 몹시 화가 났다. 아이들이 템바를 달랬다.

"정말 미안해요. 우리가 호리병박을 깨뜨린 대가로 이 창을 줄게요. 이 창은 작기는 하지만 끝이 아주 날카롭답니다."

템바는 아이들에게서 창을 받아 들고 길을 떠났다.

한참을 걷던 템바는 이번에는 소년들이 일하고 있는 농장을 지나다가 아이들이 날카로운 사탕수수 줄기로 고기를 자르는 것을 보았다.

"아니, 사탕수수로 고기를 자르다니……. 내 창을 빌려 줄 테니 창으로 고기를 자르는 것이 낫지 않겠니?"

템바의 창으로 고기를 자르면서 소년들이 물었다.

"이렇게 좋은 창을 어디에서 구했어요?"

템바가 대답했다.

이 창은 어떤 아이들이 내게 주었어.
왜냐하면 그 아이들이 내 호리병박을 부쉈기 때문이지.

그 호리병박은 내 어머니가 주신 거였어.

왜냐하면 어머니가 내가 숲속에서 캐 온 얌을 혼자 다 드셨거든.

그래서 미안하다고 그걸 주셨어.

그런데 소년 한 명이 고기가 질기다면서 창날로 고기를 계속 내리치다가 창날이 반쯤 휘게 만들어 버렸다. 템바는 매우 화가 나서 소년에게 창을 그렇게 험하게 사용하면 어떻게 하느냐고 따졌다.

"미안해요. 대신에 우리가 이걸 줄게요."

소년들은 템바에게 작은 손도끼를 꺼내 주었다. 템바는 소년들이 건네 준 손도끼를 들고 숲으로 들어갔다.

숲속에서 템바는 여자 몇 명이 뭐라고 투덜대며 나뭇가지를 줍고 있는 것을 보았다. 이들은 맨손으로 나뭇가지를 줍고 있었는데 굵은 나뭇가지를 꺾을 때마다 아주 곤란해했다.

"아니, 왜 맨손으로 나뭇가지를 꺾고 있어요? 내 도끼를 빌려 줄 테니 이걸로 가지를 치세요."

여자들이 템바에게서 빌린 도끼로 가지를 치면서 물었다.

"이런 좋은 도끼는 어디에서 구했니?"

템바가 대답했다.

이 도끼는 어떤 아이들이 내게 준 거예요.

왜냐하면 그 아이들은 내 창을 망가뜨렸거든요.

그 창은 어떤 아이들이 내게 주었던 거예요.

왜냐하면 그 아이들이 내 호리병박을 부쉈거든요.

그리고 그 호리병박은 내 어머니가 주셨어요.

왜냐하면 어머니가 내가 숲속에서 캐 온 얌을 혼자 다 드셨거든요.

그래서 미안하다고 그걸 주셨어요.

얼마 지나지 않아 여자들은 꽤 많은 나뭇가지를 모을 수 있었다. 그러다가 한 여자가 생각 없이 큰 나무의 밑둥치를 도끼로 내리쳤다.

뚝!

도끼가 나무 밑동에 부딪히면서 자루는 부러지고 도끼날은 저만치 날아가 땅에 꽂혔다. 템바는 무척 화가 났다. 여자들은 템바에게 미안하다면서 부러진 도끼 대신 줄 만한 것을 찾았다.

"자, 이것 봐! 내가 도끼를 부러뜨렸으니 도끼 대신에 이 옷을 줄게. 이것이 내가 갖고 있는 전부야."

템바는 어쩔 수 없이 옷을 받아 들었다.

다시 길을 떠난 템바는 숲속에서 밤을 맞이했다. 밤을 지새울 장소를 찾던 그는 젊은 청년 두 명이 나무 아래에 누워 있는 것을 발견했다. 하지만 그 청년들은 몸에 덮을 만한 걸 갖고 있지 않았다.

"아니, 덮을 것도 없이 잠을 자다니."

템바는 또 도와주고 싶은 마음이 들었다.

"내가 이 옷을 빌려 줄 테니 함께 덮고 자요. 이 옷을 덮고 자면 추운 밤에 조금은 따뜻할 거예요."

청년들이 물었다.

"이 옷은 어디에서 얻은 거야?"

템바가 대답했다.

이 옷은 어떤 여자들이 내게 준 거예요.

왜냐하면 그 여자들이 내 도끼를 부러뜨렸거든요.

그 도끼는 어떤 아이들이 내게 준 거예요.
왜냐하면 그 아이들이 내 창을 망가뜨렸거든요.
그 창은 어떤 아이들이 내게 주었던 거예요.
왜냐하면 그 아이들이 내 호리병박을 부쉈거든요.
그리고 그 호리병박은 내 어머니가 주셨어요.
왜냐하면 어머니가 내가 숲속에서 캐 온 얌을 혼자 다 드셨거든요.
그래서 미안하다고 그걸 주셨어요.

템바와 두 청년은 옷을 덮고 잠이 들었다. 하지만 그 옷은 세 청년이 넉넉하게 덮을 만큼 크지 않았다. 그래서 그들은 밤새 자기도 모르게 서로 조금씩 더 덮기 위해 옷을 잡아당겼다. 아침에 일어난 템바는 옷이 갈기갈기 찢어져 있는 것을 알고 무척 화가 났다. 청년 한 명이 템바에게 사과했다.

"자, 이걸 봐. 대신 내가 이 방패를 줄게. 이 방패는 소가죽으로 만들어서 아주 튼튼하다고."

템바는 청년들로부터 방패를 받아 들고 길을 떠났다. 숲을 벗어나 길을 가던 템바는 갑자기 큰 외침을 들었다. 주변을 살펴본 템바는 전사들이 아세가이(자루가 짧고 날이 긴 찌르기용 창)를 앞으로 겨눈 채 흔들고 있는 것을 보았다. 전사들 앞에서는 표범 한 마리가 금방이라도 뛰어오를 듯이 잔뜩 웅크리고 있었다.

"아니, 막을 방패도 없이 표범과 싸우다니요. 이 방패를 사용하는 것이 좋지 않겠어요?"

템바는 방패를 표범과 가까이 있는 전사의 손에 들려 주었다. 전사는 방패를 들어 온몸을 가렸다. 그 순간 표범이 전사에게 뛰어들었고 방패로 표범을 막아 낸 전사는 아세가이로 표범을 찔러 죽였다. 전사는 몸을 돌려 템바에게 물었다.

"이 방패를 어디서 구했니?"

템바가 대답했다.

이 방패는 어떤 청년들이 나에게 주었어요.
왜냐하면 그들이 내 옷을 찢었거든요.
그 옷은 어떤 여자들이 내게 준 거예요.
왜냐하면 그 여자들이 내 도끼를 부러뜨렸거든요.
그 도끼는 어떤 아이들이 내게 준 거예요.
왜냐하면 그 아이들이 내 창을 망가뜨렸거든요.
그 창은 어떤 아이들이 내게 주었던 거예요.
왜냐하면 그 아이들이 내 호리병박을 부쉈거든요.
그리고 그 호리병박은 내 어머니가 주셨어요.
왜냐하면 어머니가 내가 숲속에서 캐 온 얌을 혼자 다 드셨거든요.
그래서 미안하다고 그걸 주셨어요.

전사가 방패를 템바에게 건네주었다. 그런데 방패를 받아 보니 손잡이가 부러져 있었다. 손잡이가 부러진 방패는 쓸모가 없었다.

템바는 방패가 망가진 것에 대해 무척 화를 냈다. 전사들은 아세가이를 하나 집어서 템바에게 주었다.

"미안하구나. 대신에 이것을 주겠다. 이 아세가이를 가지고 다니는 것은 전사가 되었음을 의미하지. 이제 네 마을 사람들은 너를 두려워하고 존경하게 될 것이다."

아세가이를 손에 쥔 템바는 뛸 듯이 기뻤다. 그는 서둘러 마을로 돌아가 아세가이를 자랑하고 싶었다. 저녁 무렵에 마을에 도착한 템바는 마을 사람들이 저녁 식사를 하기 위해 여기저기 모여 있는 것을 보았다.

마을 사람들이 물었다.

"어디에서 그 아세가이를 구했니?"

템바가 대답했다.

이 아세가이는 전사들이 내게 준 거예요.
왜냐하면 그들이 내 방패를 망가뜨렸거든요.
그 방패는 어떤 청년들이 나에게 준 거예요.
왜냐하면 그들이 내 옷을 찢었거든요.
그 옷은 어떤 여자들이 내게 준 거예요.
왜냐하면 그 여자들이 내 도끼를 부러뜨렸거든요.
그 도끼는 어떤 아이들이 내게 준 거예요.
왜냐하면 그 아이들이 내 창을 망가뜨렸거든요.
그 창은 어떤 아이들이 내게 주었던 거예요.
왜냐하면 그 아이들이 내 호리병박을 부쉈거든요.
그리고 그 호리병박은 어머니가 주셨어요.
왜냐하면 어머니가 내가 숲속에서 캐 온 얌을 혼자 다 드셨거든요.
그래서 미안하다고 그걸 주셨어요.

마을 사람들은 그를 존경스러운 눈으로 바라보며 이제 템바가 아주 훌륭한 전사가 되었다고 말했다. 마을 사람들은 템바에게 맛난 먹을 것과 마실 것을 가져다 주었다. 그리고 그의 주위에 모여 앉아 템바의 여행 이야기를 들었다.

쌍둥이 남매의 모험

옛날 아주 먼 옛날, 어느 마을에 쌍둥이 남매가 살고 있었다. 고아인 그들은 마을 사람들로부터 아주 형편없는 대우를 받은 끝에 결국은 마을에서 도망쳐야 했다. 그 쌍둥이 오빠의 이름은 데마네였고, 여동생의 이름은 데마자나였다.

마을을 떠난 남매는 구멍이 둘 있는 동굴을 발견하고 그곳에서 살기로 했다. 두 개의 구멍 중 하나는 공기가, 다른 하나는 빛이 들어오는 곳이었다. 아주 커다랗고 묵직한 바위가 동굴 입구를 막고 있었다.

하루는 데마네가 사냥을 나가면서 동생에게 절대 고기를 굽지 말라고 당부했다. 자기가 없는 동안 여동생이 고기를 구우면 그 냄새를 맡고 식인종들이 동굴을 찾아낼까 봐 걱정이 되었기 때문이다. 여동생은 오빠의 말만 들으면 안전하게 동굴에서 지낼 수 있었다. 하지만 여동생은 부주의하게도 오빠가 사냥을 떠나자 저장해 둔 들소 고기를 꺼내 불에 굽기 시작했다. 오빠가 걱정했던 대로 식인종이 고기 냄새를 맡고 동굴로 찾아왔다. 식인종은 동굴 안으로 들어가려고 애써 봤지만 입구는 커다란 바위로 단단히 막혀 있었다. 그래서 식인종은 오빠의 목소리를 흉내 내어 노래를 불렀다.

얘야, 얘야,
내 어머니의 아이야,
동굴 문을 좀 열어 다오.
제비는 날아 들어갈 수 있겠구나.
동굴에 구멍이 두 개나 있구나.

하지만 데마자나는 속지 않았다.

"아니, 너는 내 오빠가 아니야. 네 목소리는 오빠 목소리와는 달라."

식인종은 일단 물러섰다가 얼마 후 다시 돌아왔다. 식인종은 다른 목소리로 여동생에게 또 말을 걸었다.

"동생아, 나를 들어가게 해 다오."

"식인종아, 저리 가! 네 목소리는 거칠기 짝이 없잖아. 너는 내 오빠가 아니야."

식인종은 친구 식인종을 찾아가서 상의했다. 물론 친구가 혹여 자기 몫을 요구할까 두려워 동굴 안에 여자아이가 있다는 말은 하지 않았다.

"이럴 때는 어떻게 하면 좋지?"

"네 목구멍을 불로 달군 쇠로 지지는 것이 어때?"

식인종은 친구 식인종이 시키는 대로 했다. 그러고 나자 식인종의 목소리는 이제 더 이상 거칠지 않았다. 식인종은 다시 동굴로 다가가 노래를 불렀다.

애야, 애야,
내 어머니의 아이야,
동굴을 열어 다오.
제비들은 날아 들어갈 수 있겠구나.
동굴에 구멍이 두 개나 있구나.

소녀는 이번에는 감쪽같이 속아서 그 목소리가 사냥에서 돌아온 오빠의 목소리라고 생각하고 동굴 문을 활짝 열었다. 식인종은 동굴 안으로 성큼성큼 들어가 소녀를 붙잡았다. 데마자나는 식인종에게 끌려가면서 길에 몰래 재를 뿌렸다.

한편 그날 사냥에서 벌 떼 외에는 아무것도 잡지 못한 데마네는 동굴로 돌아와 여동생이 없어진 것을 발견했다. 데마네는 어떤 일이 벌어졌는지 상상할 수 있었다. 그래서 여동생이 뿌려 놓은 재를 따라 식인종의 뒤를 쫓았다.

식인종의 집 근처에 도착해 보니 식인종의 가족은 모두 땔감을 구하러 나가고 없고, 여동생을 잡아 온 식인종만 집에 남아 있었다. 식인종은 여동생을 자루 안에 담아 놓고 식구들이 땔감을 구해 오기를 기다리고 있었다. 데마네는 식인종의 집 문을 두드리며 물을 달라고 부탁했다.

"아저씨, 물 좀 주세요."

식인종이 대답했다.

"저기에 걸려 있는 자루에 손대지 않겠다고 약속하면 물을 갖다 주지."

데마네는 약속했다. 식인종은 그 말을 믿고 물을 가지러 갔다. 식인종이 물을 가지러 나간 사이 데마네는 자루를 풀어 동생을 꺼내고는 대신 사냥을 나가서 잡아 온 벌 떼를 넣어 놓았다. 그런 다음 남매는 도망가지 않고 식인종 몰래 집 안에 숨었다.

식인종이 물을 가지고 돌아왔을 때 마침 식인종의 아내와 아들, 딸도 땔감을 구해 가지고 돌아왔다. 식인종이 딸에게 말했다.

"자, 저기 자루 안에 아주 맛있는 것이 들어 있단다. 가서 가지고 오너라."

딸이 자루 안에 손을 넣자 벌들이 손을 쏘았다.

"아야, 손을 쏘는데요."

그래서 식인종은 다음에는 아들을, 그 다음에는 아내를 보냈다. 그들은 모두 벌에게 심하게 쏘여서 돌아왔다. 식인종은 화가 나서 자식이건 아내건 다 쓸모없다며 밖으로 내쫓고는 직접 자루를 풀어 놓았다. 그런데 자루 안에서 데마자나가 아니라 벌 떼가 쏟아져 나오는 것이 아닌가. 벌 떼는 식인종의 머리와 눈을 사정없이 쏘아 댔다. 벌에게 쏘인 식인종은 앞을 볼 수 없게 되었다.

벌 떼에 쫓겨 지붕 위로 올라간 식인종은 고통을 참을 수가 없어 펄쩍 뛰어내리고 말았다. 그래도 벌 떼는 끈질기게 쫓아왔고 결국 식인종은 벌을 피해 우왕좌왕하다가 연못 속으로 뛰어들었다. 머리부터 뛰어든 식인종은 운수 사납게도 연못 바닥에 머리가 박혀 죽고 말았다. 멀리에서 보기에 낮은 연못 속에 거꾸로 박힌 식인종은 굵은 나무의 밑동처럼 보였다. 그 후 식인종은 실제로 나무 밑동으로 변했다. 벌 떼는 식인종의 몸에 집을 만들고 다시 꿀을 모으기 시작했다.

소녀와 마녀

옛날 논쿤구라는 아름다운 소녀가 살고 있었다. 논쿤구는 매우 아름다웠기 때문에 부모와 가까운 친구들은 그녀를 푸마크웨랑가떠오르는 해라고 불렀다.

논쿤구의 부모는 매우 가난했기 때문에 언제나 해진 옷을 입고 살았다. 그들은 외모로는 남들에게 뒤질 게 없는 아름다운 딸이 항상 넝마 같은 옷을 입고 다녀야 하는 것이 무척이나 마음 아팠다. 그래서 그녀를 부자 삼촌에게 보내기로 했다.

부모는 논쿤구가 삼촌 집에 넝마 차림으로 가는 것이 마음에 걸려 악착같이 돈을 모아 새 옷을 한 벌 사 주었다.

그리하여 어느 날 논쿤구는 삼촌의 집을 향해 출발했다. 길을 가던 논쿤구는 강을 건너게 되었다. 강을 무사히 건넌 논쿤구는 넝마 같은 옷을 입고 있는 아주 아름다운 여인과 마주쳤다. 이 여인은 음타가티인 음불라가 사람으로 변한 것이었다. 음불라는 원하기만 한다면 무엇으로든 변할 수 있는 능력을 갖고 있었다. 물론 꼬리만큼은 어쩔 수 없었지만.

음불라가 유쾌한 표정으로 물었다.

"좋은 날이에요, 공주님. 어디 가시는 길이에요?"

논쿤구가 대답했다.

"저는 음토냐마 삼촌 집에 가는 중인데요."

"음토냐마 삼촌이라고요? 저도 그분 집에 가는 중인데. 어머나, 그런데 아가씨는 정말 좋은 옷을 입고 있군요. 제가 한번 입어 봐도 될까요?"

마음씨 착한 논쿤구는 흔쾌히 음불라와 옷을 바꿔 입었다. 둘은 계속해서 길을 떠났다. 한동안 길을 걸은 뒤에 논쿤구는 이제 옷을 돌려달라고 했다. 음불라가 대답했다.

"저기 서 있는 나무까지만 입고 갈게요. 그런 다음에 바꿔 입으면 안 될까요?"

하지만 나무에 가까워 오자 음불라는 다른 구실을 댔다.

"조금만 더 입을게요. 삼촌의 정원 밑에 흐르는 개울이 보이면 옷을 벗어 줄게요."

어느덧 음불라가 말한 개울이 가까워졌고 삼촌의 집도 저 멀리 보이기 시작했다. 논쿤구는 다시 한 번 옷을 돌려달라고 말했다.

"조금만 더. 저기 여자들이 앉아 있는 오두막이 보이지요? 저기에 가서 반드시 옷을 돌려줄게요."

하지만 오두막에 도착하자 음불라는 갑자기 논쿤구를 한쪽으로 거세게 밀쳐 내면서 소리 질렀다.

"저 좀 도와주세요. 도대체 이 이상한 아이가 왜 이러는지 모르겠어요. 아까 음텐툴레 강에서 만났는데 그때부터 쭉 나를 쫓아오고 있어요."

논쿤구는 너무 놀란 데다가 사람들의 시선이 자신이 입은 넝마 같은 옷에 쏠리는 것을 알고 수치심에 그 자리에서 도망치고 말았다. 음불라는 대담하게도 음토냐마 삼촌의 오두막으로 다가갔다.

"저는 조카 논쿤구예요. 부모님이 여기에서 한동안 살아야 한다고 저를 보내셨어요."

삼촌은 조카라고 주장하는 처녀를 아주 반갑게 맞아 주면서 얼마든지 머물고 싶은 만큼 머물러도 좋다고 했다.

한편 논쿤구는 개들이 사는 곳으로 숨어 들어가 개들이 먹는 쓰레기 같은 음식을 같이 나누어 먹으면서 살았다.

어느 날 아침 일찍 논쿤구는 옥수수 밭으로 나가 기다랗게 자라난 옥수수 사이에 숨어 노래를 불렀다.

아, 슬프다, 슬프다, 나는!
슬프다, 슬프다, 슬프다, 나는!
아버지가 나를 보내셨는데,
슬프다, 슬프다, 나는!
삼촌에게 가라고 하셨는데,
슬프다, 슬프다, 나는!
음불라를 만났네.
슬프다, 슬프다, 나는!
그녀가 내 옷을 빼앗아 갔네.
슬프다, 슬프다, 나는!
그녀가 삼촌의 옥수수를 못 먹게 해야 해요!

옥수수 밭을 지나가던 사람들이 이 노랫소리를 듣고 삼촌에게 이 사실을 전했다. 삼촌은 직접 이 노래를 듣고자 옥수수 밭으로 나갔다. 그곳에서 그는 넝마를 입고 있는 논쿤구를 발견했다. 논쿤구는 삼촌에게 음불라가 자신을 속인 이야기를 털어놓았다.

삼촌은 이 모든 사실을 직접 확인해 보고 싶었다. 그래서 논쿤구를 집으로 데리고 가서 다른 오두막에 몰래 숨기고는 사람들을 시켜 마당에 깊고 넓은 웅덩이를 파고 그곳에 아마시[발효유]를 채워 넣게 했다.

그런 다음 삼촌은 집 안의 모든 여자들을 불러 모아 한 사람씩 그 웅덩이를 뛰어넘어 보라고 명령했다. 이것은 삼촌의 지혜였다. 삼촌은 음타가티의 꼬리가 아마시를 아주 좋아하기 때문에 아마시가 가득 담긴 웅덩이를 건너갈 수 없으리란 것을 잘 알고 있었다.

모든 여자와 처녀들이 무사히 웅덩이를 건너뛰었다. 음불라의 차례가 다가오자 그녀는 재빨리 몸을 돌려 자신의 꼬리를 가슴에 단단히 동여맸다. 하지만 웅덩이를 건너뛰는 순간 가슴에 묶어 두었던 꼬리가 스르르 풀렸고, 결국 그녀는 아마시가 가득 담긴 웅덩이에 곤두박질치고 말았다.

삼촌은 음불라가 빠진 웅덩이에 흙을 가득 메워 그대로 묻어 버렸다. 삼촌의 지혜가 진짜 조카를 구하고 음불라를 벌한 것이다. 그 후 논쿤구는 삼촌의 사랑을 받으면서 행복하게 잘 살았다.

하이에나를 타고 다니는 산토끼

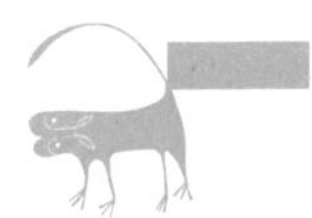

옛날 사람과 동물 사이에 구분이 없었던 시절의 이야기이다. 하이에나는 산토끼와 함께 사람이 사는 마을에 내려가 마자하라고 하는 젊은이와 한담을 나누는 것이 취미였다. 그들은 젊은이의 아내가 가져온 전통 술을 마시며 느긋하게 이야기를 나누곤 했다.

어느 날 하이에나와 산토끼가 여느 날처럼 마을로 내려가려고 하는데 갑자기 하이에나에게 일이 생겼다. 강 건너 먼 마을에 사는 할머니께 음식을 가져다 드려야 했던 것이다. 그래서 그날은 산토끼 혼자 마을을 찾아갔다. 산토끼는 커다란 마룰라 나무 밑에서 호리병박으로 느긋하게 술을 마시면서 무용담을 늘어놓기 시작했다.

"내가 어디든 여행할 때는 말이지……."

산토끼가 술김에 슬슬 허풍을 늘어놓았다.

"발을 땅에 딛고 다닐 것 같나? 천만에! 나는 말이야, 여행할 때는 항상 하이에나 등에 올라타고 여행을 하지."

산토끼의 허풍을 듣고 사람들은 산토끼가 참으로 대단하다고 생각했다. 그래서 산토끼도 집으로 돌아가면서 기분이 매우 좋았다. 그런데 나중에 하이에나가 이 이야기를 사람들을 통해 듣게 되었다. 하이에나가 산토끼를 만난 자리에서 이게 어찌 된 일이냐고 따져 묻자 산토끼는 깜짝 놀란 표정을 지었다.

"아니, 어떻게 사람들이 그런 터무니없는 말을 할 수 있지? 나는 결코 그런 말을 한 적이 없어. 당장 마을로 가서 누가 그런 말을 했는지 찾아보자고."

산토끼는 무척 화난 표정을 지어 보였다.

"하지만 오늘 내가 몸이 무척 안 좋으니 될 수 있으면 천천히 가도 되겠지?"

하이에나와 산토끼는 천천히 마을로 향했다. 가다가 산토끼는 식은땀을 흘리는 척하다가 하이에나에게 자기 몸이 너무 안 좋으니 등에 좀 올라타고 가면 안 되겠느냐고 물었다. 하이에나는 산토끼가 측은해 보여서 기꺼이 등에 올라타라고 했다. 산토끼를 등에 태운 하이에나는 속도를 내서 마을로 달려가기 시작했다.

한참 길을 가던 중 산토끼가 갑자기 하이에나 등에서 굴러 떨어졌다.

"워낙 기운이 없어서 네 등 위에 올라앉아 있기조차 힘이 드는구나."

하이에나는 산토끼가 불쌍했다. 마침 길가에 버려진 밧줄이 한 가닥 놓여 있었다.

"여기 밧줄이 있네. 이 밧줄의 한쪽을 내가 물고 있을 테니 나머지 한쪽을 네가 잡고 가도록 해. 그렇게 한다면 힘이 좀 덜 들지도 모르지."

사실 산토끼는 하이에나가 바로 이런 제안을 해 오기를 기다렸던 것이다. 이리하여 하이에나는 마을을 향해 달리기 시작했다. 마을에 거의 도착할 즈음이 되어 사람들이 하나 둘씩 보이기 시작하자 산토끼는 다시 한번 하이에나의 등에서 굴러 떨어졌다. 그리고 부들부들 떨면서 말했다.

"미안하구나, 하이에나야. 밧줄을 잡고 있는 것도 충분치가 않구나. 네가 저 나무에서 나뭇가지 하나를 꺾어 준다면 그걸 가지고 몸의 균형을 유지하면서 갈 수 있을 텐데."

하이에나는 아무 생각 없이 가까이 있는 나무에서 가지를 하나 꺾어 주었다. 산토끼가 나뭇가지로 균형을 잡는 것을 보면서 하이에나는 마을을 향해 한걸음에 내달았다. 그들이 마을의 입구에 가까이 다가가자 산토끼는 많은 사람들이 모인 것을 확인한 후 하이에나가 물고 있는 밧줄을 힘껏 잡아당기며 하이에나의 엉덩이를 나뭇가지로 호되게 후려쳤다.

깜짝 놀란 하이에나는 마을에 모인 사람들의 머리를 껑충 뛰어넘어 숲속으로 도망쳤다. 하지만 산토끼는 이미 하이에나의 등에서 뛰어내려 마을 입구에 서 있었다. 산토끼가 하이에나의 등에 타고 여행을 하는 것을 두 눈으로 확인한 마을 사람들은 그 뒤로 산토끼가 참 대단한 동물이라 여기게 되었다.

울랑가라센잔치 이야기

옛날 아주 오랜 옛날 울랑가라센잔치라는 사람이 식구들과 함께 평화롭게 살고 있었다. 그런데 호시탐탐 이들을 노리던 울랑가라센흘라 왕이 어느 날 군사를 보내 그의 자식과 손자들을 납치했다.

그의 마음은 슬픔으로 가득 찼지만 침착하게 때를 기다렸다. 그는 기회가 있을 때마다 이렇게 중얼거렸다.

"나는 소 열 마리를 모아 반드시 내 아이들을 데리러 갈 것이다."

결국 소 열 마리를 모은 울랑가라센잔치는 낡고 지저분한 누더기를 걸치고 아이들을 데리러 길을 나섰다. 아이들은 그들을 납치한 왕의 땅에 살고 있었다.

울랑가라센잔치는 이윽고 커다란 강가에 도착했다. 그는 황소 한 마리를 강물에 던졌다. 황소를 강에 밀어 넣자 강물이 둘로 갈라졌다. 그는 무사히 강을 건너 길을 계속 갈 수 있었다. 가다 보니 또 강이 나타났다. 그는 또다시 황소 한 마리를 밀어 넣었다. 이번에도 강은 두 갈래로 나뉘었고 그는 무사히 강을 건널 수 있었다. 길을 가던 울랑가라센잔치 앞에 세 번째, 네 번째, 다섯 번째, 계속 강이 나타났지만 그는 마찬가지 방법으로 모두 건널 수 있었다. 결국 울랑가라센잔치는 열 개의 강을 건너기 위해 가지고 온 소를 모두 강물에 밀어 넣었다.

열 개의 강을 건넌 울랑가라센잔치는 왕이 살고 있는 마을의 우물가에 도착했다. 우물가에서 놀고 있는 많은 아이들을 찬찬히 살펴보니 유독 한 아이가 자신과 닮은 걸 알 수 있었다.

"이 아이가 누구의 아이지?"

아이들이 대답했다.

"왕의 아이예요."

"어머니의 이름은 뭐지?"

"우마랑가라센잔치지요."

그것은 그의 딸 이름이었다. 울랑가라센잔치는 자기 딸의 아들, 그러니까 외손자가 들고 놀고 있는 갈대를 빼앗아 바닥에 짓이겼다.

"자, 이제 네 어머니에게 가서 갈대를 다시 뽑아 달라고 부탁하렴. 가서 '어머니, 내 갈대가 모두 부러졌어요. 갈대를 뽑아 주세요.' 하고 말해라."

아이는 어머니에게 달려가 그대로 전했다. 이 말을 듣고 아이의 어머니는 짚이는 바가 있어 갈대밭으로 나왔다.

아이 어머니가 갈대밭에 들어오자 울랑가라센잔치가 모습을 드러냈다.

"이리 오너라, 내 딸아."

왕의 부인이 된 딸은 반가움과 안타까움에 눈물을 흘렸다.

"오, 아버지. 여기에 어떻게 오셨어요? 왕은 입버릇처럼 아버지를 죽이겠다고 해요. 이곳에 계시면 아버지는 무사할 수 없어요. 어떻게 하시려고 여길 오셨어요?"

"딸아, 가서 왕에게 사람을 하나 더 쓰게 해 달라고 해라. 그냥 이방인이라고만 말해 두고 말이다."

"그런데 아버지는 어떻게 하시려고 오신 거예요? 이곳이 얼마나 위험한지 모르시지는 않겠죠. 그건 그렇고, 아버지, 뭘 좀 드시겠어요? 집에 계실 때는 빵을 좋아하셨는데, 여기 사람들은 옥수수 술을 많이 먹어요."

"얘야, 그럼 옥수수 죽을 좀 만들어 주련? 그리고 나를 네가 살고 있는 집에 숨겨 다오. 충분히 쉬어 힘을 아꼈다가 기회를 봐서 왕을 죽이고 우리 아이들을 데리고 돌아가려고 한다."

그로부터 사흘이 지난 후 왕은 아침에 밖으로 나오자마자 한 남자와 맞닥뜨렸다.

"누구냐? 감히 내 길을 막고 서다니, 어디에서 온 놈이야?"

"나는 울랑가라센잔치다. 나는 내 땅의 아이들을 데리러 왔다."

"호오, 그래? 하지만 너는 결코 아이들을 데려가지 못할 것이다. 아이들은 이제 내 소유야."

그러고 나서 왕은 고개를 돌려 외쳤다.

"여봐라, 전사들을 불러와라. 어서!"

전사들이 달려왔다.

"저놈, 울랑가라센잔치를 죽여라! 나는 아이들을 포기할 수 없다."

전사들은 울랑가라센잔치에게 창을 던지기 시작했다. 하지만 전사들의 창은 던지는 족족 그에게 채 닿지도 못하고 힘없이 땅에 떨어졌다. 왕과 전사들은 너무 놀라 입을 다물지 못했다. 울랑가라센잔치는 전사들을 비웃으며 땅에 떨어진 창들을 집어 전사들에게 돌려줬다. 전사들은 떨리는 손으로 다시 창을 잡아 힘껏 던졌다. 이번에도 창들은 그의 발치에도 미치지 못했다. 울랑가라센잔치가 왕에게 말했다.

"자, 이제 내가 너를 이겼다. 내 아이들을 돌려줘."

왕은 상대가 보통 사람이 아님을 깨닫고 고개를 떨어뜨리며 말했다.

"네가 이겼다. 아이들을 건네줘라."

이렇게 해서 울랑가라센잔치는 아이들을 모두 되찾았다. 울랑가라센잔치는 아이들과 딸을 데리고 고향으로 발길을 옮겼다.

한편 울랑가라센잔치가 아이들과 딸을 데리고 떠나자, 왕은 전사들에게 그들을 쫓아가서 모두 죽이라고 명령했다.

"가라. 가서 모두 죽여라. 들판에서 울랑가라센잔치 놈과 그 아이들이 모두 최후를 맞게 만들란 말이다. 반드시 임무를 완수해야 한다."

울랑가라센흘라의 전사들은 울랑가라센잔치의 뒤를 추격하기 시작했다. 하지만 이상하게도 울랑가라센흘라의 군대는 울랑가라센잔치를 따라잡을 수 없었다. 아무리 빨리 달려도 울랑가라센잔치와 점점 더 멀어지기만 했다.

울랑가라센잔치와 아이들은 마침내 커다란 강에 도착했다. 폭우로 인해 잔뜩 불어난 강물은 붉은빛을 띠고 있었다.

울랑가라센잔치는 지니고 있던 멋진 막대기를 하늘 높이 들어 올렸다. 그러자 도도하게 흐르던 강물이 일순간에 정지되었다. 울랑가라센잔치와 아이들은 그 강물 위를 무사히 건넜다. 강을 건넌 일행은 짐을 벗어 놓고 음식을 만들어 먹으며 휴식을 취했다.

이윽고 울랑가라센흘라의 전사들이 반대편 강가에 도착했다. 전사들이 울랑가라센잔치에게 소리쳐 물었다.

"어떻게 강을 건넌 거지?"

"강 위를 걸어서 왔다. 너희들도 이리 건너와 보지 그래."

"뭐야, 믿을 수 없다."

울랑가라센잔치가 다시 막대기를 들어 하늘로 높이 치켜들자 강이 갑자기 흐름을 멈추었다.

"자, 이제 건너와 봐."

울랑가라센훌라의 전사들이 하나 둘 강으로 걸어 들어왔다. 전사들이 강 안에 모두 들어온 것을 확인한 울랑가라센잔치는 들었던 막대기를 내렸다. 그 순간 강이 다시 거세게 흐르면서 전사들을 강물 속으로 빨아들였다.

울랑가라센잔치와 아이들은 안도의 한숨을 쉬었다.

울랑가라센잔치가 아이들에게 말했다.

"자, 모두들 짐을 다시 지고 우리 땅으로 돌아가자."

아이들은 모두 자기 짐을 짊어지고 몇 년이 걸릴지 알 수 없는 긴 여정을 시작했다.

안타깝게도 울랑가라센잔치는 길을 가던 중에 죽고 말았다. 사람들은 이제 울랑가라센잔치 없이 길을 떠나야 했다. 그를 대신해서 울랑가라센잔치의 동생이 무리를 이끌었다. 수많은 난관을 뚫고 그들은 계속해서 전진했다. 그러는 사이 죽음이 찾아와 늙은 사람들을 하나 둘씩 데려갔고, 마침내는 젊은 사람들만이 남았다. 그들은 계속해서 여행을 한 끝에 마침내 자신들이 살던 곳에 도착하게 되었다. 사람들이 몰려와 물었다.

"형제, 부모들은 모두 어디 있나요?"

"먼 길을 오면서 많이 죽었습니다."

"어디에서요?"

"어디에서 죽었는지 모두 보지도 못했어요. 한 사람 한 사람씩 숨을 거두었지요. 일일이 죽음을 지켜보지도 못했고 묻어 주지도 못했지요. 위험한 지역을 통과해 오느라 이런저런 고초를 수도 없이 겪었답니다."

일행은 집을 짓고 다시 그 마을에 합류했다. 마을은 다시 큰 나라가 되었다.

이것은 사람들 사이에 전해 내려오는 아주 오래된 이야기이다. 언제 적 이야기인지 아무도 확실히 알지 못한다. 왜냐하면 이 이야기를 들려준 사람들은 아주 오래전에 죽었기 때문이다. 이것은 오래전부터 입에서 입으로 내려온, 백인들이 이 땅에 들어오기 전부터 내려온 이야기이다.

공주의 성인식

옛날 왕이 살고 있었다. 왕에게는 공주가 둘 있었다. 첫째 공주의 이름은 움카가자 와코깅크와요(살육된 사람들이 구르는 땅에서 무기를 흔드는 사람)였고 둘째 공주의 이름은 우발라투시(잘 닦은 청동처럼 빛나는 사람)였다.

움카가자 공주가 초경을 맞자 왕은 공주의 성인식을 치르기 위해 그녀를 들판에 데려다 놓고 말했다.

"움카가자야, 여기에 오두막을 지을 테니 안에서 지내고 있어라. 때가 되면 소를 보내마. 네 소유로 말이다. 이 아버지는 너에게 소를 많이 주기 위해서라면 다른 마을을 약탈할 수도 있단다. 자랑스러운 내 딸아, 네가 만족할 만큼 소를 많이 보내겠다. 얘야, 소들이 일으킨 먼지가 태양을 검게 가릴 정도로 소를 많이 보낼 테니 그때 집으로 돌아오너라."

그래서 움카가자는 자신의 특별한 성인식을 도와줄 또래 소녀들과 함께 들판 한가운데 세운 오두막에 머물렀다. 오두막에 머무는 기간이 끝나자 움카가자는 이렇게 선언했다.

"이제 나는 성인이 되었다."

같이 있던 소녀들은 기쁨에 들떠 마을로 달려갔다. 마을로 내려간 소녀들은 마을의 여인들을 오두막으로 불러 모아 함께 축하하도록 했다. 그런 다음 여인들은 온 마을을 돌아다니며 약탈했다. 옛날 줄루 사회에서는 이런 식으로 성인이 된 여자에게 축하를 보냈다. 약탈을 마친 젊은 여인들은 움카가자 공주에게 돌아가 소식을 전하며 흥겨워했다. 이렇게 여인들이 여러 차례에 걸쳐 마을로 와 약탈을 하자 마을 남자들도 모두 움카가자가 성인이 된 것을 인정했다.

"왕의 딸이 성인이 되었구나."

왕은 튼튼한 소 스무 마리를 골라 움카가자가 머무는 오두막으로 보냈다. 공주를 만족시켜 이제 오두막을 떠나 다시 마을로 돌아오게 하기 위한 선물이었다. 하지만 움카가자는 소들을 돌려보냈다.

왕은 이번에는 튼튼한 소 마흔 마리를 골라 마을의 여인들로 하여금 몰고 가게 했다. 하지만 이번에도 움카가자 공주는 소 떼를 돌려보냈다. 그래서 왕은 다시 소 백 마리를 보냈다. 움카가자 공주는 또다시 "아직 태양이 보여요."라는 대답과 함께 소 떼를 돌려보냈다.

그래서 왕은 소 200마리를 보냈다. 하지만 공주는 여전히 만족을 몰랐다.

"아직도 태양이 보여요. 아버지는 태양이 검게 뒤덮일 때 집으로 돌아오라고 하셨어요. 그때까지 나는 결코 마을로 돌아가지 않을 거예요."

남자들은 온 나라를 뛰어다니며 소 떼를 모아 공주에게 보냈다. 하지만 이번에도 공주는 만족하지 못했다.

"여전히 태양이 보여요."

결국 소 떼는 다시 돌아왔다. 고민에 고민을 거듭하던 왕은 결국 군사를 모아 이웃나라의 소 떼를 약탈해 왔다. 그러나 그 많은 소들도 공주를 만족시키지는 못했다.

"아직 태양이 보여요."

왕은 더 많은 군사를 모아 수천 마리의 소 떼를 약탈해 움카가자에게 보냈다. 하지만 움카가자 공주는 여전히 태양이 보인다고 말할 뿐이었다.

다시 한 번 군사들이 모여 소 떼를 약탈하기 위해 출발했다. 며칠을 진군해 가던 중 군사들은 넓은 계곡에서 풀을 뜯고 있는 소 떼를 발견했다. 수를 헤아릴 수 없을 정도로 엄청난 규모의 소 떼였다. 군사들은 그 소 떼를 약탈해 가기로 했다. 하지만 이 소들은 우실로시마푼두라고 불리는 살아 있는 언덕[1]의 소유였다. 우실로시마푼두는 계곡 사이에 깊숙이 앉아 자신의 소 떼를 돌보고 있었다. 그의 등에는 너른 강이 흐르고 있었고, 한쪽 옆구리에는 깊은 숲이 있었다. 그리고 반대편 옆구리에는 고지대 평원이 펼쳐져 있었다. 가슴은 깎아지른 듯한 절벽이었고, 얼굴은 커다란 바위로 이루어져 있었으며, 입은 매우 크고 붉은색을 띠고 있었다. 몸은 워낙 넓어서 어느 지역은 겨울이었고, 다른 지역은 이른 추수기였다. 또 피부에는 나무들이 털처럼 수북이 자라 있었다. 그 중에서도 특히 눈에 띄는 커다란 나무 두 그루는 그의 파수꾼이었다. 군사들이 소 떼를 몰고 간다는 보고를 들은 우실로시마푼두가 눈을 뜨고 소리쳤다.

"잠깐, 누구의 소를 몰고 가는 것이냐?"

군사들이 대답했다.

"네 소를 몰고 가는 중이다. 이 덩치만 큰 괴물아, 길을 비켜라."

의외로 우실로시마푼두는 순순히 비켜섰다.

"좋다! 소 떼를 몰고 가거라. 하지만 대가는 치러야 할 것이다."

군사들은 우실로시마푼두의 소 떼를 몰고 갔다. 군사들이 소 떼를 몰고 가자 그 뒤로 시커먼 먼지가 일었다. 태양이 안 보일 정도로 하늘이 컴컴해져서 금방이라도 비가 쏟아질 것처럼 보였다. 먼지에 병사들마저 가려졌다.

왕은 우실로시마푼두로부터 약탈한 소 떼를 움카가자 공주에게 보냈다. 마침내 공주는 만족하여 말했다.

"태양이 검게 보인다. 검게 보여."

이윽고 움카가자 공주는 오두막을 떠나 마을로 돌아왔다. 마을에서는 움카가자가 돌아온다는 소식을 듣고 서둘러 공주를 위해 새 오두막을 세우고 갓 추수한 옥수수 알갱이를 바닥에 뿌렸다. 마을로 돌아온 움카가자 공주는 처녀들과 함께 그 오두막으로 들어가 머물렀다.

한편 왕국 사람들은 소를 잡아 축제를 열었다. 한꺼번에 너무 많은 소를 잡았기 때문에 미처 가죽을 벗기지 못한 소도 많았다. 까마귀, 독수리부터 시작해서 동네 개들까지 몰려와 고기를 뜯어먹었지만 아무도 뭐라 하는 사람이 없었다. 마을은 온통 쇠고기와 피비린내로 뒤덮였다. 하지만 우실로시마푼두에게서 약탈해 온 소는 한 마리도 도살되지 않았다.

공주는 관습에 따라 한동안 새 오두막에서 머물러야 했다. 오두막 안에는 공주를 돌보는 몇 명의 처녀를 제외하고는 누구도 들어갈 수 없었다. 오두막에 들어간 사람조차 공주를 직접 볼 수는 없었다. 공주는 오두막 깊숙이 머물고 있었기 때문이다.

시간이 흘러 관습에 따라 움카가자가 오두막에서 나올 때가 되었다. 마을 사람들은 완전히 성인이 된 공주를 맞을 준비를 하기 시작했다. 그것은 옥수수 술을 빚는 일로부터 시작되었다.

사람들은 아침 일찍 일어나 왕의 옥수수 밭으로 나갔다. 모두들 옥수수를 추수해서 술을 빚을 준비를 하느라 분주하게 움직였고, 임시 오두막 안에는 움카가자와 그녀의 여동생만이 남아 있었다. 왕의 옥수수 밭은 오두막에서 상당히 멀리 떨어져 있었다.

그런데 마을 사람들이 떠나고 나서 조금 있으려니까 천둥소리와 함께 땅이 심하게 흔들렸다. 공주가 머물던 오두막도 심하게 흔들리기 시작했다. 움카가자가 말했다.

"우발라투시야, 밖에 나가서 한번 살펴보렴. 이렇게 멀쩡한 아침에 천둥이 치다니 무슨 일인지 모르겠구나."

우발라투시가 밖으로 나와 보니 거대한 숲이 마을 입구에 우뚝 서 있었다. 도대체 어디가 마을 입구인지 알아볼 수조차 없었다. 당황한 우발라투시는 집 안으로 들어와 이렇게 말했다.

"언니, 대문 밖에 아주 거대한 무엇인가가 서 있어. 집 울타리는 한쪽으로 무너져 버렸어."

그때 나뭇잎 두 장이 그들이 앉아 있는 오두막 안으로 바람에 날리듯 들어왔다. 놀랍게도 나뭇잎이 우발라투시에게 말을 걸었다.

"우발라투시야, 양동이를 들고 강에 나가 물을 길어 오너라."

이상하게도 우발라투시는 그 말을 거역할 수 없었다. 그녀는 양동이를 들고 강으로 나갔다. 그런데 물을 가득 채우고 나니 양동이가 너무 무거워 들어 올릴 수가 없었다.

이번에는 나뭇잎들이 움카가자에게 말했다.

"움카가자야, 밖으로 나가 집 안에 물이 있는지 살펴봐라."

"나는 이제 막 성인이 되었고 아직 성인식 기간이 끝나지도 않았는걸요."

"우리도 알고 있다. 그래도 나가서 물을 찾아 보도록 해라."

움카가자는 하는 수 없이 밖으로 나가 물을 길어 왔다. 나뭇잎들이 말했다.

"불을 지펴라."

"나는 불을 지피는 일을 할 수 없어요."

"우리도 알고 있다. 그래도 해라."

움카가자는 불을 지폈다.

"이제 냄비를 아궁이 위에 올려놓아라."

"나는 지금 요리를 할 수 없어요."

"우리도 네가 요리를 할 수 없다는 것을 알고 있다. 그래도 요리해라."

움카가자는 하는 수 없이 냄비를 불 위에 올려놓고 물을 부었다.

"옥수수를 조금 가져다가 냄비에 넣어라."

움카가자는 옥수수를 가져다 냄비에 넣었다. 나뭇잎과 움카가자는 바닥에 앉아 옥수수가 끓기를 기다렸다.

"이제 맷돌에 옥수수를 갈아라."

"나는 지금 옥수수를 갈 수 없어요. 나는 왕의 딸이에요. 내 이 손톱을 봐요."

움카가자는 나뭇잎들에게 자신의 손톱을 보여 주었다. 생전 일이라곤 해 보지 않은 손에는 손톱이 길게 자라 있었다. 나뭇잎 하나가 칼을 집어 들고 이렇게 말했다.

"손을 이리 내놔 봐."

나뭇잎은 칼로 움카가자의 손톱을 다듬었다.

"자, 이제 옥수수를 갈아 봐."

"나는 옥수수를 갈 수 없어요. 나는 왕의 딸이고 공주예요."

"네가 왕의 딸이라는 것도 그래서 옥수수를 갈 수 없다는 것도 알고 있다."

나뭇잎 하나가 일어서더니 맷돌을 가져와 옥수수를 갈기 시작했다.

"자, 이렇게 하면 된다. 옥수수를 갈아라."

움카가자는 옥수수를 갈았다.

"아마시를 이리 가져오너라."

움카가자는 아마시를 가져왔다.

"커다란 항아리를 하나 가져와라."

움카가자는 시키는 대로 했다.

"가서 우유를 담아 둔 호리병박을 가져오너라."

"우유가 담긴 호리병박은 커서 나 혼자서는 옮길 수가 없어요. 남자 세 명이 함께 옮겨야 할걸요."

"자, 가자. 우리가 함께 갈 것이다."

나뭇잎과 움카가자는 우유가 담긴 호리병박을 함께 운반했다.

"우유를 쏟아라."

움카가자는 커다란 항아리를 가져와서 우유를 쏟고 갈아 놓은 옥수수도 부었다. 나뭇잎들은 여기에 아마시를 붓고는 바구니로 항아리를 덮었다. 그런 다음 새로 바구니를 하나 집어 들더니 땅콩을 조금 담고는 또 다른 바구니를 들어 그 위에 얹었다.

마지막으로 나뭇잎 하나가 숟가락을 들어 바구니 위에 얹고는 항아리째 들고 우실로시마푼두에게 갔다. 나뭇잎이 다가오자 그는 입을 열어 숟가락과 바구니로 덮은 아마시 항아리를 뱃속에 집어넣었다. 그리고 바구니 두 개와 땅콩도 꿀꺽 삼켰다.

나뭇잎은 다시 집으로 들어가서 이렇게 말했다.

"숟가락 세 개를 내려놓아라. 자, 여기를 봐라. 여기에 숟가락이 있다. 먹어라. 우리도 함께 먹을 것이다."

"나는 아마시를 먹지 않아요. 나는 성인식 규율[2]을 지켜야 하거든요."

"잘 알고 있다. 우리는 네가 아마시를 먹을 수 없다는 것을 알고 있다. 하지만 먹어라."

움카가자가 울면서 말했다.

"오, 어머니! 성인식을 마치기도 전에 아마시를 먹으라니 어쩌면 좋아요?"

나뭇잎들은 계속 강요했고, 움카가자는 결국 숟가락을 들어 아마시를 먹었다. 그런 다음 나뭇잎들은 옆집으로 갔다. 오두막에 도착한 나뭇잎들은 술통, 음식 항아리, 돗자리 등을 꺼내어 대문 근처로 옮겨 놓았다. 마을의 규모는 무척 컸지만 나뭇잎들은 마을에 있는 모든 집에 하나도 빠짐없이 들러 물건들을 꺼내 놓았다. 나뭇잎들이 움카가자 어머니의 오두막에서 물건들을 꺼내려고 할 때 움카가자가 말했다.

"저희 집 선반에 있는 작은 항아리 하나는 남겨 주세요. 쇠똥을 바른 아주 작은 항아리 말이에요."

나뭇잎들은 오두막 안으로 들어가 물건들을 밖으로 꺼내 놓았다. 하지만 집 안에 있는 아주 커다란 항아리만은 남겨 놓았다. 그 안에는 잘 익은 술이 들어 있었다. 그리고 물론 움카가자가 부탁한 작은 항아리도 남겨 놓았다. 우실로시마푼두는 음식이건 항아리건 밖으로 나온 것은 모조리 씹지도 않고 꿀꺽 삼켜 버렸다.

이렇게 마을에 있는 모든 것을 먹어 치운 다음에도 우실로시마푼두는 만족하지 않았다. 나뭇잎들은 움카가자 어머니의 오두막에 들어가 두 개의 술 항아리 안에 퐁당 빠졌다. 나뭇잎들이 항아리에서 나왔을 때에는 항아리가 텅 비어 있었다. 나뭇잎들이 항아리를 들고 밖으로 나오기가 무섭게 우실로시마푼두는 항아리를 꿀꺽 삼켰다.

우실로시마푼두는 입을 움직여 말했다.

"자, 움카가자 와코깅크와요, 이제 이리 오너라."

움카가자는 집 안으로 들어가 작은 항아리를 들고 나왔다. 항아리 뚜껑은 열려 있었다. 그녀는 항아리에서 청동 장식을 꺼내 온몸을 장식한 다음 청동 구슬로 장식된 작은 웃옷을 걸치고 밖으로 나갔다. 움카가자는 돗자리를 펴 그 위에 서고는 한 손에는 옷과 베개를, 다른 손에는 지팡이를 들었다.

우실로시마푼두가 말했다.

"움카가자 와코깅크와요, 뒤돌아봐라."

움카가자는 뒤돌아섰다.

"자, 다시 한번 돌아봐라."

움카가자가 돌아섰다.

"이제 웃어 봐라."

하지만 움카가자는 아버지와 어머니 그리고 공주의 자리를 버리고 떠나야 한다는 생각 때문에 도저히 웃을 수가 없었다.

"이리 오너라, 움카가자 와코깅크와요."

움카가자는 우실로시마푼두에게 다가갔다. 그녀가 등에 올라타자 우실로시마푼두는 빠른 걸음으로 마을을 떠났다.

바로 그 순간 강에서 물을 긷던 우발라투시는 갑자기 언니가 걱정이 되어 서둘러 물 항아리를 이고 마을을 향해 종종 걸음을 쳤다. 움카가자의 어머니도 왠지 걱정이 되어 물을 긷다 말고 집을 향해 발길을 돌렸다.

우실로시마푼두가 언덕 너머로 사라지는 순간 마을에 도착한 움카가자의 동생과 어머니는 무엇인가 시야에서 사라지는 것을 보았다. 다시 보니 집 울타리가 무너져 있었다.

"아니, 무슨 일이 벌어졌던 거지?"

우발라투시가 대답했다.

"혹시 소를 빼앗긴 그 괴물이 아닐까요?"

"그런데 너는 지금 도대체 어디에서 오는 길이니?"

"강가에서요. 나뭇잎들이 강에 가서 물을 길어 오라고 했어요."

"그럼 네 언니는?"

어머니는 서둘러 오두막 안으로 뛰어 들어갔다. 하지만 움카가자는 오두막 안에 없었다. 다른 오두막도 살펴보았지만 움카가자는 없었다. 어머니는 재빨리 남편인 왕에게 달려갔다. 왕은 남자들에게 소리쳤다.

"서둘러라. 공주가 소 떼를 빼앗긴 그 괴물에게 잡혀갔다."

"누가 그 괴물을 보았나요?"

움카가자의 어머니가 말했다.

"내가 마을에 들어서는 순간 무언가 언덕 너머로 사라졌어. 움카가자는 집에 없고 말이야."

남자들은 모두 집으로 돌아가 무장하고 우실로시마푼두가 남기고 간 흔적을 쫓았다. 뜻밖에도 우실로시마푼두는 도망가지 않고 추격해 오는 사람들을 기다리고 있었다. 그는 사람들을 보고 비웃었다.

"자, 덤벼라. 뭘 어떻게 하고 싶으냐? 하고 싶은 대로 다 해 봐라. 하지만 빨리 해야 한다. 나는 해가 지기 전에 집에 돌아가야 하거든."

남자들은 우실로시마푼두를 향해 힘껏 창을 내던졌다. 하지만 어이없게도 창들은 물웅덩이 속으로 떨어지거나 바위로 날아가 부딪히지 않으면 풀숲에 떨어지거나 숲속 깊이 들어가 박혔다. 이런 식으로 마을 남자들은 가지고 온 창을 모두 던졌지만 어느 누구도 우실로시마푼두에게 상처 하나 입히지 못했다. 우실로시마푼두가 마을 사람들을 비웃으며 말했다.

"자, 마을로 돌아가서 다시 무장을 하고 오너라."

사람들은 급한 마음에 마을로 달려가 다시 창을 가져와서 던졌다. 하지만 결과는 마찬가지였다. 우실로시마푼두는 털끝 하나 다치지 않았다. 왕과 마을 사람들은 어찌 할 바를 몰랐다.

"맙소사, 아무런 소용이 없어."

우실로시마푼두가 마을 사람들을 뒤로한 채 길을 떠나려 하자 마을 사람들은 목 놓아 울기 시작했다.

"제발 움카가자 공주를 내려 줘요."

우실로시마푼두는 움카가자를 등에 태운 채 계속 걸어갔다. 움카가자의 어머니와 여동생, 아버지와 남자 형제들이 우실로시마푼두의 뒤를 쫓았다. 그들은 우실로시마푼두가 쉬면 함께 쉬고, 우실로시마푼두가 길을 떠나면 같이 걸었다. 그렇게 며칠이 지났다. 아무리 애원하고 하소연해도 우실로시마푼두는 못 들은 척 계속 앞으로 나아갈 뿐이었다. 아버지와 남자 형제들, 그리고 여동생은 결국 우실로시마푼두의 뒤를 쫓는 것을 포기하고 마을로 돌아가기로 했다. 하지만 어머니는 여전히 울면서 쫓아왔다. 우실로시마푼두는 그런 어머니의 마음을 이해했다. 그래서 그녀에게 사탕수수와 옥수수를 뽑아 건네주고는 마지막으로 딸을 안아 볼 기회를 주었다. 이렇게 해서 움카가자는 가족들과 앞날을 기약할 수 없는 이별을 하게 되었다.

우실로시마푼두는 움카가자를 데리고 아주 오래된 마을에 도착했다. 그 마을의 한가운데에는 커다란 담배밭이 있었고, 밭의 가장자리에는 아주 아름다운 동굴이 있었다. 동굴 바닥은 동물의 기름[3]으로 잘 닦여 반짝반짝 빛나고 있었고, 담요와 돗자리, 베개와 물 항아리가 놓여 있었다.

우실로시마푼두가 말했다.

"움카가자 와코깅크와요, 여기 머물러라. 너에게 할 말이 있다. 네 아버지는 벌을 받았다. 왜냐하면 내 소를 빼앗아 너에게 주었기 때문이다. 내가 네 아버지의 재산을 모두 빼앗았다. 그는 내 것을 빼앗았기 때문에 벌을 받은 것이다. 앞으로 너는 네 아버지를 보지 못할 것이며, 그는 너를 보지 못할 것이다."

우실로시마푼두는 움카가자에게 사탕수수 두 줄기와 옥수수 네 개를 주고는 동굴을 떠났다.

다음 날 아침, 그녀는 고귀한 신분답게 사탕수수의 양쪽 마디를 잘라 내고 중간 부분만 껍질을 벗겨 먹었다. 옥수수도 불에 구운 후 양쪽 끝 부분에 붙어 있는 알갱이는 비벼 떨어뜨리고 중간에 붙어 있는 알갱이만 먹었다.

낮이 되자 햇볕은 점점 뜨거워졌다. 저 멀리서 누군가가 동굴로 다가왔다. 동굴이 있는 곳은 높은 지대의 평원이었고 근처에는 나무 한 그루만이 서 있었다. 그 사람은 나무 밑에 와서 잠시 쉬다가 담배밭에 들어가 담뱃잎을 따기 시작했다. 그러다가 그는 발자국을 발견하고 잠시 겁에 질린 듯했다. 하지만 주위를 살펴본 후 다시 담뱃잎을 따 담배밭 밖에 두고 동굴 안으로 들어섰다. 지켜보고 있던 움카가자는 일어서서 팔을 쭉 뻗었다. 동굴 안에서 사람의 팔이 나오는 것을 본 그는 담뱃잎을 남겨 놓은 채 언덕 너머로 도망쳤다. 움카가자는 그대로 동굴에 남아 있었다.

다음 날 아침 움카가자는 어제처럼 동굴 입구에 앉아 있었다. 다시 두 개의 그림자가 다가왔다. 그들은 깡충깡충 뛰어오고 있었다. 그들은 나무 그늘에 잠시 앉았다가 어제처럼 담배밭에 들어갔다. 공주는 두려움에 동굴 안으로 숨었다. 담배밭에 들어선 사람들은 담뱃잎을 따서 밭 바깥쪽에 쌓아 놓았다. 일을 마친 그들은 동굴 안으로 들어섰다. 지켜보던 움카가자는 몸은 숨긴 채 양손을 쑥 내밀었다. 어제처럼 그들은 언덕 너머로 줄행랑을 놓았다.

사실 이 이상한 사람들은 식인종으로 팔다리가 하나씩밖에 없었다. 그래서 움카가자가 두 손을 내밀었을 때 그들은 동굴 안에 사람이 두 명 있다고 생각했다. 그들은 서둘러 추장에게 달려가 말했다.

"추장님, 추장님의 동굴 속에 무엇인가가 있습니다."

"어떻게 생겼느냐?"

"잘 모르겠습니다. 그런데 그들은 둘입니다."

다음 날 아침 이번에는 추장과 함께 더 많은 식인종들이 동굴로 몰려왔다. 움카가자는 한꺼번에 많은 인원이 몰려오는 것을 보고 겁에 질렸다.

"아, 마침내 내가 죽을 날이 찾아왔구나."

그들은 담배밭 가까이 오더니 곧장 동굴로 오지 않고 나무 그늘에 앉아 훌쩍거리며 코담배 연기를 마셨다. 아마도 담뱃잎을 따기 전에 나무 그늘에 앉아 휴식을 취하는 것은 이들의 습관인 것 같았다. 이윽고 그들은 담배밭으로 들어가 담뱃잎을 따서 밖에 쌓아 놓기 시작했다.

사실은 오래전부터 그들 마을에서는 추장의 동굴을 깨끗이 유지하는 것을 무엇보다 중요하게 여겨 왔다. 그래서 식인종들은 돌아가면서 추장의 동굴을 청소해 왔던 것이다. 동굴을 청소하기 전에 담뱃잎을 따는 일도 반드시 지켜야 할 의무 중에 하나였다.

담뱃잎을 다 딴 식인종들은 어제 이곳에 왔던 두 명에게 동굴 입구에 가서 어제 보았다는 그 무엇인가가 여전히 안에 있는지 살펴보라고 했다. 두 명이 조심스럽게 동굴 입구로 다가가 안을 들여다보니 어두컴컴한 동굴 안에서 희미하게 보이는 것이라고는 반짝반짝 빛나는 움카가자의 몸뿐이었다. 둘은 돌아와 이렇게 말했다.

"그것은 하나인데 몸이 반짝거리고 있어요. 하지만 어떻게 생겼는지 잘 보이지 않아요."

추장이 동굴 안에다 대고 소리쳤다.

"너는 사람이냐, 아니면 동물이냐?"

움카가자가 대답했다.

"나는 사람이다."

"그렇다면 이리 나와 봐라."

"나는 왕의 딸이다. 함부로 나를 보려고 하지 마라."

추장은 몇 명을 보내 마을에서 커다란 황소를 한 마리 데려와 잡도록 했다. 그제야 움카가자는 담요와 돗자리, 베개와 막대기를 들고 동굴 밖으로 나섰다. 청동 구슬로 장식된 치마가 그녀의 신분을 증명해 주었다.

움카가자는 동굴 입구에 담요와 베개를 내려놓고 돗자리를 편 다음 그 위에 막대기를 짚고 섰다.

추장이 말했다.

"뒤돌아봐라."

움카가자는 뒤로 돌아서 등을 보여 주었다.

"다시 한번 돌아봐라."

움카가자는 다시금 돌아섰다.

이상하게 생긴 식인종들이 수군거리며 감탄했다.

"참으로 아름다운 처녀로군. 하지만 저것 봐. 다리가 두 개야."

"아깝다. 참 예쁘게 생겼는데 다리가 두 개로군."

추장은 움카가자에게 동굴로 들어가도 좋다고 허락하고는 그곳을 떠났다.

다음 날 아침 많은 식인종들이 다시 담배밭으로 왔다. 움카가자는 다시 두려움에 떨었다.

"아, 저들이 이제 나를 죽이러 왔구나."

식인종들은 동굴 안으로 들어와 움카가자에게 밖으로 나오라고 말했다. 움카가자가 나오자 그들은 그녀에게 두건을 주며 쓰라고 했다. 그것은 식인종 여자들이 사용하는 두건이었다. 움카가자가 두건을 쓰자 식인종들은 말했다.

"아, 정말 아깝단 말이야. 아름다운 아가씨임에는 틀림없는데 말이지. 저 다리를 좀 봐. 다리가 두 개야."

식인종들은 움카가자의 다리와 팔이 둘인 것이 정말이지 아쉬운 듯했다. 그들은 갑자기 움카가자를 둘러싸고 한바탕 춤을 추더니 그녀를 데리고 자기네 마을로 돌아갔다.

움카가자는 식인종 마을을 보고 깜짝 놀랐다. 무척이나 마을이 큰 데다가 자신이 살던 곳과 너무나 흡사했기 때문이다. 그녀는 그 마을의 가장 꼭대기에 있는 집에서 최고로 융숭한 대접을 받으며 지내게 되었다.

처음에는 별 불편함을 모르고 지내던 그녀는 곧 이상한 낌새를 느꼈다. 매일 상당한 양의 고기를 억지로 먹어야 했던 것이다. 그녀의 몸에는 서서히 지방이 쌓이기 시작했다. 얼마 지나지 않아 움카가자는 너무 뚱뚱해서 걸을 수조차 없게 되었다. 거처를 나서 이웃집에 도착하기도 전에 피곤해져서 집으로 되돌아오곤 했다. 그녀가 일어선 자리에는 항상 몸에서 흘러내린 기름이 흥건히 고여 있었다. 식인종 추장은 그 흘러내린 기름을 즐겨 마시곤 했다. 움카가자의 상태는 이제 식인종들이 인내심을 가지고 지켜볼 수 있는 한도를 넘었다.

"추장님, 이제 저 여자를 잡아먹을 수 있도록 허락해 주십시오. 저 몸에서 나오는 기름이 땅에 흘러내리는 것은 낭비입니다."

하지만 왕은 거절했다.

"왕이시여, 저 여자의 몸은 이미 엉망이 되었습니다. 더 이상 걸을 수도 없는 물건을 무엇에 쓸 수 있단 말입니까? 단지 기름을 낭비할 뿐입니다."

식인종들이 석 달 동안 끈질기게 탄원을 하자 마침내 왕이 허락했다. 식인종들이 좋아라 모여들었다. 그들은 마을 밖으로 나가 장작을 구해 오고 커다란 구덩이도 팠다. 구덩이 안에 장작을 넣고 불을 지핀 다음 큰 솥을 불 위에 얹었다.

무척이나 좋은 날이었다. 하늘에는 구름 한점 없었다. 마침내 솥이 붉게 달아오르자 식인종들은 움카가자를 끌고 나왔다. 움카가자는 마을 공터에 아주 많은 식인종들이 모여 있는 것을 보고 노래를 하기 시작했다.

하늘아, 들어라, 보아라. 마요새야, 들어라.
하늘아, 들어라. 큰 천둥을 치지 않는구나.
하늘이 낮은 소리로 천둥을 치는구나. 무엇을 하는 거니?

하늘이 계절을 바꾸려고 천둥을 치고 비를 내리는구나.

그러자 맑은 하늘에 갑자기 먹구름이 몰려들었다. 움카가자는 계속해서 노래를 불렀다.

하늘아, 들어라, 보아라. 마요새야, 들어라.
하늘아, 들어라. 큰 천둥을 치지 않는구나.
하늘이 낮은 소리로 천둥을 치는구나. 무엇을 하는 거니?
하늘이 계절을 바꾸려고 천둥을 치고 비를 내리는구나.

얼마 후 하늘 전체가 구름으로 뒤덮이고 천둥이 치더니 폭우가 쏟아졌다. 사납게 쏟아지는 폭우에 벌겋게 달아오른 솥은 금세 싸늘하게 식었고, 움카가자의 주위에 있던 식인종들은 번개에 맞아 쓰러져 죽었다.

이윽고 날이 다시 개자 식인종들이 외쳤다.

"솥을 다시 달구고 저 여자를 빨리 솥에 집어넣어. 다시 노래를 못 부르게 말이야."

솥은 금방 다시 벌겋게 달아올랐다. 식인종들이 움카가자를 번쩍 들어 올리자 그녀는 다시 하늘을 올려다보면서 노래를 불렀다.

하늘아, 들어라, 보아라. 마요새야, 들어라.
하늘아, 들어라. 큰 천둥을 치지 않는구나.
하늘이 낮은 소리로 천둥을 치는구나. 무엇을 하는 거니?
하늘이 계절을 바꾸려고 천둥을 치고 비를 내리는구나.

다시 한번 하늘에 구름이 모이기 시작했다.

하늘아, 들어라, 보아라. 마요새야, 들어라.
하늘아, 들어라. 큰 천둥을 치지 않는구나.
하늘이 낮은 소리로 천둥을 치는구나. 무엇을 하는 거니?
하늘이 계절을 바꾸려고 천둥을 치고 비를 내리는구나.

하늘에서 또다시 엄청난 비가 쏟아지고 천둥과 번개가 내리쳤다. 번쩍 하는 순간 식인종 추장과 식인종들이 벼락에 맞아 쓰러졌다. 식인종들은 움카가자가 두려워졌다.

"이제 저 여자에게 손대지 말자. 대신에 음식을 빼앗아 말라 죽게 만들자."

하지만 움카가자는 음식을 적게 먹는 것이 즐겁기만 했다. 그녀의 몸에서 점점 지방이 빠져나갔다. 어느 정도 걸을 수 있게 되자 움카가자는 식인종 추장이 준 선물을 바구니에 담아 머리에 이고 모두가 잠든 한밤중에 길을 떠났다. 발길이 닿는 대로 이 마을 저 마을을 돌아다니면서 음식을 얻으면 먹고 얻지 못하면 굶었다. 그녀는 차차 예전의 모습을 되찾아 갔다. 그러던 어느 날 정처 없이 길을 가던 그녀는 멀리서 아주 큰 마을을 발견하게 되었다.

"저 마을은 그 식인종 마을하고 아주 비슷하네. 아니, 예전에 내가 살던 마을과 비슷한걸."

움카가자는 오두막에서 피어오르는 연기를 바라보며 언덕을 내려갔다. 이곳은 바로 그녀의 고향이었다. 그녀가 아직 이 사실을 깨닫지 못하고 있을 따름이었다. 움카가자는 발길이 가는 대로 아버지의 집을 찾아 들어갔다. 커다란 집 입구에 들어섰을 때 한 남자가 그늘 아래 웅크리고 앉아 있었다. 그의 머리카락은 식인종처럼 길었다. 움카가자는 그 남자 곁을 그대로 지나쳐 갔다. 순간 그녀는 남자의 모습에서 아버지를 떠올렸다.

"저 남자는 꼭 내 아버지를 닮았는걸!"

움카가자가 안으로 들어가니 그녀의 어머니는 옥수수 술을 빚고 있었다. 그녀는 너무 지쳐 벽에 기대어 앉으면서 말했다.

"여주인님! 제게 그 옥수수 술 한 모금을 주세요."

어머니는 술을 내밀며 이방인에게 가볍게 고개를 까딱였다.

움카가자도 고개를 숙여 보였다. 그녀는 어머니의 머리가 헝클어져 있는 것을 보고 물었다.

"이곳에 무슨 일이 있었나요? 그리고 대문 앞에 있는 남자 분은 왜 저렇게 앉아 있죠?"

"당신은 어디에서 오신 분입니까?

"저는 아주 멀리에서 오는 길입니다."

"아아, 사실은 죽음이 찾아왔답니다. 어느 날 공주가 사라졌지요. 문 밖의 저 남자는 공주의 아버지, 그러니까 왕이랍니다. 아무도 내 심정을 알 수 없을 거예요."

"그게 언제죠? 언제 공주가 사라졌나요? 어디로 갔나요?"

움카가자는 흥분으로 가슴이 뛰었다.

"공주는 그 끔찍한 '살아 있는 언덕'이 데리고 갔어요."

"그럼 '살아 있는 언덕'이 공주를 어디로 데려갔단 말입니까?"

"공주의 성인식 때 일이지요. 우린 그 '살아 있는 언덕'의 소 떼를 끌어다가 딸에게 선물로 주었어요. 왜냐하면 왕이 공주에게 소들이 일으키는 먼지가 태양을 검게 뒤덮을 정도로 많은 소를 선물하겠다고 약속했기 때문이에요."

"왜 당신들은 소 떼를 약탈했나요? 결국 당신들이 딸을 죽인 셈이군요."

"제발, 그렇게 말하지 마세요. 일부러 딸에게 해를 끼칠 부모가 어디 있겠어요? 내 딸이 마을에서 떠난 후 이 마을에는 즐거움과 기쁨이 사라졌어요. 지금 우리가 죽지는 않았지만 살아 있다고 생각하세요?"

움카가자는 더 이상 어머니를 속일 수 없었다.

"어머니, 저예요. 저, 움카가자 와코깅크와요가 여기 왔어요. 떠났던 제가 여기 다시 돌아왔어요."

어머니와 여기저기 흩어져 앉아 있던 사람들이 움카가자를 알아보고는 목 놓아 울기 시작했다. 움카가자의 아버지가 그 모습을 보고 달려왔다.

"왜 우는 거야?"

"여기 움카가자가 왔어요."

"뭐라고? 우리 딸 움카가자가 돌아왔다고?"

모두들 참으로 오랜만에 기쁨의 눈물을 흘렸다.

아버지는 움카가자가 돌아왔으니 술을 빚으라고 온 마을 사람들에게 명령했다. 마을 사람들은 정성껏 술을 빚었다. 잔치를 위해 소도 잡았다. 참으로 오랜만에 벌이는 잔치였다. 움카가자의 아버지도 다시 제자리로 돌아와 왕의 모습을 되찾았다. 마을 전체에 활기가 넘쳐흘렀다.

이윽고 이웃나라까지 움카가자 공주가 대단히 아름다운 처녀가 되어 고향에 돌아왔다는 소문이 퍼졌다. 많은 청년들이 다투어 청혼을 해 왔다. 하지만 왕은 번번이 청혼을 거절했다.

"내 딸은 이제 막 집에 돌아왔다. 그 동안 내 딸도 우리도 정말 힘들었지. 이제 나는 내 딸이 어디에도 가기를 원치 않는다. 우리는 지금 행복하다. 나는 지금 내 딸과 함께 있고 싶다."

결국 청년들은 공주를 포기하고 돌아설 수밖에 없었다.

한편 아주 멀리 떨어진 곳에 또 하나의 왕국이 있었다. 그 왕국의 왕도 소문을 듣고 신하 한 명을 보냈다. 신하는 움카가자가 있는 마을 어귀에 도착하자 반짝반짝 빛나는 개구리로 변했다. 개구리는 펄쩍펄쩍 뛰면서 마을 어귀에 있는 울타리 위에 앉았다. 움카가자는 울타리 근처에서 친구들과 어울려 놀고 있다가 울타리 위에 이상하게 생긴 개구리 한 마리가 앉아 있는 것을 보았다.

"얘들아, 이리 와서 이 예쁜 개구리를 좀 봐."

"야, 참 예쁜 개구리다."

움카가자가 다가가자 개구리는 울타리에서 뛰어내려 마을 밖으로 사라져 버렸다. 이 모습을 본 움카가자가 말했다.

"자, 내 물건들을 돌려줘. 내 물건들을 모두 바구니 안에 넣어 줄래? 이제 마을을 떠나야겠어."

"무슨 말이야, 이제 막 마을로 돌아왔으면서 어딜 또 가려고 그러는 거야?"

"개구리가 어디로 가는지 따라가 볼 테야."

왕인 아버지가 말렸지만 움카가자는 뜻을 굽히지 않았다. 결국 왕은 스무 명의 젊은이를 골라 딸의 식량과 물건을 지고 나르도록 했다. 움카가자와 젊은이들은 개구리의 뒤를 밟기 시작했다. 몇 날 며칠을 가도 개구리는 도무지 멈출 기미가 보이지 않았다.

젊은이들은 하나 둘 지쳐 뒤로 처지기 시작했고, 마지막에는 움카가자와 개구리만이 남았다. 둘이 남게 되자 개구리는 다시 원래의 모습으로 돌아갔다. 이 모습을 본 움카가자가 깜짝 놀라 소리쳤다.

"어떻게 된 거죠? 아니, 할아버지가 그 개구리예요?"

"제가 개구리로 잠시 변했던 겁니다."

"그럼 할아버지는 나를 어디로 데려가려는 건가요?"

"당신을 우리 왕에게 데려가려고 합니다."

움카가자와 늙은 신하는 계속해서 길을 갔다. 한참 가다 보니 커다란 숲이 나왔다. 길은 그 숲을 통해 계속 이어지고 있었다. 그들은 숲속으로 접어들었다. 노인은 이제 목적지에 거의 다다랐음에도 정반대로 말했다.

"서둘러 가시지요. 우리가 가려고 하는 곳은 아주 멀답니다."

노인은 움카가자와 함께 숲의 한가운데로 들어갔다.

앞장서서 가던 노인은 숲 한복판의 공터에 우뚝 서더니 말했다.

"야수[4]들아, 나오너라."

툭툭.

숲속에 나뭇가지가 부러지는 소리가 울려 퍼졌다. 움카가자는 온몸에 소름이 쫙 끼쳤다. 노인은 계속해서 숲의 여기저기를 향해 휘파람을 불면서 소리쳤다.

"야수들아, 이리 오너라."

움카가자는 공터에 서서 외쳤다.

"내 머리야, 내 물건을 모두 집어넣을 수 있도록, 내 머리야, 열려라."

말이 끝나자마자 움카가자의 머리가 스르르 열리기 시작했다. 그녀는 자기가 가지고 온 물건들을 머리 속에 집어넣었다. 물건이 다 들어가고 나자 머리는 다시 닫혔다. 물건을 꽉 채워 넣자 움카가자의 머리는 아주 커졌다. 손이 자유로워진 움카가자는 나무에 기어오르기 시작했다. 나무에서 내려다보니 무시무시한 야수들이 하나 둘 수풀을 헤치고 나타났다. 움카가자가 보이지 않자 야수들은 노인을 붙잡았다. 노인이 당황해서 외쳤다.

"아니, 내가 아니야. 나를 잡아먹지 마라. 처녀를 잡아먹으라고 너희들을 불렀단 말이다. 이 처녀가 어디로 갔지?"

하지만 야수들은 아랑곳하지 않고 으르렁거리며 노인의 몸을 헤집으려 들었다.

"짐깐, 나를 살려 다오. 나를 살려 준다면 다시 기회를 만들어 주겠다."

이 말을 들은 야수들은 노인을 버려 둔 채 돌아갔다. 혼자 남은 노인은 몸을 추스른 후 터벅터벅 마을로 돌아갔다.

움카가자는 노인이 숲을 벗어나는 것을 보고는 재빨리 나무에서 내려와 마을 입구로 앞서서 달려갔다. 그러고는 마을로 들어서는 노인을 붙잡고 물었다.

"잠깐만요. 왜 나를 버리고 가시려는 거지요?"

노인은 흠칫 놀라며 멈춰 섰다. 그는 움카가자의 머리가 엄청나게 커진 것을 보고 이상하다고는 생각했지만 그대로 그녀를 왕에게 데려갔다.

"왕이시여, 공주를 데려왔습니다. 하지만 이 처녀의 머리 크기가 정상이 아닙니다."

움카가자와 노인은 함께 왕의 거처로 들어가 앉았다. 집 안에 있던 사람들이 말했다.

"저 처녀는 아름답기는 하지만 저게 뭐야. 머리가 이상해."

"저 처녀를 쫓아내 버리지요."

하지만 왕의 누이가 그 자리에 있다가 말했다.

"내버려 두세요. 머리가 커서 뭐 안 될 것이 있나요?"

왕도 움카가자를 좋아하지 않았다.

"맙소사, 내가 저렇게 이상한 모습을 한 여자와 결혼을 하려고 했다니."

왕의 누이가 말했다.

"그게 무슨 문제예요? 저 처녀를 내버려 두세요. 오빠가 저 처녀와 결혼을 하지 않더라도 저 처녀는 그냥 여기에 머물 수 있게 해 주세요."

그래서 움카가자는 마을에 머물게 되었다. 마을 사람들은 움카가자를 우칸다쿨루(머리가 큰 사람)라고 불렀다.

하루는 마을에 잔치가 열렸다. 왕의 누이는 움카가자에게 구경하러 가지 않겠느냐고 물었다. 움카가자가 대답했다.

"내 모습이 우스꽝스럽다고 사람들이 비웃을 거예요. 그러면 사람들은 내가 잔치를 망쳐 놓으려고 왔다고 나를 쫓아낼 거고요. 처녀들은 모두 자리를 떠날지도 몰라요."

"아니에요. 사람들이 비웃는다면 우리는 조금 멀찌감치 떨어져서 춤을 구경하면 되잖아요."

그래서 두 처녀는 치장을 하고 춤을 추러 나갔다. 두 처녀가 잔치에 도착하자 사람들은 서둘러 자리를 피했다.

"저기 괴상하게 생긴 여자가 온다."

"어떻게 생겼는데?"

"머리가 아주 이상하게 생겼어."

할 수 없이 두 처녀는 사람들에게서 떨어져 멀찌감치 언덕 위로 올라가 자리를 잡고 앉았다. 그러고는 춤이 끝날 때까지 그곳에서 구경하다가 집으로 돌아왔다.

마을 사람들이 수군거렸다.

"맙소사, 왕이 저런 처녀와 결혼하려고 했단 말이야?"

하루는 두 처녀가 목욕을 하러 냇가로 나갔다. 목욕을 마친 후 둘은 물 밖으로 나와 잔디 위에 서서 온몸을 말렸다. 왕의 누이가 움카가자에게 물었다.

"도대체 무슨 일 때문에 당신의 머리가 그렇게 커진 것이지요?"

"원래부터 이렇게 머리가 컸어요."

"우칸다쿨루, 당신은 본래 아름다웠을 거예요. 당신의 머리가 당신의 아름다움을 망쳐 놓았어요."

우칸다쿨루가 웃으며 말했다.

"열려라, 내 머리야. 머리 안에 있는 물건을 모두 내놓아라. 머리야, 열려라."

그러자 우칸다쿨루의 머리가 열리고 그녀의 소지품들이 쏟아져 나오기 시작했다. 움카가자는 소지품들을 가지런히 늘어놓았다. 머리가 닫히자 그녀의 머리는 다시 작아졌다.

그 모습을 본 왕의 누이는 움카가자를 반갑게 껴안았다. 둘은 아주 유쾌하게 웃었다.

"당신이 지금까지 우칸다쿨루라고 불렸던 그 처녀란 말이야?"

둘은 진흙 속에서 뒹굴며 웃고 떠들었다. 왕의 누이가 물었다.

"도대체 어떻게 된 거야?"

"내 소지품을 머리 속에 몽땅 집어넣었던 거야."

움카가자는 노인과 함께 이곳에 오기까지 있었던 일을 자세하게 이야기했다.

"그래서 내가 큰 머리를 갖게 되었지."

움카가자는 왕의 누이에게 자신의 옷 중 하나를 주고 자신은 청동 구슬로 장식된 옷을 입었다.

"나는 움카가자 와코깅크와요야. 그것이 내 이름이야."

둘은 마을로 다시 돌아왔다. 움카가자를 보고 마을 사람들이 수군거렸다.

"어떤 처녀가 남편을 고르려고 왔나 봐."

"저게 누구 딸이야?"

"저렇게 아름다운 처녀가 어디에서 왔을까?"

마을 사람들은 움카가자에게 다가가 말을 걸었다.

"아가씨, 누구를 남편으로 삼고 싶어서 온 것인지 말해 주세요."

이때 한 여자가 움카가자를 알아보고 소리쳤다.

"이 처녀는 우칸다쿨루잖아!"

마을 사람들은 왕에게 달려가서 말했다.

"왕이시여, 당신은 우칸다쿨루를 다시 한번 봐야 합니다."

왕은 집 밖으로 나와 아름다운 우칸다쿨루를 보고 크게 기뻐했다. 그는 곧바로 성대한 잔치를 열었다. 왕국의 모든 사람들이 잔치에 초대되었다.

"자, 모두들 모여 왕비를 위해 춤을 추도록 해라."

왕도 흥겹게 춤을 췄다. 이제 그는 움카가자를 무척 사랑하게 되었다. 왕의 누이가 왕에게 말했다.

"자, 오빠, 이래도 우칸다쿨루를 당장에 마을에서 내쫓으라고 하겠어요?"

이리하여 모든 게 순조롭게 풀려 갔다. 늙은 신하는 움카가자를 죽이려고 했던 대가로 죽임을 당했고, 움카가자는 왕과 사람들이 모아 준 소 떼를 몰고 아버지의 집으로 금의환향했다.

"어머니, 아버지! 저 움카가자가 돌아왔어요."

움카가자는 부모와 모든 사람들의 축복 속에 왕과 혼례를 올렸다. 왕은 소를 넉넉하게 잡아 잔치를 열고, 신부대로 다시 거대한 소 떼를 움카가자 부모에게 주었다. 그 후 왕과 움카가자는 행복하게 오래오래 잘 살았다.

●—주

1 자연물인 산을 의인화했다. 줄루 사람들은 자연에 대한 경외심을 품고 있어서 산이나 강에 혼령이 깃들어 있다고 믿었다.

2 성인식 기간 동안은 타인과의 접촉을 철저하게 금하고 어떤 일을 해서도 안 되는데, 이 금기를 어긴 사람은 사회적으로 오염이 되며 영원히 성인이 될 수 없다고 여겨졌다.

3 동물 기름은 줄루 사회에서 아마들로지의 힘을 상징한다. 지방으로 온몸을 문지르거나 문에 바르는 행위는 몸과 집을 보호한다는 의미를 지닌다.

4 여기서 말하는 야수는 육식 동물이다. 줄루 사람들은 깊은 숲 속에 사는 육식 동물들이 사악한 힘을 가지고 있다고 믿고 두려워했다.

소 등에서 사는 소년

아주 오래전 한 왕국에 아내를 여럿 둔 왕이 살고 있었다. 어느 날 여러 왕비 중의 한 명이 사내아이를 낳았다. 언젠가 왕은 이런 말을 한 적이 있었다.

"내 아내 중 어느 누구든지 먼저 아이를 낳게 되면, 그 아이를 내가 가장 아끼는 황소의 등 위에서 평생 살게 할 테다."

그래서 황소는 우봉고파 카마가들렐라(감사의 침대)라고 불렸다. 사내아이가 태어나자 왕은 아이를 황소 등에 올려놓았다. 그 후 아이는 황소 등에서 먹고 자며 땅에는 결코 내려오지 않았다.

매일 아침 아이는 노래를 불러 황소를 깨웠다.

우봉고파 카마가들렐라,
우봉고파 카마가들렐라,
이제 일어나라, 일어날 시간이다.
이제 일어나라, 일어날 시간이다.

그러면 황소는 아이의 말을 듣고 순순히 일어났다. 아이는 항상 노래를 불러 황소를 움직였다.

우봉고파 카마가들렐라,
우봉고파 카마가들렐라,
이제 출발하자. 출발할 시간이다.
이제 출발하자. 출발할 시간이다.

이 노래와 함께 황소는 마을을 벗어나 뒷동산으로 올라갔다. 그러면 항상 마을의 다른 소들이 그 뒤를 따랐다. 소들은 뒷동산에서 하루 종일 머물며 풀을 뜯었다. 아이는 소들을 돌보며 하루를 보냈다. 하루 해가 기울어 갈 즈음이면 아이는 다시 노래를 불렀다.

우봉고파 카마가들렐라,
우봉고파 카마가들렐라,
이제 돌아가자. 돌아갈 시간이다.
이제 돌아가자. 돌아갈 시간이다.

우봉고파 카마가들렐라,
우봉고파 카마가들렐라,
외양간으로 들어가자. 외양간으로 갈 시간이다.
외양간으로 들어가자. 외양간으로 갈 시간이다.

아이는 노래를 불러 황소를 부렸고, 황소는 아이의 말을 순순히 따랐다. 아이는 황소의 등 위에 올라간 후로는 단 한 번도 땅에 내려오지 않았다. 오랜 세월이 흘러 아이는 건장한 청년으로 자랐다.

그러던 어느 날 마을에 도둑이 들었다. 도둑들은 소를 훔쳐가기 위해 외양간으로 숨어들어 몽둥이로 소들을 내리쳤다. 하지만 깊이 잠든 소들은 꿈쩍도 하지 않았고, 도둑들이 가져온 몽둥이만 부러지고 말았다. 결국 도둑들은 빈손으로 돌아갔다.

다음 날 아침 청년은 여느 때와 같이 노래를 불러 황소를 깨우고 뒷동산으로 나갔다. 다른 소들도 황소의 뒤를 따랐다.

저녁이 되어 마을로 들어가는 문이 굳게 닫혔다. 마을 사람들도 모두 깊은 잠에 빠졌다. 그날 밤에도 도둑들이 외양간에 숨어들었다. 도둑들은 어제와 마찬가지로 소를 깨우려고 몽둥이로 내리쳤다. 하지만 소들은 꼼짝도 하지 않았다. 도둑들은 빈손으로 돌아가면서 말했다.

"도대체 이 마을의 소 떼들은 왜 일어서지 않는 걸까?"

"글쎄 말이야. 웬만한 소들은 한 번만 내리치면 벌떡 일어서는데 말이야."

"내일은 몽둥이를 더 많이 준비해 가자."

세 번째 날 도둑들은 다시 외양간으로 숨어들었다. 소들을 몽둥이로 힘껏 내리쳤지만 하릴없이 몽둥이만 부러지고 말았다. 소 떼는 여전히 앉은 채로 움직이지 않았다. 화가 난 도둑들은 꼬리를 잡아당겼다. 하지만 소들은 꿈쩍도 하지 않았다. 그날도 도둑들은 소를 훔쳐가지 못했다. 도둑들은 머리끝까지 화가 치밀었다.

"내일은 각자가 몽둥이를 두 뭉치씩 만들자. 그래서 몽둥이가 부러지면 계속 다른 몽둥이를 쓰면 되잖아."

"세상에 어떻게 이런 일이 있을 수 있담."

넷째 날 저녁이었다. 도둑들은 각자 몽둥이를 두 묶음씩 만들었다. 그들은 한 번에 몽둥이를 나르지 못해 마을 입구에 쌓아 놓고 몰래몰래 외양간 안으로 날랐다. 외양간에 들어온 도둑들은 마음 놓고 소를 내리쳤다. 하지만 소들은 꿈쩍하지 않았고 몽둥이만 부러져 나갔다. 첫 번째 몽둥이 묶음이 모두 부러지자 도둑들은 두 번째 묶음을 풀어 소를 때렸다. 하지만 모든 것이 허사였다. 결국 도둑들은 넷째 날도 소를 훔치는 데 실패하고 말았다.

다음 날 아침 청년은 여느 때와 마찬가지로 노래를 불러 소 떼를 몰고 나갔다. 청년은 마을 사람들에게 며칠 동안 밤마다 도둑들이 외양간에 숨어 들어와 소들을 훔쳐가려고 했다는 사실을 말하지 않았다. 날이 저물어 마을로 돌아온 소들을 보고 마을 사람들이 수군거렸다. 소 떼는 형편없이 두들겨 맞아 온몸이 시커멓게 멍이 들고 상처투성이였던 것이다. 청년의 아버지가 청년을 꾸짖었다.

"이게 무슨 짓이냐? 어떻게 소를 그렇게 심하게 때릴 수가 있느냐?"

사람들은 밤새 도둑들에게 맞아 온몸이 부은 소들을 바라보며 청년이 소들을 때린 것이라고 생각했다.

다시 밤이 되고 도둑들이 외양간으로 숨어 들어왔다. 도둑들은 준비해 온 몽둥이로 소들을 내리쳤다. 하지만 소들은 움직이지 않았다. 어느덧 준비해 온 몽둥이들이 모두 부러지고 하나만 남았다. 그때 몽둥이를 가진 도둑이 황소를 내리치려고 다가오다가 황소 등 위에 앉아 있는 청년을 발견했다.

"여기 소들이 움직이지 못하도록 조정하고 있는 녀석이 있다."

도둑들은 청년을 협박했다.

"소들에게 일어나라고 명령해라."

청년이 노래했다.

우봉고파 카마가들렐라,
우봉고파 카마가들렐라,
이제 일어나라. 일어날 시간이다.
이제 일어나라. 일어날 시간이다.
너는 다른 마을에서 온 도둑들이
우리를 죽이려고 하는 것을 보지 못하느냐?

황소가 잠에서 깨어나 일어났다. 청년은 계속해서 노래했다. 황소가 외양간을 나서자 다른 소들도 그 뒤를 따랐다. 송아지들도 묶여 있던 줄을 스스로 풀고서 문을 열고 나와 엄마 소들을 따라갔다. 하지만 사람들은 아무것도 눈치 채지 못하고 깊은 잠에 빠져 있었다. 외양간을 빠져나온 소 떼가 마을 입구에 멈춰 서자 도둑들이 청년에게 말했다.

"계속 노래해라. 그렇지 않으면 너를 가만두지 않겠다."

청년이 대답했다.

"내게 이래라저래라 명령하지 마라."

그리고 다시 황소에게 노래를 불렀다.

우봉고파 카마가들렐라,
우봉고파 카마가들렐라,
이제 일어나라. 일어날 시간이다.
이제 일어나라. 일어날 시간이다.
너는 다른 부족에서 온 도둑들이
우리를 죽이려고 하는 것을 보지 못하느냐?

황소가 마을 입구를 벗어나 길을 떠났다.

다음 날 아침 마을 사람은 문이 열린 채로 외양간이 텅 빈 것을 발견했다. 하지만 소 떼를 도둑맞았다는 생각은 못 하고 그저 청년이 이른 새벽에 소 떼를 몰고 뒷동산으로 올라간 것이라고만 생각했다.

"왕의 아들이 이제 성인이 되었구나. 이렇게 일찍 소 떼를 몰고 나가는 것을 보니."

"음식을 만들어야겠어요. 왕의 아들이 성인이 되었어요."

사람들은 하루 종일 술을 빚고 잔치 준비를 했다. 어느덧 해가 점점 기울어 서산 너머로 저물고 마을에 어둠이 찾아왔다. 하지만 아무리 기다려도 청년은 돌아오지 않았다.

"어두운 밤이 되도록 돌아오지 않다니 무슨 일이 있는 것은 아닐까?"

"새벽에 마을을 떠난 청년이 왜 여태껏 돌아오지 않는 것일까?"

한편 도둑들은 청년을 재촉해서 계속 노래를 부르도록 했다.

우봉고파 카마가들렐라,
우봉고파 카마가들렐라,
이제 일어나라. 일어날 시간이다.
이제 일어나라. 일어날 시간이다.
너는 다른 부족에서 온 도둑들이
우리를 죽이려고 하는 것을 보지 못하느냐?

하지만 청년이 잠시라도 노래를 그치면 소 떼는 그 자리에서 얼어붙은 듯 멈춰 섰다. 그때마다 도둑들은 화를 내며 청년을 재촉했다.

"노래를 계속 불러라. 그렇지 않으면 너를 가만두지 않겠다."

"내게 명령하지 마라."

"잘난 척하지 마라. 네가 마을의 소 떼를 훔쳐가지 못하게 하면 우리가 너를 가만 놔두지 않겠다. 노래를 불러라."

청년은 하는 수 없이 노래를 불렀다.

우봉고파 카마가들렐라,
우봉고파 카마가들렐라,
이제 일어나라. 일어날 시간이다.
이제 일어나라. 일어날 시간이다.
너는 다른 부족에서 온 도둑들이
우리를 죽이려고 하는 것을 보지 못하느냐?

이렇게 해서 그들은 다시 길을 떠났다.

도둑들은 무리 중 한 명을 뽑아 자신들이 많은 소 떼를 몰고 가고 있다는 소식을 자기네 마을의 추장에게 전하도록 했다. 앞서 마을로 달려간 도둑은 추장에게 소식을 전했다.

"우리는 다른 마을에서 많은 소를 훔쳐 몰고 오고 있습니다. 그런데 그 소 떼는 마법에 걸려 있습니다. 한 청년이 우봉고파 카마가들렐라라고 불리는 황소의 등 위에서 소 떼를 조종하고 있습니다."

왕은 소식을 가지고 온 도둑에게 돌아가서 빨리 소 떼를 몰고 오라고 명령했다. 명령을 받은 도둑들은 마을을 향해 더 빨리 발길을 재촉했다. 마침내 도둑들은 마을이 내려다보이는 절벽 위에 모습을 드러냈다. 마을에서 도둑 한 명이 이렇게 소리쳤다.

"저기, 저기, 하얀 황소 위에 앉아 있는 청년을 보십시오. 그는 마법의 힘을 지녔습니다. 저 청년이 소 떼에게 '멈춰라.' 하면 소 떼는 모두 한자리에 얼어붙은 듯 멈춰 섭니다."

추장이 말했다.

"소 떼가 마을에 도착하면 황소를 죽여 버려라. 그리고 저 청년은 땅 위에서는 살 수 없다고 하니 죽은 황소 위에서 살라고 해라. 하하하."

이윽고 도둑들과 소 떼는 마을의 공터에 모습을 드러냈다. 왕이 마을로 들어올 것을 명령했지만 도둑들은 한결같이 이렇게 대답할 뿐이었다.

"이 청년이 소 떼를 움직이려 하지 않습니다. 소 떼는 이 청년의 말에만 복종합니다."

추장은 청년에게 소 떼를 움직이라고 명령했다. 청년이 노래했다.

우봉고파 카마가들렐라,
우봉고파 카마가들렐라,
이제 일어나라. 일어날 시간이다.
이제 일어나라. 일어날 시간이다.
너는 다른 부족에서 온 도둑들이
우리를 죽이려고 하는 것을 보지 못하느냐?

우봉고파가 움직이자 다른 소들도 움직이기 시작했다. 마을에 들어온 소년을 보고 도둑들이 명령했다.

"내려와라."

"나는 이 위에서 절대 내려가지 않는다. 나는 땅 위를 걸어 다니지 않는다. 나는 항상 이 황소 위에서 살아왔다. 나는 태어나면서부터 황소 등 위에서 살아왔고 단 한 번도 땅에 내려간 적이 없다."

도둑들의 추장이 다시 명령했다.

"내려와라."

"그럴 수 없다."

"그렇다면 우리는 너를 죽일 수밖에 없다. 노래해라."

청년은 어쩔 수 없이 노래를 불렀다.

우봉고파 카마가들렐라,
우봉고파 카마가들렐라,
나를 내려 다오. 이제 내려갈 시간이다.
나를 내려 다오. 이제 내려갈 시간이다.
너는 다른 부족에서 온 도둑들이
우리를 죽이려고 하는 것을 보지 못하느냐?

결국 청년은 황소의 등에서 내려왔다. 도둑들은 청년에게 오두막으로 들어가라고 명령했다. 당연히 청년은 이를 거부했다.

"나는 집 안에서 살 수 없어."

"집 안으로 들어가라니까."

"나는 들어가지 않겠어."

"도대체 뭐가 문제야?"

도둑들은 청년을 강제로 집 안으로 들여보냈다. 그곳은 시체를 모아 놓는 곳이었다. 시체들은 이미 썩어 해골만 남아 있었고, 뻥 뚫린 지붕으로는 별이 빛나는 밤하늘이 보였다. 도둑들이 청년에게 먹을 것을 주자 청년이 말했다.

"도대체 어떻게 땅에 앉아 음식을 먹으라는 거야. 나는 소 위에

서만 먹는다고.”

“네가 뭔데 주는 대로 먹지 않고 이것저것 가리는 거야?”

도둑들은 화가 나서 음식을 가져가 버렸다.

청년이 땅에 침을 뱉었다. 침은 부글부글 끓어올랐다. 청년이 말했다.

“추장이여, 위대한 자의 아들이여, 거대한 산처럼 크고 신비로운 존재여.”

침은 점점 커지더니 집을 가득 채웠다. 그와 동시에 바깥에서 천둥과 함께 엄청나게 큰 비가 내렸다. 마을의 모든 집에 비가 새어 들었다. 지붕을 튼튼하게 엮은 집조차도 엄청난 빗줄기를 견디지 못하고 무너졌다. 마을 사람들이 소리쳤다.

“추장이 비에 젖었다.”

추장이 말했다.

“내 집은 아주 튼튼해서 비라고는 한 방울도 샐 수가 없는데 말이야. 오늘은 내 집이 이 정도이니 지붕이 뚫린 집에서 자고 있는 그 청년은 분명 죽었을 것이다.”

한참 후 하늘이 맑게 개며 해가 나왔다. 마을 사람 몇몇이 청년이 죽었는지 확인하기 위해 청년이 머물고 있던 오두막으로 갔다. 하지만 청년의 오두막은 비에 한 방울도 젖지 않은 채 멀쩡했다.

“아니, 어떻게 여기는 이렇게 멀쩡하지? 이 청년은 마법의 힘을 가지고 있는 것이 분명해. 처음부터 조심했어야 하는데. 청년이 타고 있던 황소를 죽이자. 그리고 청년이 마법을 계속할 수 있는지 확인해 보자.”

추장은 마을 사람들을 모두 공터로 불러 모았다. 한 사람이 창을 들고 외양간 울타리 안으로 들어섰다. 마을 사람들이 청년을 끌고 나왔다.

“자, 우리는 이 황소를 죽일 것이다.”

“저 황소가 죽는다면 나도 죽어요.”

“네가 뭔데?”

마을 사람들은 소를 훔쳐 온 도둑들 중 한 명에게 창을 주었고, 도둑은 창으로 황소의 옆구리를 찔렀다. 하지만 이상하게도 그 창은 옆에 있던 다른 도둑을 찔렀다. 마을 사람들이 말했다.

“노래해라. 소가 죽어야 한다고 노래해라.”

청년이 노래했다.

우봉고파 카마가들렐라,
우봉고파 카마가들렐라,
이제 죽어라. 이제 죽을 시간이다.
이제 죽어라. 이제 죽을 시간이다.
너는 다른 부족에서 온 도둑들이
우리를 죽이려고 하는 것을 보지 못하느냐?

이번에는 창이 황소의 옆구리를 정확히 찔렀다. 황소는 힘없이 그 자리에서 쓰러졌다. 마을 사람들은 황소의 가죽을 벗기기 위해 칼을 들고 나섰다. 그런데 한 사람이 황소의 가죽을 가르려고 하자 칼날이 미끄러지면서 그의 손을 베었다. 마을 사람들이 명령했다.

“노래해라.”

청년이 노래 불렀다.

우봉고파 카마가들렐라,

우봉고파 카마가들렐라,
이제 가죽을 벗어라. 이제 가죽을 벗을 시간이다.
이제 가죽을 벗어라. 이제 가죽을 벗을 시간이다.
너는 다른 부족에서 온 도둑들이
우리를 죽이려고 하는 것을 보지 못하느냐?

결국 마을 사람들은 황소의 가죽을 벗기는 데 성공했다. 하지만 황소의 꼬리를 자르려고 칼을 들자 어처구니없게도 또다시 자기 손을 베고 말았다. 마을 사람들은 청년에게 노래를 하도록 강요했다.

우봉고파 카마가들렐라,
우봉고파 카마가들렐라,
네 꼬리를 잘라라. 이제 네 꼬리를 자를 시간이다.
네 꼬리를 잘라라. 이제 네 꼬리를 자를 시간이다.
너는 다른 부족에서 온 도둑들이
우리를 죽이려고 하는 것을 보지 못하느냐?

사람들은 황소의 시체에서 흘러나오는 피를 그릇에 받고 갈비를 잘라 내고 고기를 오두막 안에 걸었다. 줄루 사람들은 아마들로지들이 먼저 들도록 고기를 하룻밤 동안 오두막 천장에 매달아 놓는 풍습이 있기 때문이다.

추장이 마을 사람들을 불러 말했다.

"가서 깨끗이 목욕을 해라. 목욕을 마치고 돌아온 다음에 고기를 먹도록 하자."

추장의 말에 따라 마을 사람들은 모두 목욕을 하기 위해 강으로 갔다. 마을 사람들이 마을을 비우자 청년은 황소의 가죽을 땅에 잘 펼쳤다. 황소의 머리를 가죽 끝에 놓고 살점과 뼈, 그리고 내장들을 찾아와 원래의 모양대로 차례로 맞춰 놓았다. 갈비뼈, 왼쪽 갈비에 붙어 있던 살, 오른쪽 갈비에 붙어 있던 살을 찾아 제자리에 놓고 다리도 찾아 제자리에 맞춰 놓았다. 꼬리도 가죽의 끝에 붙였다. 그리고 마지막으로 그릇에 담은 피를 가져와 잘 맞춰 놓은 황소의 몸에 부었다. 청년은 모든 것을 가죽으로 잘 감싼 다음에 노래를 불렀다.

우봉고파 카마가들렐라,
우봉고파 카마가들렐라,
이제 일어나라. 이제 일어날 시간이다.
이제 일어나라. 이제 일어날 시간이다.
너는 다른 부족에서 온 도둑들이
우리를 죽이려고 하는 것을 보지 못하느냐?

황소를 떠났던 숨결이 다시 돌아와 황소의 몸으로 들어갔다. 황소가 눈을 뜨고 청년을 바라보았다.

우봉고파 카마가들렐라,
우봉고파 카마가들렐라,
이제 일어나라. 이제 일어날 시간이다.
이제 일어나라. 이제 일어날 시간이다.
너는 다른 부족에서 온 도둑들이
우리를 죽이려고 하는 것을 보지 못하느냐?

황소가 청년의 노래를 듣고 그 자리에서 일어났다. 청년은 계속해서 노래를 불렀다.

우봉고파 카마가들렐라,
우봉고파 카마가들렐라,
내가 네 등 위로 올라가겠다.
이제 내가 등 위로 올라갈 시간이다.
내가 네 등 위로 올라가겠다.
이제 내가 등 위로 올라갈 시간이다.
너는 다른 부족에서 온 도둑들이
우리를 죽이려고 하는 것을 보지 못하느냐?

청년은 다시 황소의 등 위로 올라갔다. 그는 쉬지 않고 노래했다.

우봉고파 카마가들렐라,
우봉고파 카마가들렐라,
이제 돌아가자. 이제 돌아갈 시간이다.
이제 돌아가자. 이제 돌아갈 시간이다.
너는 다른 부족에서 온 도둑들이
우리를 죽이려고 하는 것을 보지 못하느냐?

황소가 걸음을 내디뎠다. 그러자 모든 집과 정원들, 외양간과 마을의 모든 것들이 황소의 뒤를 따랐다. 얼마 후 마을 사람들이 목욕을 마치고 돌아왔을 때는 마을에 아무것도 남아 있지 않았다.

"아이고, 이게 무슨 일이지? 마을이 사라졌어!"

추장이 마을 사람들을 불렀다.

"그 청년의 뒤를 쫓아가 모두 죽여 버려라!"

황소의 등 위에 올라탄 청년은 사력을 다해 도망을 치고 있었다. 뒤쫓아 오는 사람들의 발소리가 가까워지자 청년은 노래했다.

우봉고파 카마가들렐라,
우봉고파 카마가들렐라,
이제 멈춰 서라. 이제 멈춰 설 시간이다.
이제 멈춰 서라. 이제 멈춰 설 시간이다.
너는 다른 부족에서 온 도둑들이
우리를 죽이려고 하는 것을 보지 못하느냐?

소 떼가 그 자리에서 멈춰 섰다. 뒤쫓아 온 마을 사람들이 청년에게 소리쳤다.

"그 자리에 꼼짝 말고 서 있어라. 너를 죽이고야 말겠다. 우리에게 마법을 부리다니. 이제 소 등에서 내려와라. 너를 죽이고야 말겠다."

청년이 황소의 등에서 내려왔다. 마을 사람들은 청년에게 소 떼에서 떨어져 서라고 명령했다. 창을 던져 청년을 찌를 때 소 떼가 다칠까 봐 걱정이 되었던 것이다. 마을 사람들은 청년에게 창을 던졌다. 하지만 아니나 다를까 마을 사람들이 던진 창은 모두 힘없이 청년의 발밑에 떨어졌다.

"하하하. 건장한 사내가 아무리 많으면 뭘 하겠어. 너희가 던진 창은 모두 내 발밑에 떨어졌잖아?"

청년은 마을 사람들을 비웃었다.

"자, 창을 좀 줘 봐. 이제 내가 너희들에게 창을 던질 차례다."

청년의 주장에 마을 사람들이 대꾸했다.

"아직 끝나지 않았다."

마을 사람들은 청년에게 또다시 창을 던졌다. 하지만 이번에도 창은 청년에게 꽂히지 않고 맥없이 땅에 떨어졌다. 마을 사람들은 창을 다시 집어 들고 청년에게 던졌다. 이번에도 결과는 마찬가지였다.

"자, 이제 창을 모두 던졌다. 이번엔 네가 한번 해 봐라."

마을 사람들은 하는 수 없이 청년에게 창을 주었다. 청년은 마을 사람들이 건네준 창들 중 하나를 골랐다.

"자, 이제 던져 볼까?"

마을 사람들은 제대로 창 한번 잡아 본 적 없을 것 같은 청년을 비웃었다. 청년은 땅에 침을 뱉었다. 침이 쉬잇 하는 소리를 냈다.

청년이 소리쳤다.

"자, 내 창을 받아라!"

그때까지도 마을 사람들은 청년을 비웃고 있었다. 그런데 뜻밖의 일이 일어났다. 청년의 창이 추장을 향해 날아가더니 정확하게 추장의 몸을 꿰뚫었던 것이다. 추장이 창에 맞아 죽자 곁에 있던 마을 사람들 모두가 쓰러져 죽었다.

청년은 추장에게 다가가 창 자루로 세게 내리쳤다. 그러자 죽은 추장이 그 자리에서 벌떡 일어났다. 마을 사람들도 추장을 따라 일어났다. 정신을 차린 추장과 마을 사람들은 다시금 청년을 향해 소리쳤다.

"꼼짝 말고 서 있거라. 너에게 창 맛을 보여 주겠다."

청년이 껄껄껄 웃으며 답했다.

"기억이 안 나는가? 너희들은 모두 내 창에 이미 한 번 죽었다."

"웃기지 마라. 네 놈이나 태양에게 작별 인사나 고해라."

마을의 전사들이 청년에게 창을 던졌다. 하지만 창은 모두 땅에 꽂힐 뿐이었다. 결국 추장이 나섰다.

"모두들 비켜라. 내가 저 녀석을 죽이고 말겠다."

추장이 청년에게 창을 던졌다. 하지만 이번에도 창은 역시 청년에게 미치지 못하고 땅바닥에 곤두박질쳤다. 잠시 침묵이 흘렀다. 추장이 말했다.

"자, 내가 창을 던졌으니 이번엔 네가 창을 던져 봐라."

마을 사람들은 할 수 없이 청년에게 창을 주었다.

"나는 창 한 자루면 충분해."

청년은 창을 한 자루만 받아 들었다. 청년이 땅에 침을 뱉자 침은 다시 강한 바람 소리를 냈다.

"자, 내 창을 받아라!"

청년이 창을 힘껏 던지자, 그 창은 다시 한번 추장을 정확하게 꿰뚫었다. 추장은 다시 한번 그 자리에서 죽었고 그 주변에 있던 마을 사람들도 모두 죽었다.

청년은 마을 사람들을 일일이 창 자루로 내리쳐 다시 살렸다. 하지만 추장은 살리지 않았다. 마을 사람들이 말했다.

"이제 우리는 당신의 백성입니다. 우리는 당신을 따르겠습니다."

이리하여 청년은 마을 사람들을 이끌고 고향 마을로 돌아가게 되었다. 가는 길에 청년과 사람들은 다른 마을을 지나게 되었다. 그 마을 사람들은 청년이 이끄는 무리를 보고 이렇게 소리쳤다.

"가서 모두 죽여라. 저 녀석이 마을 사람들과 도망을 치고 있는 모양이다."

그 마을의 추장이 청년과 사람들을 죽이라고 명령했다. 마을 사람들은 우르르 청년에게 몰려가 소 등에서 내려오라고 으름장을 놓았다.

"나는 땅 위에서 걷지 않는다."

청년을 따르던 도둑들이 말했다.

"이 청년은 우리 추장도 죽였어요."

"그래? 하지만 우리를 이길 수는 없을 거다."

사람들은 청년에게 창을 던졌다. 하지만 창은 청년에게 미치지도 못하고 모두 땅에 떨어졌다. 이 모습을 본 추장이 말했다.

"창을 이리 가져오너라. 내가 몸소 창을 던져 저 녀석을 죽이고 말겠다."

다른 마을 추장이 청년에게 창을 던졌다. 하지만 추장은 청년을 죽일 수 없었다. 추장이 청년에게 말했다.

"자, 이제 네 차례다. 내게 창을 던져 봐라."

청년은 땅에 침을 뱉자 침이 쉬잇 소리를 냈다.

청년이 창을 추장에게 던졌다. 창을 맞은 추장이 그 자리에서 죽자 마을 사람들도 모두 따라 죽었다. 청년은 창 자루로 들어 추장을 내리쳤다. 추장이 깨어나자 다른 마을 사람들도 모두 일어났다.

청년이 말했다.

"자, 다시 한번 내게 창을 던져 보겠나?"

사람들이 우르르 덤벼들며 소리쳤다.

"그래, 기다려라. 이번엔 제대로 창을 던져 주지."

마을 사람들이 청년에게 창을 던졌다. 하지만 이번에도 창은 청년에게 미치지도 못하고 땅에 박혔다. 이제 청년이 창을 던질 차례였다. 청년은 힘껏 창을 던져 추장의 가슴을 정확하게 맞혔다. 추장은 그 자리에서 죽었고 마을 사람들도 모두 죽었다. 청년이 창을 들어 죽어 있는 마을 사람들 중 한 명을 치자 마을 사람들은 모두 다시 살아났지만 추장은 여전히 죽은 채였다. 그제야 마을 사람들은 청년의 힘을 알아차렸다.

"우리는 이제 당신의 백성입니다."

청년은 사람을 보내 아버지에게 우봉고파 카마가들렐라가 돌아오고 있다는 소식을 전했다.

소식을 접한 왕이 울면서 외쳤다.

"너희들은 어디에서 내 아들을 보았느냐?"

"아드님은 많은 사람들을 이끌고 많은 소를 몰고 오고 있습니다."

왕은 그 말을 믿지 않았다. 전령은 청년에게 돌아가 왕이 자신들의 말을 믿지 않으려고 한다고 말했다. 그래서 청년은 자신이 끌고 오던 소 떼 중에서 몇 마리를 골랐다. 그 중에는 특이한 색을 띤 황소가 끼어 있었다. 이 특이한 황소는 아버지 왕의 소유였다.

왕은 그 소를 보고서야 기쁨에 차서 마을 사람들을 불렀다. 그리고 아들의 귀환을 축하하기 위해 술을 빚을 것을 명령했다.

"장차 너희들의 추장이 될 내 자랑스러운 아들이 돌아오고 있다."

하지만 마을 사람들도 선뜻 이 일을 사실로 받아들이지 못했다.

"하하하, 지금 막 돌아온 내 황소를 보라."

마을 사람들은 그 황소를 보고서야 고개를 끄덕였다.

"자, 이제 미래의 추장을 위해 젊고 아름다운 아가씨를 고르자. 청년이 마을에 도착해서 아름다운 아가씨가 기다리고 있는 것을 보면 기뻐할 거야."

모든 준비를 마친 사람들이 언덕 꼭대기에 올라 청년을 맞았다.

"아버지께서 어서 빨리 마을로 들어오라고 하십니다."

일행은 우봉고파 카마가들렐라를 앞세워 빠른 속도로 마을을 향해 내려가기 시작했다. 왕과 청년의 어머니는 자랑스러운 아들을 보고 몹시 기뻐했다.

청년이 노래했다.

우봉고파 카마가들렐라,
우봉고파 카마가들렐라,
마을로 들어가자. 이제 마을로 들어갈 시간이다.
마을로 들어가자. 이제 마을로 들어갈 시간이다.

소 떼는 외양간으로 들어갔다. 그리고 마을 옆에는 청년이 데리고 온 사람들의 오두막이 새로 지어졌다. 청년은 마을 사람들이 골라 놓은 아가씨를 정중히 거절했다.

"아버지, 나는 이 아가씨를 받아들일 수 없어요. 왜냐하면 그녀는 땅에서 살기 때문이지요. 나는 우봉고파 카마가들렐라의 등에서 살겠어요. 죽을 때까지 말이에요."

그 후 청년은 어릴 적부터 행해 왔던 신비한 마법을 계속 베푸는 한편 소 떼를 키우며 행복하게 잘 살았다.

두더지 굴 속 시간 여행

운자마는 집 주변에 옥수수를 심었다. 그런데 옥수수가 익을 무렵이 되자 두더지 한 마리가 밭에 숨어 들어와 탐스럽게 자란 옥수수를 먹어 치우기 시작했다. 운자마는 늘 일찍 일어났지만 두더지는 항상 그보다도 먼저 와서 옥수수를 먹어 치우고 자취를 감추곤 했다.

운자마는 두더지를 잡아야겠다고 결심했다. 그날 아침 땅에는 이슬이 흠뻑 내려앉아 있었다. 운자마는 일어나 집에서 나오면서 혼잣말을 했다.

"오늘은 이 옥수수 도둑을 확실하게 쫓을 수 있겠구나. 땅이 이슬에 젖었으니 두더지가 지나간 자리에 표시가 날 테고, 그걸 따라가면 놈이 어디로 숨어 들어가는지 알 수 있을 테니 말이야."

운자마는 휘파람을 불며 밭으로 향했다. 두더지는 이미 옥수수를 양껏 먹어 치우고 밭에서 사라진 뒤였다. 그러나 예상대로 두더지가 지나간 자리에는 분명히 흔적이 남았다. 두더지가 지나간 흔적을 따라 계속 가자 마침내 굴이 나타났다.

"두더지가 이 굴 안으로 들어간 것은 확실한데……. 개가 있다면 두더지를 쫓아갈 수 있으련만. 에잇, 내가 직접 들어가 보자."

운자마는 돌멩이 하나만 손에 쥐고 굴 안으로 들어갔다.

굴을 따라 들어가니 넓은 공터와 함께 물웅덩이가 나타났다. 웅덩이는 깊고 어두웠다. 운자마는 웅덩이에 빠지지 않도록 조심하면서 그곳을 지나쳤다. 안은 사물을 식별할 수 없을 정도로 어두웠다. 다행히 한참이 지나자 주변이 보이기 시작했다. 하지만 운자마는 너무 피곤한 나머지 그 자리에 쓰러져 잠이 들었다.

다음 날 아침 운자마는 눈을 뜨자마자 다시 두더지의 흔적을 쫓기 시작했다. 하루 종일 걸어 그는 강처럼 길게길게 흐르는 물을 건넜고 그곳에서 또 하룻밤을 보냈다.

다음 날 아침 운자마는 또 길고 긴 물을 건넜다. 이렇게 계속 걷다 보니 두더지의 발자국을 쫓는 것이 아니라 보이지도 않는 길을 계속 걷고 있다는 생각이 들었다. 하지만 이제 와서 돌아갈 수도 없었다. 그때 계속 발걸음을 옮기던 그의 눈앞이 환해졌다.

"아, 밖이구나. 내가 이 굴의 다른 입구로 나왔나 보군. 이제 두더지고 뭐고 집에나 가야겠다."

개 짖는 소리가 들렸다. 아이들이 우는 소리도 들렸다. 소리를 따라가니 전혀 본 적이 없는 한 마을이 나타났다. 마을에서는 연기가 피어오르고 있었다.

"휴우, 도대체 여기가 어디람? 여기 사람들이 나를 해치려고 하지는 않을까? 아무리 힘들어도 여기 사람들이 어떤 사람들인지도 모르면서 그냥 마을로 들어갈 수는 없지."

운자마는 그 자리에서 뒷걸음질을 쳐서 지금까지 온 길을 되돌아가기 시작했다. 마침내 그는 기다란 물을 몇 번씩 건너고 첫 날 지나쳤던 물웅덩이를 지나 굴을 빠져나왔다.

하지만 운자마는 어리둥절하기만 했다. 자기가 지금까지 굴속에서 본 산과 강, 물웅덩이 등이 땅 위에도 똑같이 있었던 것이다. 집에 돌아온 운자마는 너무 지치고 눕고 싶어서 아내에게 돗자리를 달라고 했다. 이상하게 늙어 보이는 아내는 운자마를 물끄러미 바라보더니 손뼉을 치면서 울기 시작했다. 이 소리를 듣고 이웃 사람들이 몰려왔다.

운자마의 아내는 울면서 말했다.

"맙소사, 당신의 옷, 당신의 베개, 당신의 밥그릇…… 다 땅에 묻었어요. 내 말은, 당신은 이미 죽었어요. 죽었다고요. 당신의 돗자리와 담요도 내가 불에 태워 버렸단 말이에요."

어리둥절한 운자마는 아내에게 지금까지 있었던 모든 일을 털어놓았다.

"여보, 나는 지금 굴속으로 들어갔다가 나왔어. 그냥 두더지를 쫓으려고 굴로 들어갔는데, 아주 긴 굴이었어. 아주 긴 강을 몇 번이나 건넜어. 그랬더니 굴 입구가 나오고 거기에 마을이 있더라고. 아이들이 우는 소리와 개 짖는 소리도 났어. 사람들이 왔다 갔다 하는 것도 보였어. 밥 짓는 연기도 봤어. 그런데 그 마을 사람들이 어떤 사람들인지 알 수가 있나. 그래서 다시 되돌아온 거야. 거기에 있다가 발각이 되면 사람들이 나를 죽일 것 같은 생각이 들었거든."

하지만 마을 사람들 앞에서 지금 이렇게 말을 하고 있는 사람은 옛날의 그 운자마가 아니라 아주 작고 주름진, 온통 백발로 뒤덮이고, 이도 듬성듬성 빠진 할아버지였다.

그 후 사람들은 두더지 집을 들여다보는 것을 두려워하게 되었다.

어리석은 빵 찾기

어느 날 한 남자가 여행을 떠났다. 남자는 길을 나서기 전에 양껏 음식을 먹고 먼 여행길 도중에 먹을 빵을 싸 가려고 했다. 그런데 도대체 빵을 얼마나 가지고 가야 할지 알 수가 없었다. 그래서 남자는 일단 손에 잡히는 대로 빵을 잔뜩 집어 들고 집을 떠났다. 남자는 길을 가면서 몇 차례에 걸쳐 빵으로 허기를 채웠다. 그러다 보니 어느새 목적지가 가까워졌다. 남은 빵을 헤아려 보니 아무래도 모두 먹어 치울 수가 없을 것 같았다. 남자는 남은 빵을 어떻게 처리할 것인가를 고민했다.

"귀찮더라도 이 빵을 가져가야 할까? 길을 가다가 또 배가 고파지면 이 빵이 필요하겠지? 아니면 길을 가다가 배가 고파 빵이 필요한 사람을 만날지도 모르지. 아니면 귀찮은데 버리고 갈까?"

사실 남자는 귀찮게 빵을 가지고 계속 길을 가고 싶지 않았다. 홀가분하고 편하게 가고 싶었다. 남자는 결국 빵을 길가에 던져 버린 후 홀가분하게 길을 떠났다. 길가에 떨어진 빵은 쥐들이 모두 먹어 치웠다.

다음 해 마을에 큰 가뭄이 들었다. 대지는 목마름에 타 들어갔다. 집 안에 식량이 떨어지자 남자는 먹을 것을 찾아 집을 나섰다. 남자는 길을 따라 나무 뿌리를 캐면서 점점 멀리 가게 되었다. 문득 그는 자기가 있는 곳이 낯이 익다는 것을 알아차렸다. 이 길은 언젠가 그가 빵을 버렸던 곳이었다. 1년이 지났지만 길은 어제처럼 변함없이 그대로였다. 길을 본 남자는 혼잣말로 중얼거렸다.

"여기는 내가 전에 빵을 버렸던 그 자리로구나."

남자는 전에 빵을 던져 버린 지점으로 갔다. 그러고는 행여나 빵의 흔적이 있는가 싶어 주변을 둘러보았다.

"내가 빵을 저쪽에 던졌던가?"

남자는 그 방향으로 재빨리 뛰어가 보았다. 하지만 아무것도 발견할 수 없었다. 배가 고픈 남자는 애타게 빵을 찾았다. 길가는 노랗게 뜬 키 큰 풀들이 빽빽하게 차 있어 쉽게 찾을 수 있을 것 같지 않았다. 하지만 남자는 긴 수풀을 두 손으로 휘저으며 혹시나 있을지 모를 빵을 찾고 또 찾았다. 남자는 너무나 배가 고팠다.

"내가 버린 빵은 어떻게 되었을까? 지금도 기억이 생생해. 그래, 다른 곳이 아니야. 바로 여기야. 바로 여기가 내가 빵을 던진 곳이라고."

그는 무릎을 꿇고 다시 한번 꼼꼼하게 수풀을 뒤지기 시작했다. 무척 배가 고팠지만 남자는 포기하지 않았다.

"배가 고파도 조금만 힘을 내서 빵을 찾자. 빵만 찾으면 금방 이 배고픔을 면할 수 있어."

하지만 얼마 안 되어 남자는 수풀 속에서 방향을 잃었다. 여기저기 헤매던 남자는 겨우 수풀을 벗어나 길로 나올 수 있었다. 남자는 빵을 던졌다고 생각하는 곳으로 다시 돌아갔다.

"그래, 이곳은 빵을 던지기 전에도 여러 번 다녀 보았던 곳이야."

갑자기 남자의 머릿속에는 자기가 빵을 던진 지점 근처에 개미집이 있었던 것이 떠올랐다. 샅샅이 뒤져 보니 과연 커다란 개미집을 찾을 수 있었다.

"아! 내가 빵을 던질 때 바로 이 개미집이 여기 있었어!"

남자는 그 자리에 서서 빵을 던지는 시늉을 했다. 그런 다음 그 방향을 좇아 재빨리 뛰어가 빵이 떨어졌음직한 장소에 미끄러지듯 엎드렸다. 하지만 빵은 없었다. 그는 다시 제자리로 돌아갔다.

"어떻게 된 거지? 분명히 여기에 빵을 던진 것 같은데. 그때 아무도 본 사람이 없었는데."

결국 남자는 아무 소득도 없이 집으로 돌아왔다. 한편 남자가 이렇게 빵을 찾느라고 시간을 허비하는 동안 다른 사람들은 식량으로 쓸 나무 뿌리를 캐어 집으로 향하고 있었다.

은툰잠빌리 바위

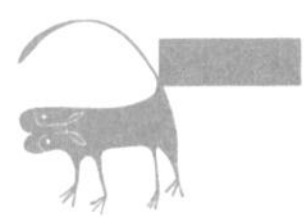

옛날 존디와 그의 아내 노밤바가 금슬 좋게 살고 있었다. 부부는 성실하게 땅을 가꾸고 씨를 뿌렸다. 부부가 뿌린 씨는 언제나 잘 자라 좋은 결실을 맺었다. 또한 자애로운 아마들로지의 축복으로 소 떼도 매우 번성했다. 하지만 생활이 안정되고 번성할수록 그들의 마음 한구석에는 지울 수 없는 그림자가 자리 잡아 갔다. 부부에게는 자신들의 행복을 함께 나눌 아이가 없었던 것이다.

부부는 정기적으로 이상고마를 찾아가 점을 쳤다. 그리고 그때마다 이상고마가 아이를 낳게 해 줄 거라며 지어 준 마법의 약을 마셨다. 하지만 이상고마의 약도 쉽사리 약효를 발휘하지 못했다. 그렇게 시간이 흐르고 또 흘러갔다.

그러던 어느 날 마침내 그들의 정성이 통했던지 아이를 갖게 되었다. 부부는 크게 기뻐하며 아마들로지에게 감사를 드렸다. 하지만 이 행복은 얼마 가지 않았다. 아이가 태어났을 때 부부는 하늘이 무너져 내리는 것만 같은 충격에 휩싸였다. 쌍둥이 남매가 태어났던 것이다. 쌍둥이를 낳는 것은 커다란 재앙이자 수치였다. 줄루 사람들은 쌍둥이를 낳으면 그 마을에 커다란 불행이 생긴다고 믿었다. 그래서 쌍둥이는 태어나자마자 살해하는 관습이 있었다.

하지만 존디와 노밤바는 이 사실을 이웃들에게 알리지 않았다. 줄루 관습에 따라 쌍둥이 아이를 죽여 보려고도 했다. 하지만 아이들의 고사리 같은 손이 엄마의 젖가슴을 만질 때마다 부부의 독한 마음은 스르르 녹아 버리고 말았다. 그래서 그들은 두 아이 중 한 아이를 숨겨 놓고 길렀다. 사람들이 찾아오면 한 아이만 보여 주었다.

부부는 남자 아이의 이름을 데마나라고 지었고 여자 아이는 데마자나라고 불렀다. 아이들이 쌍둥이라는 사실을 숨기는 일은 쉽지 않았다. 부부는 아이들이 자라면서 이 사실을 숨기고 산다는 것이 점점 더 어렵다는 것을 절감하게 되었다.

결국 존디와 노밤바는 마을을 떠나 거칠고 황량한 황야로 가기로 결정했다. 아이들이 마을 사람들의 눈에 띄지 않기 위해서는 그 방법밖에 없었다.

그들이 새로 보금자리를 꾸민 곳 바로 가까이에 급한 물살이 흐르는 강이 있었다. 이 강물은 반원형의 거대한 암벽을 향해 흐르고 있었다. 은툰잠빌리라고 불리는 이 암벽은 하늘을 찌를 듯이 솟아 있었다.

은툰잠빌리 바위는 마치 번개에 맞은 것처럼 두 쪽으로 갈라져 있었다. 그 바위에 대해 마을에서는 이상한 소문이 떠돌았다. 어떤 이는 바위의 갈라진 틈에서 노랫소리와 함께 누군가 중얼거리는 소리가 들린다고 했다. 또 어떤 이는 바위의 갈라진 틈이 넓게 벌어졌다가 다시 붙는 모습을 보았다고 말했다. 이런저런 이유로 사람들은 이 바위를 두려워했고 근처에도 가지 않았다. 하지만 존디와 노밤바에게 이곳은 오히려 아이들을 숨기고 살기에 적당한 장소였다. 마을 사람들이 찾아오지 않는 이곳에서 그들은 안전하게 아이들을 키울 수 있었다.

아이들이 여섯 살이 되었을 때 땅에 커다란 재앙이 닥쳤다. 알 수 없는 질병이 마을을 덮쳐 마을 사람들이 애지중지하던 소들이 거의 모두 죽어 버렸던 것이다. 지독한 가뭄은 비옥한 땅에서 자라나는 곡물들을 모두 말라비틀어지게 만들었다. 땅도 가뭄에 못 이겨 비를 갈구하는 듯 쩍쩍 갈라지기 시작했다. 그리고 마을 사람들의 목숨을 빼앗는 전염병이 돌기 시작했다.

결국 추장은 마을 사람들을 모두 모아놓고 대책 회의를 열었다. 추장은 마을 사람들 앞에서 자신의 이상고마가 다음 날 정오에 이 모든 재난을 일으킨 음타가티의 '냄새'를 맡을 것이라고 선포했다. 추장과 마을 사람들은 이런 재앙은 누군가가 커다란 잘못을 저질렀기 때문이라고 생각했다.

한편 마을에서 떨어져 살고 있는 존디와 노밤바는 재난은 피했지만, 마을의 재난이 자신들이 관습을 지키지 않은 잘못 때문이라는 자책을 떨치지 못하고 있었다. 예부터 쌍둥이는 큰 재난을 불러온다는 얘기를 그들도 믿고 있었다. 이제 이상고마가 재난의 원인을 찾기 시작하면 쌍둥이가 발견되는 것은 시간 문제였다.

부부는 결국 결단을 내릴 수밖에 없었다. 슬픔에 잠긴 부부는 데마나와 데마자나를 데리고 강으로 내려갔다. 그리고 두 눈을 질끈 감고 거세게 흘러가는 강물에 두 아이를 던졌다.

하지만 데마나와 데마자나의 조상들은 그들을 내버려 두지 않았다. 데마나는 강물에 쓸려 내려가는 동생 데마자나의 손을 움켜쥐었다. 이와 동시에 사납게 흐르던 강물이 갑자기 잔잔해졌다. 아이들은 강물을 따라 흘러가면서 운 좋게 강 위에 드리워진 나뭇가지를 움켜잡을 수 있었다.

데마나는 작지만 힘이 센 소년이었다. 그는 한 손으로는 데마자나를, 다른 손으로는 나뭇가지를 움켜잡았다. 강력한 물살이 소용돌이치면서 오누이를 강둑으로 밀어붙였다. 데마나는 정신을 잃은 동생 데마자나를 끌고 강둑으로 올라왔다.

이제 오누이의 운명은 은툰잠빌리 바위에 맡겨졌다. 오누이는 이제부터 무엇을 해야 할지 몰라 머뭇거리고 있었다. 바로 그때 그들이 앉아 있는 강둑 뒤에 솟아 있는 바위에서 무슨 소리가 들려왔다. 깜짝 놀라 뒤를 돌아본 오누이의 눈앞에는 위아래로 갈라져 둘로 나뉜 거대한 바위가 있었다. 갈라진 바위의 틈에서 잔잔한 노랫소리와 함께 요정들의 무리가 줄지어 나왔다.

"데마나와 데마자나, 우리 땅에 온 것을 환영한다. 자, 우리와 함께 살지 않으련? 우린 너희들이 이곳에서 가슴에 담긴 슬픔을 치료하길 바라."

요정들은 데마나와 데마자나를 널찍하고 부드러운 빛이 새어드는 동굴로 안내했다. 동굴로 통하는 지하 세계는 온통 조그맣고 여린 생물들로 가득 차 있었다. 수백만 마리는 족히 되어 보이는 반딧불과 그 밖에 이름 모를 곤충들의 몸에서 뿜어져 나오는 은은하고 아름다운 불빛이 지하 세계를 환하게 밝혀 주고 있었다. 이곳은 사랑이 넘치는 곳, 모든 상심과 슬픔을 치유받을 수 있는 곳이었다.

요정들은 바깥 세상에서 상처를 입고 이곳을 찾아온 존재들을 정성껏 치유해 주었다. 날개가 부러진 무당벌레, 꼬리가 부러진 도마뱀, 사자의 날카로운 발톱에 엄마를 잃은 가엾은 아기 영양, 날개가 부러진 독수리도 있었다. 오누이는 기꺼이 평화와 은둔의 세계에 머물기로 했다. 이곳은 그들의 따뜻한 집이 되었다.

오누이는 동굴 벽에 자라고 있는 커다란 버섯 아래 자리를 잡고 버섯 위의 벌집에서 흘러내리는 꿀을 먹고 살았다. 요정들은 오누이를 위해 숲에서 야생 과일을 따 왔다.

요정들은 오누이에게 동굴을 드나들 수 있는 암호를 가르쳐 주었다.

"열려라, 열려라, 은툰잠빌리 바위야."

이 암호를 사용하면 언제든지 동굴 밖으로 나가 산책을 하고 돌아올 수 있었다. 오누이는 매일같이 손을 맞잡고 강둑으로 산책을 나왔다. 이곳에서의 삶은 행복했다. 이제 오누이는 자신을 버린 세상으로 다시 돌아갈 생각을 하지 않게 되었다.

하지만 부부는 아이들을 잃은 후로 하루하루 슬픔에 잠겨 지냈다. 존디는 아이들을 잊지 못하고 혼자 강둑을 따라 걸으며 행여나 기적이 일어나 아이들을 다시 만날 수 있지 않을까 하는 실낱 같은 희망을 버리지 못했다.

존디가 여느 때와 같이 강둑을 따라 산책을 하고 있던 어느 날이었다. 그의 눈앞에서 돌연 커다란 바위가 열리더니 어린 쌍둥이가 그 안에서 나오는 것이었다. 아이들은 강둑에 무성히 자란 수풀 사이를 뛰어다니며 재미있게 놀았다. 존디는 이 광경을 두 눈으로 보면서도 믿을 수가 없었다.

존디는 일단 숨어서 아이들의 모습을 좀더 지켜보았다. 아이들은 얕은 강으로 가더니 물장구를 치며 놀았다. 한참을 놀고 난 아이들은 물에서 나왔다. 존디는 수풀 속에 숨어서 아이들이 바위 앞에 다가서자 바위가 다시 열리고 그 안에서 작은 요정들이 아이들을 맞이하는 것을 모두 지켜보았다.

존디는 서둘러 집으로 돌아와 이 믿을 수 없는 사실을 아내에게 낱낱이 이야기했다. 노밤바는 당장에 가서 아이들을 집으로 데려오라고 존디를 졸랐다.

존디는 매일같이 강둑으로 나가 아이들이 나오기를 기다렸다. 하지만 존디가 다시 아이들을 본 것은 그로부터 몇 달이 지난 뒤였다. 이번에는 존디가 아이들 앞에 모습을 드러내고 집으로 가자고 했다. 아이들은 자신들을 버린 아버지를 이해할 수 없었지만 어머니가 보고 싶어서 아버지를 따라나섰다.

어머니는 더욱 커진 모정으로 온갖 정성을 다해 아이들을 돌보았다. 하지만 아이들은 이미 집에 대한 애정을 잃은 지 오래였다. 데마나와 데마자나는 죽음의 문턱에서 자신들을 구해 준 작은 요정들을 그리워하기 시작했다. 지하 세계에 사는 작은 동물 친구들도 무척 보고 싶었다.

어느 날 저녁 어머니와 아버지 모두가 깊은 잠에 빠져 있는 사이 데마나는 여동생의 손을 잡고 살며시 집을 빠져나왔다. 밝은 달빛이 오누이의 여행길을 비춰 주고 있었다. 오누이는 밝은 달빛을 따라 강으로 난 샛길로 접어들었다. 얼마 후 오누이는 손을 꼭 잡고 은툰잠빌리 바위 앞에 섰다. 그리고 노래를 불렀다.

바위야, 바위야, 은툰잠빌리야!
바위야, 바위야, 은툰잠빌리야!
내가 들어갈 수 있도록 문을 열어 다오.
만일 사람을 위해 문을 열지 않겠다면
제비를 위해 문을 열어 다오.
저 하늘에 날아다니는 것들을 위해 열어 다오.

은툰잠빌리 바위의 갈라진 틈이 점점 벌어졌다. 바위는 오누이의 노래를 들었던 것이다. 오누이는 은툰잠빌리의 갈라진 틈에서 웅성거리는 소리를 들었다.

"들어와라, 데마나와 데마자나야. 너희들이 없어 외로웠단다."

지하에 살고 있는 작은 생명들이 한목소리로 환영 노래를 불렀다.

지하 세계에는 아직도 데마나와 데마자나, 그리고 작은 친구들이 살고 있다. 작은 요정들은 이 상처 입은 존재들을 정성껏 돌봐 주고 있다. 은툰잠빌리 바위의 따뜻한 가슴 속에서.

놈불라의 여행

옛날에 작은 소녀 놈불라가 살고 있었다. 놈불라는 부모님과 함께 하늘을 향해 탑처럼 솟은 산자락에 살았다. 놈불라는 종종 친구들과 함께 산 꼭대기로 놀러 가곤 했다. 그곳에는 수정처럼 맑고 깨끗한 작은 호수가 있었다. 놈불라와 친구들은 산 꼭대기에서 놀다가 한낮의 더위를 피해서 호수에 들어가 몸을 식히곤 했다.

어느 날이었다. 놈불라와 친구들은 여느 날보다 오래 호수에서 물장구를 치며 놀았다. 아이들은 호수 위로 나무가 길게 그림자를 드리운 것을 보고서야 저녁 시간이 되었음을 알아차렸다. 놈불라와 친구들은 서둘러 비탈진 바위 산을 내려오기 시작했다. 어느새 해는 서산 너머로 잠기고 있었다.

집에 거의 도착했을 때 놈불라는 어머니가 정성을 다해 만들어 주신 예쁜 구슬 허리 장식을 산 위에 놓고 온 것을 깨달았다. 그 구슬 장식은 놈불라가 가장 아끼는 것이었다. 놈불라는 울먹이며 사촌 언니에게 말했다.

"언니! 산에 구슬 장식을 놓고 온 것 같아요. 누가 나와 함께 구슬 장식을 가지러 갈 사람 없어요? 구슬 장식을 잃어버리고 집에 돌아가면 어머니에게 혼날 거예요."

하지만 이미 해는 서산으로 기운 후였기 때문에 선뜻 놈불라와 함께 다시 산으로 올라가려는 사람은 없었다. 놈불라는 몸을 돌려 혼자 비탈진 산길을 올라가기 시작했다. 그녀는 자욱한 안개를 뚫고 저벅저벅 걸어 올라갔다.

놈불라는 마침내 커다랗고 편평한 바위에 도착해 잃어버린 구슬 장식을 발견했다. 그녀는 안도의 한숨을 내쉬며 구슬 장식을 주워 허리에 둘렀다. 하지만 이미 날이 저물어 한치 앞도 분간하기 어려웠다. 산을 내려가던 그녀는 오래지 않아 길을 잃고 말았다.

밤이 깊어갈수록 놈불라의 마음은 불안과 공포로 가득 찼다. 그러던 중 그녀는 멀리 작은 오두막을 발견했다. 그 오두막의 열린 문에서 불빛이 새어나오고 있었다. 인가를 발견한 놈불라는 안도의 한숨을 내쉬며 달려가 하룻밤만 지내게 해 달라고 소리 질러 부탁했다.

하지만 다음 순간 놈불라는 오두막 안에 있는 것을 보고 몹시 놀랐다. 그것은 사람이 아니라 털이 북슬북슬하게 난 하이에나였던 것이다. 하이에나는 따뜻하고 아늑해 보이는 불가에 앉아 있었다. 그가 말했다.

"이 늦은 시간에 나를 찾아온 것이 누구지?"

놈불라는 겁에 질려 도망을 치려고 했다.

"자, 이리 들어와서 음식을 같이 나눠 먹자."

하이에나는 아주 부드러운 목소리로 친절하게 말했다. 놈불라는 너무 춥고 배고팠기 때문에 하이에나의 초대를 못 들은 척할 처지가 아니었다. 놈불라가 오두막에 들어오자 하이에나는 재빨리 일어나 오두막의 문을 걸어 잠갔다.

"한 가지 조건이 있다. 그것은 네가 나를 위해 음식을 만들어야 한다는 것이다."

"하지만 저는 음식을 만들 줄 모르는데요."

놈불라는 울음 섞인 목소리로 대답했다.

"요리를 해야 한다니까. 그러지 않으면 내 날카로운 이빨 맛을 보게 될 테니 말이다."

하이에나는 거친 목소리로 놈불라에게 강요했다. 놈불라는 떨리는 손으로 불을 지피고 물을 끓였다. 그리고 하이에나의 감시 아래 요리를 하기 시작했다. 둘은 같이 앉아서 음식을 만들어 먹고 잠이 들었다.

날이 밝자 하이에나는 놈불라에게 소 젖 짜는 항아리를 깨끗이 닦아 놓으라고 하고는 소 떼를 몰고 벌판으로 나갔다. 하지만 하이에나가 벌판으로 나가자마자 놈불라는 오두막을 나와 키 높은 수풀을 지나서 집이라고 짐작되는 쪽으로 부리나케 줄행랑을 놓았다.

놈불라가 산기슭에 다다르자 이번에는 어떤 여자들이 서 있었다. 이 여자들은 식인종으로 머리에 물 항아리를 하나씩 이고 있었다. 놈불라를 보자 여인들은 반색을 하며 외쳤다.

"야, 여기 오늘 먹을 음식이 있구나."

놈불라는 겁에 질려 도망쳤다. 식인종 여인들은 물 항아리를 내려놓고 놈불라의 뒤를 쫓았다. 식인종 여자들이 놈불라를 거의 따라잡을 즈음 그녀 앞에 또 한 무리의 여자들이 나타났다. 그 여자들은 괭이로 땅을 일구고 있었다. 놈불라는 그 여자들에게 달려가서 도움을 청했다.

"이 여자아이를 내버려 둬. 여기는 우리 땅이야. 지금 너희들이 우리 땅을 침범했어."

밭을 갈던 여자들이 식인종 여자들에게 괭잇날을 들이밀며 소리를 질러 댔다. 여자들은 놈불라의 손을 잡고 오두막으로 데려가더니 거칠게 안으로 밀어 넣었다. 여자들이 거칠게 문을 닫는 소리를 들으면서 놈불라는 자신이 또 다른 식인종 무리의 손아귀에 들어왔다는 사실을 깨달았다.

놈불라는 이제 어떻게 해야 할지 몰라 안절부절못했다. 바로 그때 오두막 한구석에 놓여 있던 길고 날카로운 창이 놈불라에게 말을 걸어 왔다.

"네가 내 지시를 따른다면 네 목숨을 살려 주겠다. 내게 가까이 다가오너라. 그리고 내 창날로 네 머리를 깨끗이 밀어 버려라."

놈불라는 날카로운 창날을 가지고 조심스럽게 머리카락을 밀었다. 그녀가 머리를 다 밀고 나자 창은 놈불라에게 머리카락을 세 묶음으로 나누어 한 묶음은 식인종 여인들이 물을 긷는 연못에 버리고, 다른 한 묶음은 사람을 굽는 불을 피울 땅에 버리고, 나머지 한 묶음은 쓰레기를 모아 둔 곳에 던지라고 말했다.

놈불라는 창의 지시를 따랐다. 그런 다음 다시 식인종의 오두막을 탈출해서 긴 풀밭을 통해 달아났다.

식인종 여인들은 놈불라를 구워 먹기 위해 장작을 모아 들고 오두막에 돌아왔다.

"얘야, 이리 나오너라."

그러자 연못에서 목소리가 났다.

"저 여기 있어요."

오두막 안에 있던 창이 연못에 던진 놈불라의 머리카락 묶음에 주술을 건 것이었다. 식인종 여인들은 서둘러 연못으로 달려갔지만 어느 곳에서도 놈불라를 찾을 수 없었다. 그래서 식인종 여인들은 다시 오두막으로 몰려가 놈불라를 불렀다.

"얘야, 이리 나오라니까."

"저 여기 있어요."

주술에 걸린 두 번째 머리묶음이 장작더미를 놓아둔 땅에서 소리쳤다. 식인종 여인들은 다시 목소리가 나는 쪽으로 우르르 몰려갔다. 하지만 그곳에서도 놈불라의 흔적을 찾을 수 없었다. 식인종 여인들이 세 번째로 놈불라를 부르자 쓰레기 더미 속에서 대답이 돌아왔다. 다시 한번 놈불라의 목소리가 난 방향으로 달려가던 식인종 여인들은 그제야 자신들이 무엇인가에 속고 있다는 사실을 깨달았다.

한편 놈불라는 이미 식인종의 오두막에서 꽤 멀리 떨어진 곳까지 도망가 이제 막 강을 건너려고 하고 있었다.

하지만 불행히도 놈불라는 너무 어리고 연약했다. 강을 건너기도 전에 그녀는 지쳐서 손가락 하나 까닥할 수 없었다. 이윽고 저 멀리 식인종 여인들의 모습이 보였다. 식인종 여인들은 놈불라를 발견하고 환호성을 질렀다. 놈불라는 식인종 여인들에게 잡아먹히느니 물에 빠져 죽는 것이 차라리 낫겠다고 생각하고 강물로 뛰어들었다. 그때 강에 사는 개구리가 강물 속에서 허우적거리는 놈불라를 혀로 말아 입에 넣었다.

"아니! 이 아이가 어디로 갔지?"

식인종 여인들이 강둑에 서서 강물을 훑어보았다.

"아이가 여기쯤에서 물속에 뛰어든 것 같은데."

식인종 여인들은 주변의 나뭇가지를 꺾어 들고 강물 언저리를 여기저기 찔러 보았다. 하지만 그들이 발견할 수 있는 것은 큰 눈을 끔벅거리며 강 언저리에 앉아 있는 집채만 한 개구리뿐이었다. 식인종 여인들은 설마 개구리가 여자아이를 삼켰을 것이라고는 생각도 못하고 투덜거리며 집으로 돌아갔다.

식인종 여인들이 시야에서 사라지자 개구리는 놈불라를 입 안에 넣은 채 강둑을 기어올라 그녀의 집을 향해 길을 떠났다. 입 안에 놈불라를 넣고 팔딱팔딱 뛰는 것은 보통 힘이 드는 일이 아니었다. 개구리는 힘들지만 계속 갔다.

한동안 그렇게 가던 개구리는 두 사내를 만났다. 한 사람이 개구리를 보고 옆 사람에게 말했다.

"저 개구리를 봐. 저 개구리는 개구리의 우두머리일 게 틀림없어. 창으로 저 개구리를 없애 버리자."

이 말을 들은 개구리가 말했다.

"나를 죽이지 말아요. 나는 놈불라를 집으로 데려다주는 중이에요."

그러자 키 큰 사내가 말했다.

"놈불라? 내게도 그런 이름을 가진 딸이 있었지. 하지만 그 아이는 어디론가 사라졌어. 그래, 내 아이의 이름을 알고 있는 이 개구리를 해칠 수는 없지."

사내들은 개구리를 지나쳐 갔다.

또 한참을 걸어간 개구리는 이번에는 두 여인을 만났다. 여인들은 밭을 갈고 돌아오는 길이었다. 한 여인이 개구리를 발견하고 다른 여인에게 말했다.

"저기 기분 나쁜 동물이 오네. 우리 이 호미로 개구리를 없애 버릴까?"

이 소리를 들은 개구리가 대답했다.

"나를 해치지 마세요. 나는 놈불라를 집으로 데려가는 중이에요."

그러자 여인이 말했다.

"놈불라? 내게도 똑같은 이름을 가진 딸이 있었지. 흑흑, 그 아이는 참 예쁜 아이였는데. 그래, 널 살려 주지."

여인들은 개구리를 지나쳐 갔다.

이윽고 개구리는 놈불라의 집에 도착했다. 때마침 놈불라의 할머니가 마당을 쓸다가 커다란 개구리가 다가오는 것을 보고 빗자루를 높이 들어 때리려고 했다. 이를 본 개구리가 서둘러 말했다.

"제발 나를 때리지 마세요. 나는 놈불라를 데려왔어요."

"놈불라?"

할머니가 깜짝 놀라 말했다.

"놈불라는 내가 사랑하는 손녀였지. 내 손녀의 이름을 아는 개구리라니. 자, 내 너를 위해 집을 지어 주마. 그리고 평생을 돌봐 주마."

할머니는 집 주변에 우거진 잡초를 정리한 후 그곳에 풀을 엮어 개구리 집을 지어 주었다. 할머니가 개구리 집을 만드는 사이에 놈불라의 아버지가 사냥에서 돌아왔다. 개구리는 놈불라의 아버지를 향해 말했다.

"나는 놈불라를 이곳에 데려왔어요. 당신은 날 위해 무엇을 해 주시겠어요?"

"만일 정말로 네가 내 딸을 데려왔다면, 내가 가지고 있는 모든 것을 주겠다."

"당신 재산을요? 그건 내게 필요 없어요. 나는 재산을 먹을 수가 없거든요. 재산이란 것은 내게 전혀 필요가 없는 물건이에요."

"그렇다면 염소는 어떻겠니?"

"염소요? 당신의 딸과 염소 한 마리를 바꾸자고요? 그것은 말도 안 되지요. 적어도 살찐 암소 한 마리 정도는 되어야 하지 않을까요? 부드러운 쇠고기를 먹어 본 지도 참 오래된 것 같은데. 암소를 잡아 내장을 빼내고 가죽을 벗겨 깨끗하게 먹을 준비를 해 주시면 내가 친구들을 불러 소를 가져가기로 하지요."

놈불라의 아버지는 선선히 그렇게 하겠노라고 약속했다. 그제야 개구리는 입을 크게 벌려 놈불라를 뱉어 냈다. 아버지는 크게 기뻐하며 개구리를 위해 살찐 암소를 잡았고, 개구리는 친구들을 불러 그 무거운 암소 고기를 용케 질질 끌며 어둑어둑해지는 산길을 지나 집으로 돌아갔다.

제 2 부

코사 민담

동물들이 키운 아이

옛날에 동물과 새들이 사람과 교통하는 능력을 아직 잃어버리기 전의 일이다. 코사 추장이 두 부인을 거느리고 살고 있었다. 추장은 결혼한 지 몇 해가 지나도록 큰부인에게서 아이를 보지 못했다. 투기가 대단했던 큰부인은 늘 불안감에 떨며 지냈다. 어느 날, 젊고 얌전한 추장의 작은부인이 아들을 낳자 큰부인은 참을 수 없는 질투심에 사로잡혔고, 급기야 작은부인이 낳은 사내아이를 없애 버릴 궁리를 하기 시작했다.

"이제 남편은 대놓고 저 젊은 아내를 가까이할 텐데."

드디어 큰부인은 끔찍한 일을 저지르고 말았다. 산모가 깨어나 아이를 보기도 전에 갓 태어난 강아지와 아이를 바꿔치기한 것이다. 아이는 빈 오두막에 버려졌다. 이 오두막에는 사나운 쥐들이 떼지어 살고 있었다.

"사나운 쥐 떼들이 아이를 먹어 치우겠지. 더군다나 내 손에는 피 한 방울도 묻히지 않고 말이야."

사악한 큰부인이 만족스러운 미소를 지으며 혼잣말을 했다.

큰부인이 오두막의 문을 닫고 나가자 오두막 이곳저곳에 숨어 있던 쥐들이 몰려나왔다. 그녀는 쥐 떼가 자신이 데려다 놓은 아이를 게걸스럽게 먹어 치울 것이라고 믿어 의심치 않았다. 하지만 쥐들은 강보에 싸인 아이가 두 손을 꼼지락거리는 것을 보고 먹기는커녕 불쌍하게 여겼다.

"이 아이는 너무 작고 약해 보여!"

"그리고 가엾게도 우리와 닮지도 않았어. 우리가 돌봐 주는 것이 어떨까?"

며칠 후 사악한 큰부인이 오두막에 찾아왔다. 쥐 떼가 아이를 먹어 치웠을 것이라고 믿고 확인하려고 온 것이다. 하지만 뜻밖에도 쥐 떼는 아이를 아주 잘 보호하고 있었다.

"이제 오두막을 불태워 버릴 수밖에. 그렇게 되면 너희들은 모두 불에 타 죽을 거야. 물론 내 손에는 피 한 방울도 묻지 않고 말이야."

큰부인은 전령을 보내 추장인 남편을 모셔 오도록 했다. 추장은 먼 곳에 있는 밭에서 농사를 짓는 것을 관리하고 있다가 무슨 큰일이 났나 싶어 서둘러 달려왔다. 추장이 도착하자 큰부인이 말했다.

"이 낡고 폐허가 된 오두막을 불태워 주세요. 이 안에 살고 있는 쥐들이 우리 정원에 심어 놓은 옥수수를 모두 먹어 치우고 있단 말이에요."

추장은 큰부인이 겨우 쥐 때문에 자기를 불렀다며 화를 내고는 나중에 하겠다며 다시 밭으로 돌아갔다.

한편 오두막 안에 있던 쥐 떼는 사악한 부인이 증오에 차 고함지른 소리를 듣고 그녀가 오두막을 불태울 것이라는 사실을 알게 되었다. 쥐들은 온 힘을 모아 어린아이를 끌고 뒷문으로 빠져나가 돼지우리로 들어갔다.

"암퇘지님!"

쥐들은 우리 가장자리에서 돼지 새끼들을 돌보고 있는 암퇘지에게 부탁했다.

"이 아이를 우리 대신에 좀 돌봐 주세요. 그리고 이 아이를 죽이려고 드는 사람으로부터 보호해 주세요."

그러고 나서 쥐 떼는 서둘러 보금자리인 오두막으로 돌아갔고, 결국 오두막과 함께 불에 타 죽었다.

"이게 무슨 일이야?"

어느 날 큰부인이 작은부인에게 소리쳤다.

"아니, 애가 하루가 다르게 개를 닮아 가고 있잖아!"

아무것도 모른 채 강아지를 기르던 불쌍한 작은부인은 수치심과 낙담에 고개를 떨구었다. 작은부인은 개를 낳았다는 오명을 뒤집어쓰고 모든 사람들에게 멸시를 받았다.

암퇘지는 아주 상냥하고 친절한 동물이어서 아이를 자기 새끼들과 똑같이 정성을 들여 돌봐 주었다. 아이가 배가 고파서 울면 암퇘지는 아이의 머리 위에 젖을 드리워 배불리 먹을 수 있도록 했다. 아이는 돼지우리에서 아주 건강하고 덩치 좋은 아이로 자라났다.

하루는 아이가 돼지 형제들과 놀고 있는데 사악한 추장 부인이 돼지들이 잘 자라고 있는지 보려고 돼지우리로 왔다. 암퇘지는 아이를 커다란 귀 뒤에 숨기려 했지만 때 이미 사악한 부인이 아이를 보고 난 후였다.

"으, 세상에……."

큰부인은 두려움과 분노에 주먹을 불끈 쥔 채 몸을 떨었다.

"저, 저 녀석이 아직도 살아서 나를 괴롭히고 있구나. 내가 저 암돼지를 죽이고야 말겠다. 그렇게 되면 저 녀석도 굶어 죽겠지? 물론 내 손에는 피 한 방울 묻히지 않고 말이야."

큰부인은 어금니를 질끈 물고 추장에게 갔다.

"여보."

사악한 부인은 추장에게 애교 섞인 목소리로 말을 걸었다.

"저기 큰 암돼지가 아주 먹음직스럽게 자라지 않았어요? 당신이 나에게 제일 좋아하는 음식을 양껏 먹여 준 게 언제였는지 기억이 안 날 정도예요."

큰부인은 추장에게 돼지를 잡아 달라고 자꾸 졸랐다. 추장은 처음에는 거절했지만 결국 아내의 간청에 못 이겨 암돼지를 잡아도 좋다고 했다. 암돼지는 이 모든 대화를 엿듣고 있다가 어린아이를 추장이 가장 소중히 여기는 소에게 넘겨주었다.

"어이, 친구. 이 작은 아이를 나 대신 돌봐 줄 수 있겠어? 나는 이제 죽을 때가 온 것 같아."

이 말을 남기고 암돼지는 우리로 돌아갔고, 결국 그곳에서 죽임을 당했다. 부인은 돼지고기를 즐기는 척했지만 사실은 여태껏 자기가 끔찍이도 미워했던 어린아이를 돌봐 준 암돼지라고 생각하니 차마 먹을 수가 없었다. 그래서 큰부인은 그날 저녁을 굶었다.

이제 아이는 땅에 두 발을 굳게 디디고 서서 걸을 만큼 자랐다. 아이는 매일 크고 붉은 암소의 젖을 먹었다. 암소는 아이에게 젖을 주는 것이 무척 기뻤다. 하지만 어느 날 큰부인이 외양간을 지나다가 아이가 암소 옆에서 놀고 있는 것을 보고 말았다. 소가 아이를 숨기려 했지만 이미 때는 늦었다.

"뭐야! 저 녀석이 아직도 살아 있단 말이야? 암소를 죽여 버리고 말 테다."

큰부인은 남편에게 가서 남편이 가장 아끼는 암소를 잡아 달라고 부탁했다. 이번에도 추장은 큰부인의 부탁을 한마디로 거절했다. 하지만 큰부인은 훌쩍훌쩍 울면서 만일 간청을 들어주지 않는다면 그것은 자신을 더 이상 사랑하지 않는다는 증거라고 말했다. 결국 추장은 큰부인의 간청을 들어주지 않을 수 없었다.

큰부인이 추장을 졸라 대는 소리를 들은 암소는 먼저 아이를 데리고 외양간을 벗어나 멀리 떨어져 있는 아버지 집으로 갔다. 아버지 소의 집은 강둑 옆에 있는 연못가에 있었다. 가면서 보니 그 연못에는 커다란 두꺼비가 한 마리 살고 있었다. 암소가 두꺼비를 불렀다.

"두꺼비야, 이 아이를 돌봐 줄 수 있겠니? 나 대신 말이야. 이제 내 목숨이 다한 것 같구나."

암소는 어린아이를 두꺼비에게 맡긴 후 추장의 외양간으로 돌아갔다. 그리고 그곳에서 죽임을 당했다.

두꺼비는 아이를 강둑 밑에 숨기고 온갖 물고기와 풀을 먹여 길렀다. 두꺼비의 보호를 받으며 아이는 무럭무럭 건강하게 자랐다.

아이가 열 살이 되었을 때 두꺼비가 말했다.

"아이야, 내가 더 이상 해 줄 것이 없구나. 이제 너는 머지않아 성인이 될 것이다. 따라서 너는 이제 네 동료인 인간들과 사귀며 네 스스로 인생을 살아가야 한다. 하지만 그 전에 먼저 네가 할 일을 찾아 주겠다."

두꺼비는 소년에게 맞는 일을 찾기 위해 강을 떠났다. 길을 떠난 지 얼마 되지 않아 아주 부유한 어느 마을의 추장이 새 요리사를 구하고 있다는 소식이 들려왔다. 두꺼비는 이 소식을 아이에게 전했고, 아이는 오랫동안 자신을 돌봐 준 두꺼비에게 감사의 인사를 남기고 이웃 마을 추장의 집으로 갔다.

마을 사람들은 이 아이를 마징가라고 부르며 식구처럼 따뜻하게 대해 주었다. 마징가는 사랑스럽고 싹싹한 아이였다.

마징가가 마을에 들어온 지 얼마 지나지 않아, 마을 어귀에 독사 한 마리가 나타나 마을을 드나드는 사람들을 위협하기 시작했다. 교활한 독사는 사람들이 잘 다니는 길가에 숨어들어 무성한 나뭇가지 뒤에 몸을 숨기고 있다가 지나가는 사람들을 덮쳤다. 추장의 신하들 중에서도 독사의 공격을 받아 목숨을 잃은 이가 한둘이 아니었다.

무서운 독사로 인해 마을 외곽에 사는 농부들은 공포에 질려 하루하루를 보냈다. 추장은 독사를 잡아 오는 사람에게는 상으로 왕국의 일부를 나누어 주고 그 지역의 추장으로 삼겠다고 공포했다. 그 말에 수많은 청년들이 상을 노리고 뱀을 잡아 보겠노라고 나섰지만 번번이 공격도 해 보기 전에 독사에 물려 목숨을 잃고 말았다.

어느 날 마징가는 커다란 솥을 꺼내 솥 한가득 끈적끈적한 죽을 만들었다. 마을 사람들이 물었다.

"얘야, 왜 또 음식을 만들고 있느냐? 바로 조금 전에 음식을 먹지 않았느냐?"

"저는 추장이 내건 상을 받겠어요."

소년은 이 말만 남기고 열심히 죽을 만들기 시작했다. 마을 사람들은 소년이 일하는 모습을 물끄러미 바라보고만 있었다.

죽이 거품을 내면서 끓어오르자 소년은 천 조각을 꺼내 받침대를 만들어 머리에 얹었다. 그런 후 친구를 불러 커다란 솥을 그 위에 이어 달라고 부탁했다. 그렇게 모든 준비가 끝나자 소년은 아무 말도 없이 숲속으로 들어갔다.

마을 사람들은 도대체 소년이 무슨 생각을 하고 있는지 궁금해졌다. 그래서 먼발치에서 몰래 소년의 뒤를 밟았다. 소년이 나뭇가지를 넓게 펼친 나무 밑을 지나갈 때 독이 잔뜩 오른 뱀이 그를 덮쳤다. 언제나처럼 독이 든 어금니를 희생자의 머리 가죽 깊숙이 박으려던 독사는 펄펄 끓는 솥 안에 머리를 박고 말았다. 뜨거운 죽에 심하게 덴 뱀은 땅바닥에 떨어져 괴로워했다. 이 광경을 지켜보던 마을 사람들이 우르르 달려들어 뱀을 죽였다.

"이 소년은 충분히 추장의 포상을 받을 자격이 있어. 이 소년은 참 영리하고 똑똑하다."

그 동안 마을 사람들을 괴롭혀 왔던 독사가 죽었다는 소식이 퍼지자 모두들 안도의 한숨을 내쉬며 기뻐했다. 추장은 약속했던 대로 좋은 집을 지어 이 영리한 요리사가 머물도록 했을 뿐 아니라 일부 지역을 통치하는 추장으로 추대하기까지 했다.

소년이 추장이 된 지 몇 달이 흘렀다. 이웃 마을의 추장과 그 부인이 마징가가 섬기는 추장을 방문했다. 방문을 마치고 떠날 즈음에 그들은 추장에게 현명한 계략을 써서 독사를 잡은 소년에 대해 물었다. 소년의 명성은 이미 마을을 넘어 멀리까지 퍼져 있었던 것이다. 추장은 소년을 불렀다.

"어쩜!"

이웃 마을 추장 부인은 마징가를 보고 외마디 비명을 질렀다.

"이 소년 추장은 당신이 어렸을 때 모습과 똑같군요. 그대의 부모님은 누구신가요, 젊은 추장이여?"

마징가는 그녀에게 자신을 키워 준 것은 친절한 두꺼비였다고 말했다.

“뭐라고요? 두꺼비가 당신을 키웠다고요, 두꺼비요?”

이웃 마을 추장과 아내가 웃으며 말했다. 소년은 그들을 데리고 강둑에 있는 연못으로 갔다. 연못으로 간 마징가는 큰소리로 이제는 늙어 버린 두꺼비를 불렀다. 이웃 마을 추장과 아내는 두꺼비가 정말 소년 추장을 키웠는지 물었다.

“그럼요, 내가 키웠지요.”

두꺼비가 대답했다.

“눈망울에 눈물이 가득 고인 크고 붉은 암소가 이 소년을 내게 데려왔지요. 그 소는 저 언덕 너머에서 왔어요.”

두꺼비는 이웃 마을 방향을 가리켰다.

“암소는 내게 이 소년을 돌봐 달라는 부탁을 남기고 떠났지요. 이렇게 말했어요. ‘이제 내가 죽어야 할 시간이 다가왔어요.’ 만일 더 궁금한 점이 있다면 그 암소가 살았던 외양간에 가서 다른 소들에게 물어보세요. 아마 좀더 많은 것을 알고 있을지도 모르죠.”

두꺼비는 강둑 아래에 있는 집으로 팔딱팔딱 뛰어 들어갔다.

“가자. 이 이상한 일에 대해서 더 알고 싶구나. 가서 소에게 물어보자.”

이웃 마을 추장이 말했다. 셋은 강을 건너고 언덕을 올라 소 떼를 가두어 두었던 돌로 만든 외양간에 도착했다.

“그럼요, 기억하고말고요.”

이제는 늙고 쭈글쭈글 주름이 잡힌 암소가 대답했다.

“내가 어릴 적에 인간 아이와 함께 어머니의 등 위에서 놀던 기억이 나는걸요. 하지만 아주 무서운 여자가 와서 내 어머니를 죽였지요.”

"암소야, 그럼 그 소년은 어디에서 왔지?"

이웃 마을 추장과 부인이 동시에 물었다.

"소년을 데려온 돼지에게 물어보세요. 돼지는 소년이 어디에서 왔는지 알 거예요."

이 말을 남기고 암소는 등을 돌려 맛있는 풀을 뜯어먹기 시작했다. 일행은 늙어서 이가 모두 빠져 버린 돼지를 찾아갔다. 돼지는 큰 귀를 펄럭이며 졸고 있었다.

"돼지 할아버지, 옛날에 암퇘지가 길렀던 소년에 대해서 기억 나십니까?"

돼지는 옛일을 추억하는 듯한 눈길로 먼발치를 바라보면서 대답했다.

"그럼, 아주 작고 연약한 아이였지. 소년은 자기 자리를 차지하기 위해 우리를 밀쳐 내곤 했어. 어머니는 우리와 함께 소년에게 젖을 먹였다네."

"그렇다면 그 소년은 어디에서 왔죠?"

추장의 아내가 다급한 목소리로 물었다.

"집 안에 있는 쥐에게 물어봐. 쥐들은 아마 소년이 어디에서 왔는지 알 거야."

돼지는 추장 일행이 방해한 낮잠을 다시 청하기 위해 몸을 돌려 누우며 대답했다.

"우리 불에 탄 오두막에 사는 쥐들한테 물어봅시다."

나이 든 추장이 흥분해서 말했다. 일행이 불에 탄 오두막에 다가가자 쥐들은 여기저기로 황급히 도망쳤다. 하지만 반백의 쥐 한 마리는 도망갈 기운도 없어 보였다. 일행은 늙은 쥐가 누워 있는 오두막 한가운데로 갔다.

쥐는 누운 채로 말했다.

"나를 죽이는 것을 두려워 마라. 내 삶은 이제 거의 다한 것 같으니까."

"쥐야, 오래전에 여기에서 아이를 본 적이 있니? 쥐들이 아이를 돼지에게 데려다 주었다고 하던데?"

추장의 아내는 어느새 눈물을 흘리고 있었다.

"나는 아니야."

늙은 쥐가 힘겹게 말을 이었다.

"하지만 내 할머니가 말을 해…… 주……곤……."

"쥐야, 쥐야!"

추장의 아내는 울부짖고 있었다.

"다시 한번 잘 생각해 봐. 네 할머니가 뭐라고 말했는지……."

쥐는 간신히 정신을 차렸다.

"할머니는…… 어떻게 불타는 오두막에서…… 혼자 빠져나올 수 있었는지……. 추장의 갓난아이를 암퇘지에게 건네준 다음에 말이지……."

쥐는 다시 정신을 잃었고, 추장 일행이 감사의 말을 건넸을 때는 이미 숨을 거둔 뒤였다.

"그래, 그때였어요."

추장의 아내가 눈물을 흘리며 울부짖듯이 말했다. 그것은 기쁨의 눈물이었다.

"누군가가 우리의 아들을 훔쳐다 내버리고 강아지를 가져다 놓았던 거예요."

더 이상 증거는 필요하지 않았다. 추장 부부는 마징가를 찾아가 꼭 껴안았다.

추장은 큰부인을 마을에서 영원히 추방했다. 그리고 작은부인과 다시 찾은 아들과 함께 행복하게 오래오래 잘 살았다.

뱀 신랑

마빌레는 아주 약삭빠르고 빈틈이 없는 늙은이였다. 그에게는 나이가 꽉 찬 아리따운 딸이 둘이나 있었다. 신붓감으로 누구나 탐낼 만한 두 딸을 시집 보내고 신부대[1]를 두둑이 챙길 생각을 하면 그는 좋아서 입이 다물어지지 않았다.

그는 되도록 신부대를 많이 챙길 욕심으로 이웃 마을을 돌아다니며 부유한 결혼 상대를 찾아다니기 시작했다. 한 마을에 도착한 마빌레는 그 마을의 추장이 배우자를 찾고 있다는 소식을 들었다. 마빌레의 귀가 쫑긋 설 수밖에 없었다. 배우자를 찾고 있는 추장은 모든 여성들의 사랑을 한몸에 듬뿍 받는 아주 영향력 있는 지도자였다. 마빌레는 이 정도의 신랑감이라면 신부대를 아주 많이 치를 것이라고 생각했다.

마빌레는 서둘러 집으로 돌아와 두 딸에게 자신이 듣고 온 소문을 들려주고는 둘 중 한 명이 추장에게 청혼을 해야 한다고 말했다.

"저요, 아버지. 이 집안의 첫째 딸인 제가 우선권이 있지 않겠어요? 바로 제가 그 추장의 아내가 될 자격이 있지요."

큰딸인 음푼지카지가 아버지의 말을 자르며 나섰다. 작은딸인 음푼자냐나는 나서기가 수줍은지 조용히 웃고만 있었다.

마빌레는 주저하지 않고 중매쟁이에게 청혼 선물을 들려 신랑감인 추장에게 보냈다. 추장은 청혼을 받아들였고, 마빌레는 곧바로 결혼 준비에 들어갔다. 우선 신부가 신랑의 집에 가는 데 딸려 보낼 사람부터 찾아야 했다. 하지만 아버지는 음푼지카지의 한마디에 놀라움과 분노를 금치 못했다.

"나는 혼례식에 혼자 가겠어요."

이것은 전통적으로 내려오던 관습을 깨는 말이었다. 하지만 신부가 스스로 그렇게 주장하는 데다 마땅한 사람도 없었다. 무엇보다도 딸이 좀처럼 고집을 꺾으려 들지 않았다.

많은 사람들이 음푼지카지가 떠나는 뒷모습을 바라보며 고개를 설레설레 저었다. 다들 관습을 깨뜨리며 혼자 결혼식에 참석하려는 음푼지카지에게 불행이 닥치리라고 수군거렸다.

길을 떠난 지 얼마 되지 않아 음푼지카지는 첫 번째 강에 도착했다. 강둑에서는 웬 절름발이 여자가 무거운 물 항아리를 머리 위에 올리려고 쩔쩔 매고 있었다.

"처녀! 나 좀 도와줘요! 나는 보다시피 불구라오. 나를 좀 도와줘요!"

하지만 음푼지카지는 매정하게도 여자의 간청을 뿌리치고 강을 건넜다.

"뭐? 내 귀한 시간을 낭비해 가면서 당신을 도우라고? 내 신랑 될 사람이 나를 기다리고 있다고요."

"네 여행길에 불행이 닥칠 것이다!"

절름발이 여인은 음푼지카지의 등에 대고 저주를 퍼부었다. 그러거나 말거나 음푼지카지는 길을 계속 떠났다. 무척 더운 여름날이었다. 뜨거운 태양 아래에서 한참을 걷던 음푼지카지는 잠시 뜨거운 햇볕을 피할 나무 그늘을 찾기 시작했다. 마침 가까이에 커다란 나무 한 그루가 있었다. 가까이 다가간 음푼지카지는 아주 늙은 할머니가 나무 그늘에 앉아 있는 것을 보고 경악을 하며 그 자리에 멈춰 섰다. 노파는 온몸이 퉁퉁 붓고 머리카락은 온통 지저분한 오물로 뒤범벅이 되어 있었다.

"이 늙은이에게 자비를 베풀어 주시오."

늙고 쭈글쭈글한 할머니는 음푼지카지를 보고 애처롭게 흐느꼈다.

"내가 도대체 언제 씻었는지 기억이 나지 않는다오. 나는 이제 너무 늙고 약해서 혼자서 씻으러 갈 수가 없어. 나를 도와준다면 당신의 여행길에 축복을 내려 주겠소."

"뭐라고? 당신같이 더러운 인간을 씻어 달라고?"

음푼지카지는 오만한 태도로 소리쳤다.

"당신을 씻어 준다고 해서 내게 무슨 이득이 있다고?"

음푼지카지는 잠시 쉬려던 것도 포기하고 서둘러 노인 곁을 지나쳐 갔다. 화가 난 할머니는 그녀에게 저주를 내렸다.

"저기 사악한 인간이 지나가는군. 하지만 그녀의 죄가 무엇인지 곧 스스로 알게 될 거야."

그러거나 말거나 음푼지카지는 길을 재촉했다. 그런데 이번에는 길 한가운데 쥐 한 마리가 몸을 꼿꼿이 세운 채 앉아 있었다.

"내가 길을 가르쳐 줄까?"

음푼지카지는 대꾸도 하지 않고 쥐를 길가로 걷어찼다. 얼마 후 갈림길이 나타났다. 하나는 사람들이 많이 다녀 널찍하고 잘 닦인

길이고, 또 하나는 좁고 울퉁불퉁한 길이었다. 음푼지카지는 두 번 생각하지 않고 많은 사람들이 다녀서 길이 잘 나 있는 길을 택했다. 이윽고 많은 사람들이 다닌 흔적이 있는 여울목이 나왔다. 그곳에는 어린 소녀가 서 있었다. 소녀는 음푼지카지에게 물었다.

"언니, 어디 가는 길인가요?"

"너는 뭐야?"

음푼지카지가 신경질적으로 대답했다.

"네가 뭔데 나를 보고 언니라고 부르는 거야? 네 혀를 조심해서 놀리는 것이 좋을 거야. 내가 누군지 알기나 해? 나는 이곳의 추장하고 결혼하려고 온 신부란 말이야."

그러자 어린 소녀가 점잖게 말했다.

"내가 하는 말을 귀담아듣는 편이 좋을 거예요. 마을로 들어갈 때 이 길을 이용하지 마세요. 다른 쪽에 있는 길을 이용하세요."

소녀는 추장의 누이동생이었다. 하지만 음푼지카지는 그런 줄은 꿈에도 몰랐다. 오히려 혀를 조심해 놀리라는 둥 심한 말을 퍼붓고는 여울목을 건넜다. 그리고 소녀의 말을 무시하고 곧장 마을로 들어갔다.

마을로 막 들어가려는 순간 개구리 한 마리가 음푼지카지의 앞을 가로막고 그녀에게 말을 걸었다.

"음푼지카지, 당신이 결혼 피로연을 위해 음식을 만들 때 내게 음식을 조금 남겨 주겠지?"

"내 눈앞에서 당장 사라지지 못해!"

음푼지카지는 빽 소리를 지르고는 불쌍하고 조그마한 개구리를 발로 걷어찼다.

마을에 들어간 음푼지카지는 마을 사람들에게 의심을 받았다.

“이봐, 신부를 신랑에게 보내면서 도와줄 사람을 딸려 보내지 않는 아버지를 본 사람 있나?”

사람들이 수군거렸다. 여인들은 음푼지카지에게 축제용 돗자리를 내주었다. 음푼지카지가 돗자리에 앉자 그 다음에는 붉은 수수 알갱이를 주며 곱게 갈라고 했다.

“우리의 위대한 추장은 지금 마을에 없어요. 추장은 항상 집에 돌아오면 맛있는 음식이 준비되어 있는 것을 좋아하지요.”

음푼지카지는 천성적으로 게으르고 일하기를 싫어했다. 그래서 수수 알갱이를 가는 둥 마는 둥 성의 없게 갈았다. 그러고는 다 간 수수 가루를 가지고 그녀를 위해 새로 지어 놓은 집으로 들어갔다. 긴 여행에 지친 음푼지카지는 수수 가루로 대충 수수빵을 만들어 꺼져 가는 화롯불 옆에 놔두고는 잠에 곯아떨어졌다.

깊은 잠에 빠져 있던 음푼지카지는 거센 회오리바람이 몰아치는 소리에 놀라 잠이 깨었다. 세찬 바람은 굳게 닫힌 문을 날릴 정도였다. 음푼지카지는 열린 문으로 괴물같이 생긴 거대한 뱀 한 마리가 스르르 미끄러져 들어오는 것을 보고 외마디 소리를 질렀다. 뱀은 마룻바닥을 몇 차례 빙글빙글 돌더니 음식이 놓인 곳에서 멈췄다.

“그래! 너는 나한테 빨간 수수 알갱이로 만든 빵을 주겠단 말이지, 이렇게 말라비틀어진 빵을?”

뱀은 이 말을 마치자 음푼지카지에게 다가가 그녀의 팔과 다리를 친친 감고 꼬리로 사정없이 때렸다. 음푼지카지는 정신을 잃고 마루에 쓰러졌다. 얼마 후 뱀은 두 번째 회오리바람과 함께 유유히 오두막을 떠났다.

새벽이 되자 마을 사람들이 오두막으로 다가와 안을 들여다보았다. 음푼지카지는 온몸에 멍이 든 채 정신을 잃고 쓰러져 있었다.

"아! 우리 왕이 또 신부를 거절했구나!"

마을 사람들은 이렇게 속삭였다. 음푼지카지가 정신이 들자 마을 사람들은 밤새 벌을 받은 음푼지카지를 조롱하며 집으로 돌려보냈다.

한편 음푼지카지의 아버지에게는 추장이 작은딸을 원한다는 전갈이 왔다. 왜 추장이 작은딸을 원하는지에 대한 설명은 없었다. 음푼지카지도 수치심에 무슨 일이 있었는지 더 이상 말을 하지 않았다.

음푼지카지의 아버지는 이번에는 사람들을 많이 모아 작은딸이 시집 가는 길에 딸려 보냈다. 음푼자냐나는 수많은 사람들에게 둘러싸여 길을 떠났다.

음푼자냐나 일행은 곧 커다란 강을 만나게 되었다. 강둑에서는 웬 절름발이 노파가 커다란 물 항아리를 머리에 얹으려고 혼자 안간힘을 쓰고 있었다.

"할머니!"

음푼자냐나는 안타까워하며 말을 꺼냈다.

"힘드신데 너무 무리하시는 것 아니에요? 여기 손녀딸 같은 제가 있잖아요."

음푼자냐나는 일행에게 잠시만 기다리라고 이른 후 무거운 물 항아리를 절름발이 노파의 집까지 들어다 주었다.

"정말 내 손녀 같구먼."

노파가 고마워하며 말했다.

"너의 친절한 마음은 충분한 보상을 받을 거다. 너의 여행이 아주 달콤한 열매를 맺기를 빌겠다."

음푼자냐나는 노파에게 미소를 지어 보이고 일행에게 돌아왔다. 일행은 다시 길을 떠났다.

한참 길을 가던 중 음푼자냐나는 언니가 머무르려고 했던 커다란 나무를 발견했다. 그곳에는 한 노파가 나무에 기대어 지친 듯이 누워 있었다.

"처녀, 이 늙은이에게 자비를 베푸시오."

노파는 일행이 나무 그늘 아래로 다가오자 흐느끼며 말을 이었다.

"내가 목욕을 한 것이 도대체 언제였는지 기억이 나질 않아. 나는 너무 늙고 기운이 없어서 혼자서는 목욕을 할 수가 없단 말이야. 내 몸을 씻겨 준다면 네 여행에 축복을 내려 주도록 하지."

노파의 몸에서는 고약한 냄새가 났다. 사람들은 모두 눈살을 찌푸리며 돌아섰지만 음푼자냐나는 이 불쌍한 노파를 그냥 두고 떠날 수가 없었다. 그녀는 미소를 지으며 대답했다.

"할머니! 걱정 마세요. 제가 할머니를 깨끗하고 아름답게 만들어 드릴게요."

음푼자냐나는 노파를 깨끗이 목욕시킨 후 자신이 시집에서 쓸 빗을 꺼내 노파의 머리를 정성스럽게 빗겨 주기까지 했다.

"착하구나. 좋은 일을 했으니 충분한 보상을 받을 게다. 여행에 행운이 따르길 기원하마."

노파가 정중하게 인사했다. 음푼자냐나는 자신에게 축복을 내려 주는 노파에게 감사의 인사를 한 후 다시 일행과 함께 길을 떠났다.

얼마 되지 않아 음푼자냐나 일행은 길 한가운데 꼿꼿이 앉아 있는 쥐 한 마리를 만났다. 쥐는 음푼자냐나 앞을 가로막고 서서 이렇게 말했다.

"자, 여기에서 길이 갈라져. 하나는 좋은 길이고 다른 하나는 나쁜 길이지. 내가 어느 길을 택해야 할지 가르쳐 줄까?"

"작은 쥐님, 당신은 참으로 친절하시군요. 우리는 이곳 지리를 잘 모른답니다. 고맙게도 당신이 길을 인도한다면 기꺼이 따르겠어요."

"그럼 이 작은 길을 따라가도록 해. 이 길은 여울목으로 통하게 되어 있는데 그곳에 도착해서 당신을 도와줄 사람의 말을 듣도록 하고."

일행은 그 말을 귀담아들었다. 쥐가 일러 준 대로 길을 떠난 일행은 곧 여울목에 도착했다. 그곳에서 음푼자냐나는 머리에 물 항아리를 이고 있는 소녀를 만났다. 소녀는 음푼자냐나에게 귀여운 목소리로 인사했다.

"어디 가는 길이지요, 언니?"

"나는 일행과 함께 저 너머 마을로 가고 있어요."

음푼자냐나는 미소를 지으며 저 멀리 보이는 마을을 가리켰다. 소녀가 부드러운 목소리로 말했다.

"마을에 들어갈 때에는 이쪽 말고 저쪽으로 돌아서 들어가는 것이 좋을 거예요."

일행은 소녀의 충고대로 마을 반대편으로 돌아서 들어갔다. 막 마을로 들어가려는데, 음푼자냐나의 언니가 보았던 개구리가 팔딱팔딱 앞으로 뛰어들었다.

"누이여! 결혼 피로연을 준비하면서 나를 위해 달콤한 음식을 조금 남겨 주겠지?"

'불쌍한 개구리! 파리와 개미만 먹는 것도 질릴 거야…….'

음푼자냐나는 이렇게 생각했다.

"물론이지, 작은 손님아. 너도 결혼 피로연 음식을 나누어 먹을 수 있을 거야. 그렇고말고."

음푼자냐나가 상냥한 목소리로 대답했다. 그러자 개구리가 빙긋

웃으며 말했다.

"너는 참으로 친절하구나. 네가 지금껏 이곳에 오는 동안 보여 준 친절은 그 대가를 충분히 받게 될 거야. 하지만 먼저 조심하기 바라. 네가 추장과 결혼할 만한 처녀인지 아닌지 확인하는 시험을 통과해야 하거든. 잘 들어, 너를 기다리고 있는 신랑은 거대한 뱀이야. 하지만 걱정하지 마. 뱀은 너를 해치려 들지 않을 테니 말이야. 내 말을 잘 듣는다면 행복은 너의 몫이 될 거야. 이제 네가 마을에 들어가서 인사를 하고 나면 마을 사람들이 네게 결혼식에 쓸 돗자리를 줄 거야. 그러면 그 돗자리에 앉지 말고 마을 사람들에게 새 돗자리를 가져다 달라고 해. 마을 사람들이 네게 붉은 수수 알갱이를 주면서 신랑에게 줄 저녁을 지으라고 하면 붉은 수수 알갱이가 아닌 하얀 알갱이를 달라고 부탁해. 알갱이를 곱게 갈고 나면 아주 맛있게 빵을 만들어서 흙으로 빚은 항아리 안에 얌전히 넣어 둬. 그리고 아마시도 달라고 해서 함께 넣어 두고."

개구리의 지시는 계속되었다.

"마을 사람들이 너를 위해 지은 오두막을 보여 줄 거야. 하지만 너는 그곳에서 잠을 자면 안 돼. 마을 사람들에게 다른 오두막을 비워 달라고 해. 잠들 때에는 빵과 아마시가 담긴 항아리를 머리맡에 놓아두도록 해. 절대로 뱀을 두려워하지 마. 그리고 한밤중에 무슨 일이 일어나더라도 절대로 움직이거나 말을 하면 안 돼."

음푼자냐나는 개구리의 지시에 따라 정성껏 빵과 아마시를 준비한 다음 피곤에 지쳐 잠이 들어 버렸다. 하지만 얼마 지나지 않아 문이 덜컹거리는 소리에 눈을 떴다. 아주 거센 회오리 바람이 불어와 오두막의 문짝을 날려 버렸다. 이윽고 흔들리는 불꽃 사이로 거대한 뱀 한 마리가 스르르 미끄러져 들어왔다.

음푼자냐나는 공포에 질려 소리를 지를 뻔했다. 하지만 다행히도 목줄기가 마비가 되었는지 아무 소리도 나오지 않았다. 음푼자냐나는 개구리가 한 말을 떠올리며 침착하게 마음을 가라앉혔다.

무섭게 생긴 뱀은 오두막 안을 빙글빙글 돌면서 먹을 것을 찾더니 마침내 음푼자냐나의 머리맡에 놓여 있는 항아리를 발견했다. 그 안에는 뱀이 좋아하는 음식이 들어 있었다. 뱀은 음식을 맛있게 먹은 다음 그 큰 머리를 음푼자냐나의 가슴에 얹고 깊은 잠에 빠졌다. 하지만 음푼자냐나는 한숨도 잘 수가 없었다. 이윽고 새벽이 오는 것을 알리는 첫 닭이 울자 뱀은 잠에서 깨어나 스르르 오두막을 빠져나갔다.

"아."

새벽녘이 되어서야 잠이 든 음푼자냐나를 보면서 마을 사람들은 탄성을 질렀다.

"위대한 자가 음식을 먹었다! 위대한 자가 만족했다. 오늘 밤 그는 우리와 같은 모습으로 마을에 돌아올 거야."

마을 사람들은 기쁨에 들떠 오두막을 떠났다. 사람들이 떠나자 웬 노파가 음푼자냐나를 찾아왔다.

"처녀!"

노파는 쭈글쭈글해진 볼 위로 눈물을 떨구며 말을 이었다.

"그가 네게 말을 했느냐?"

"아니요, 그는 휘몰아치는 바람과 함께 들어와서는 만족스러운 한숨을 내쉬고 떠났어요."

노파는 음푼자냐나 앞에 무릎을 꿇고 눈물을 흘렸다.

"오늘 밤에 그가 다시 돌아올 거야. 그리고 네 두려움도 깨끗이 사라질 거다."

노파는 일어서면서 눈물을 닦았다.

그날 밤에도 어제 불었던 것처럼 세찬 바람이 불어왔다. 하지만 이번 바람 속에는 부드러운 한숨 같은 것이 스며들어 있었다. 그리고 어제 그 자리에는 징그러운 뱀이 아닌 아주 늠름하게 생긴 청년이 서 있었다. 청년은 음푼자냐나의 가슴에 머리를 묻고 속삭였다.

"처녀여, 당신의 친절과 정성이 나를 다시 인간의 모습으로 되돌아오게 해 주었어요."

음푼자냐나는 가슴이 두근두근 뛰었다. 그날 밤늦도록 청년은 음푼자냐나에게 모든 일을 설명했다. 청년의 아버지와 어머니가 저주를 받아 뱀 모습을 한 그를 낳았고, 뱀을 낳았다고 수군대는 사람들 등살에 그의 어머니가 결국 마을을 떠나야 했던 일들을.

"하지만 내 어머니는 당신 같은 사람이 나타나 저주의 사슬을 끊을 것이라는 믿음을 항상 갖고 있었지요. 내일 나는 내 어머니를 다시 왕비로 추대할 거예요. 모든 사람들의 어머니 여왕으로 말이지요."

다음 날 음푼자냐나와 청년은 성대한 결혼식을 올렸다. 마을 사람들은 그들의 추장이 다시 제 모습을 찾을 수 있도록 해 준 음푼자냐나에게 깊은 감사를 표했다. 한편 신랑 집에서 신부 집으로 신부대를 보내는 혼례 행렬이 음푼자냐나의 마을에 도착했을 때, 마빌레는 온갖 진귀한 선물을 보고 입을 다물지 못했다.

●—주

1 보통의 경우 신부대로 소 열한 마리, 왕족의 경우 스물네 마리를 건넨다. 줄루 사회에서는 여자가 농경을 담당하기 때문에 여자를 귀중한 노동력으로 간주했다.

도마뱀 마녀

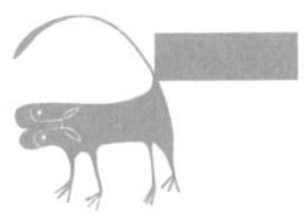

옛날 평화로운 어느 왕국이 이웃 왕국의 침략을 받았다. 무자비한 이웃 왕국의 전사들은 온 나라를 휩쓸고 지나갔다. 어느 누구도 이 잔인한 전사들의 창 끝을 피할 수 없었다. 하지만 전사들의 무자비한 창도 아름다운 공주 노메체흐와네 앞에서는 무뎌질 수밖에 없었다.

"이 처녀는 독수리 밥으로 던져 버리기에는 너무 아깝구나. 이 처녀를 왕에게 바치자. 자, 공주여. 결혼식 옷으로 갈아입고 나오너라."

노메체흐와네는 눈물을 흘리면서 가장 아끼는 구슬 장식 옷을 꺼내 입었다. 노메체흐와네가 온몸을 치장하자 그녀의 아름다운 몸매는 더욱 빛이 났다. 하지만 그녀는 커다란 슬픔에 고개를 떨굴 뿐이었다.

잔인한 전사들은 노메체흐와네를 앞세우고 길을 떠났다. 일행은 노메체흐와네가 어릴 적부터 놀던 굽은 길을 지나고 소 떼가 물을 마시러 가면서 만들어 놓은 길을 건너 언덕 위에 올라섰다.

언덕 위에서 노메체호와네는 마지막으로 고향 마을을 돌아보았다. 시체를 태우는 연기가 소용돌이치며 하늘로 하늘로 피어오르고 있었다. 그것은 죽은 사람들이 조상과 합류하기 위해 하늘로 올라가는 것이었다.

전사들은 노메체호와네의 발걸음을 재촉했다. 문득 노메체호와네는 어렸을 적 자신을 귀여워해 준 이웃 나라 왕이 생각났다. 비록 그 후로는 오랫동안 보지 못했지만 그에게 의지하면 자신을 지켜 줄지도 몰랐다.

하늘에 검은 구름이 몰려오고 있었다. 일행은 서둘러서 길을 떠났다. 곧 이어 검은 구름 사이로 천둥이 치기 시작했다. 바로 그때 전사 중 한 명이 키 작은 나무가 우거진 골짜기를 가리키며 동료들을 불렀다.

"저기 소 떼가 있다. 소 떼를 에워싸서 왕에게 몰고 가자."

전사들은 소 떼를 몰러 가면서 노메체호와네에게 으름장을 놓는 것을 잊지 않았다.

"우리가 돌아올 때까지 너는 여기에서 잠시 기다려라. 네가 도망칠 곳이 없다는 것은 잘 알고 있겠지. 만일 도망을 치려고 한다면 그것으로 네 목숨은 끝이다."

노메체호와네는 전사들이 소 떼를 향해 부채꼴로 퍼져 나가는 것을 보면서 잔디밭에 앉았다. 전사들의 뒷모습은 곧 멀어져 갔다. 노메체호와네는 슬며시 일어나 숨을 곳이 없을까 하고 주변을 둘러보았다. 하지만 주변은 평평한 평야 지대였다. 몸을 숨길 데라고는 여기저기 솟아 있는 개미탑뿐이었다. 전사들의 말대로 도망갈 곳이라고는 없었다. 하지만 이대로 있을 수만은 없었다. 노메체호와네는 과감히 개미탑 구덩이 속으로 몸을 던졌다.

"아, 여기에 몸을 숨길 수 있을지도 몰라."

노메체호와네는 구덩이 안으로 가능한 한 깊이 들어갔다. 그 안은 아주 캄캄했다. 캄캄한 구덩이 안에 혼자 있으려니 두려움이 몰려왔다. 하지만 무서운 전사들에게 잡혀가느니 여기에 있는 것이 차라리 나았다.

천둥소리는 점점 더 가까이 다가오고 있었다. 이윽고 번쩍 하고 번개가 치더니 폭우가 쏟아져 노메체호와네가 걸어간 흔적을 모두 지워 버렸다.

전사들이 소 떼를 몰고 돌아왔을 때 노메체호와네는 이미 사라지고 없었다. 하지만 비에 젖고 배도 고파진 전사들은 노메체호와네를 찾을 생각을 단념하고 소 떼만 몰고 서둘러 왕이 기다리고 있는 왕국으로 돌아갔다.

노메체호와네는 차디찬 땅바닥에 엎드린 채 밤을 새우고, 아침이 되어서야 몸을 뒤틀며 개미탑 밖으로 얼굴을 내밀었다. 따뜻한 아침 햇살이 그녀의 얼굴에 쏟아졌다. 밖에는 아무도 없었다. 용기를 내어 밖으로 나온 노메체호와네는 잔뜩 굳은 몸을 펴기 위해 기지개를 켰다. 그리고 흙[1]을 한 줌 주워 온몸에 문질렀다. 이제 혼자 몸이 되었으니 의지할 곳을 찾기 위해 길을 떠나야 했다.

그때 땅 밑에서 누군가가 말을 걸어 왔다.

"작고 귀여운 아가씨, 당신은 참 아름답군요. 당신이 입고 있는 옷은 또 얼마나 아름다운가요! 이렇게 이른 아침에 혼자서 어디로 여행을 떠나려는 거지요?"

다음 순간 그녀가 앉아 있던 개미탑의 입구에서 기다란 비늘투성이 도마뱀 한 마리가 기어나왔다. 도마뱀은 유리 구슬 같은 눈으로 노메체호와네의 얼굴을 뚫어져라 쳐다보았다. 그녀는 저도 모르게 도마뱀에게 자기가 겪은 불행한 일을 줄줄이 이야기하기 시작했다. 지금 이웃 나라 왕을 만나러 갈 생각이며, 왕이 자신을 무척 반겨 주리라는 것까지 이야기했다. 조심하려고 했지만 자기도 모르게 말이 자꾸 튀어나왔다. 도마뱀은 그녀의 팔을 다정스럽게 툭 치더니 얼굴을 뚫어지게 쳐다보며 간청했다.

"당신이 하고 있는 목걸이 하나만 내 목에 걸어 볼 수 있을까요?"

그녀는 거절하고 싶었지만 거절할 기운도 남아 있지 않았다.

"저렇게 추한 몸을 가리지도 못하다니 참으로 슬픈 일이로구나."

노메체호와네는 서둘러서 멋진 구슬 목걸이 중 하나를 벗어 도마뱀의 목에 걸어 주었다.

"아! 정말 아름답구나!"

도마뱀이 중얼거렸다.

"작고 친절한 아가씨, 내게 목걸이를 더 주세요!"

이런 식으로 노메체호와네는 마치 무엇인가에 홀린 사람처럼 장신구를 하나하나 도마뱀에게 주어서 결국 지니고 있던 장식품을 모조리 벗어 주고 말았다. 도마뱀은 개미탑 안에서 더러운 거미줄을 꺼내 노메체호와네에게 씌워 주고는 온몸에 진흙을 바르게 했다. 노메체호와네는 공포에 질려 울부짖었다.

"도대체 너는 누구기에 내게 이런 고통을 주는 거지?"

"서둘러라, 서둘러! 아이야."

커다란 도마뱀이 말했다.

"나는 개미들을 지배하는 도마뱀의 여왕, 음불루마카사네지. 나는 신랑감을 찾고 있는 중이다. 그래서 신부의 옷을 입었지. 너는 나의 노예가 되었다. 나의 작은 노예 말이야. 이리 와. 네가 말한 왕을 만나러 떠나야겠다."

비늘로 가득 덮인 도마뱀의 몸은 점점 커지더니 점점 그 형체를 바꿔 갔다. 갈퀴가 있던 발은 아주 아름다운 손으로 변했고, 얼굴은 포동포동하고 동그란 노메체흐와네의 얼굴로 바뀌었으며, 꼬리는 서서히 줄어들더니 거의 사라졌다. 마지막으로 노메체흐와네가 걸치고 있던 염소 가죽을 빼어 허리에 두르자 도마뱀은 노메체흐와네와 똑같은 모습이 되었다. 노메체흐와네는 뭐라고 말을 꺼내려고 했지만 알아들을 수 없는 말이 튀어나올 뿐이었다. 그제야 그녀는 자신이 도마뱀의 노예가 된 것을 알았다.

도마뱀과 노메체흐와네는 언덕을 넘어 서쪽으로 몇 날 며칠을 걸어간 끝에 태양이 지는 곳에 도착했다. 노메체흐와네가 말한 이웃나라 왕의 왕국이었다. 마을에 도착하자 모두들 따뜻하게 그들을 맞아 주었다. 왕은 노메체흐와네로 변한 도마뱀으로부터 그 동안 곤경에 처했던 이야기를 들었다.

"참으로 슬픈 소식이구나. 하지만 이제 걱정하지 마라. 이리 오너라. 내 왕국에 온 것을 환영한다."

그때 왕은 문 밖에 서 있는 진짜 노메체흐와네를 보았다.

"저 아이, 문 밖에 서 있는 저 아이는 누구지?"

왕은 진흙으로 범벅이 된 그녀를 보며 말했다.

"저 아이를 데리고 들어오너라!"

"그냥 놔두세요!"

도마뱀이 성급히 가로막았다.

"저 아이는 제가 데리고 다니는 노예예요. 저 아이를 천한 동물들과 같이 자도록 염소 우리로 보내세요."

이리하여 노메체흐와네는 다른 마을의 노예들과 함께 힘든 육체 노동에 시달리게 되었다. 뭔가 말을 꺼내고 싶었지만 혀가 완전히 굳었는지 한마디도 나오지 않았다. 반면 음불루마카사네는 귀빈 대접을 받으며 호사스러운 생활을 했다. 하지만 이웃 나라 왕은 자꾸만 수상쩍은 생각이 들었다.

"그런데 이것 참 이상하단 말이야. 노메체흐와네의 얼굴에서 어릴 적 모습을 거의 찾아볼 수 없거든. 저 아이가 어릴 적에 참 예뻤는데 말이지. 얼굴이 이렇게 달라질 수 있단 말인가? 특히 눈빛이 참 이상해 보이는데."

매일 마을의 노예들은 노인들의 감독 아래 곡식을 훔쳐 먹는 새떼를 쫓기 위해 밭으로 나갔다. 노메체흐와네도 이들과 같이 밭으로 나갔다. 어느 날 노메체흐와네는 노인에게 가까운 강에서 목욕을 할 동안 대신 밭을 지켜 달라고 부탁했다.

노메체흐와네는 강물 속으로 들어가 두 손으로 수면을 두드렸다. 손으로 강물을 두드리면서 그녀는 새록새록 기억이 되살아나는 것을 느꼈다. 강물 위로 이젠 폐허가 되어 버린 고향 마을이 떠오르는 것 같았다. 그 안에서 부모님이 나와 그녀를 반겨 주었다. 그리운 가족들, 친구들이 모두 그곳에 있었다. 노메체흐와네는 그들과 행복하게 춤을 추며 시간을 보냈다.

바로 그때 왕의 아들이 강둑에서 쉬다가 그녀를 보게 되었다. 왕의 아들은 노예가 이상한 놀이를 하는 것을 놀라움에 가득 찬 눈으로 바라보았다. 왕의 아들은 노메체흐와네가 입은 옷이 아주 귀한 신분의 옷이라는 것을 알았다. 그는 유령들과 함께 우아한 춤을 추는 그녀를 보고 탄성을 질렀다.

"오! 저렇게 우아하게 춤을 추는 사람이 노예일 리가 없지. 저 처녀는 고귀한 신분임에 틀림없어."

왕자는 이처럼 아름다운 아가씨를 본 적이 없었다. 어느 누구도 그의 마음을 그처럼 송두리째 사로잡은 적이 없었다. 왕자는 서둘러 강둑에서 내려와 노메체흐와네를 붙잡았고, 그 순간 그녀를 옭아매고 있던 저주가 단숨에 풀려 버렸다. 그녀는 왕자에게 왕국이 침략당한 것부터 시작해서 자신의 부모가 살해당한 일, 전사들에게 끌려갔던 일, 전사들을 피해 개미탑으로 도망갔던 일, 그리고 도마뱀을 만나 주술에 걸려 모든 것을 빼앗긴 일들을 낱낱이 이야기했다.

왕자는 노메체흐와네를 집으로 데려와 여동생의 방에 숨겼다. 그리고 아버지를 찾아가 그 동안 모두가 도마뱀에게 속아 왔다는 것을 알렸다.

"아!"

왕이 탄성을 질렀다.

"이번엔 우리가 도마뱀 음타가티를 감쪽같이 속일 기회다. 음타가티들은 특히 우유를 좋아하는데, 한밤중에 소 젖을 빠는 것을 좋아해서 정작 우리가 소 젖을 짜려고 하면 아무것도 남은 게 없지. 그리고 한 가지 더, 음타가티가 어떤 마법을 써서 변신을 한다고 하더라도 꼬리는 항상 남아 있게 마련이지. 자, 모두들 모여라. 저 처녀가 음타가티인지 아닌지 '우유 구덩이'로 시험을 해 봐야겠다."

사람들은 공터 한가운데 구덩이를 파고 그 안에 우유를 가득 채웠다.

"자, 이제 저 처녀가 도마뱀으로 변한 음타가티인지 아닌지 심판하겠다. 여자들을 모두 불러 모아라. 그리고 이 웅덩이를 건너뛰도록 해라. 도마뱀의 꼬리는 절대로 우유를 거부하지 못한다. 잘 봐둬라."

여자들이 한 사람 한 사람 웅덩이를 건너뛰었다. 마을 사람들이 도마뱀 음타가티를 불렀을 때 그녀는 손사래를 치면서 끙끙거렸다.

"지금 아파요, 아파. 좀 쉬게 해 주세요!"

"아! 저 처녀가 구실을 대고 있구나. 그녀를 방에서 끌고 나와라. 본모습을 보이는 것을 두려워하는 게 틀림없다."

왕국 사람들이 이구동성으로 소리쳤다. 사람들은 처녀를 끌고 나와 강제로 우유가 듬뿍 담긴 구덩이를 뛰어넘게 했다. 아니나 다를까 그녀가 웅덩이 가장자리에서 머뭇거리는 동안 우유 냄새를 맡은 꼬리가 슬슬 자라나 우유 속으로 빠져들었다. 꼬리를 보고 마을 사람들은 더 이상 시험이 필요하지 않음을 알았다. 사람들은 도마뱀을 웅덩이 안으로 밀어 넣은 다음 웅덩이를 흙으로 메워 버렸다.

사람들은 도마뱀 음타가티가 죗값을 치르게 된 걸 기뻐하며 언덕 위에 큰 불을 피웠다. 얼마 후 노메체흐와네와 왕자는 혼례를 올렸고, 사람들은 잔치를 벌여 두 사람의 앞날을 축복했다.

●—주

1 줄루 사람들은 벌레에 물리지 않거나 강한 태양볕에서 피부를 보호하기 위해, 몸 특히 얼굴에 흙을 바른다.

달빛 소녀 탕가림리보

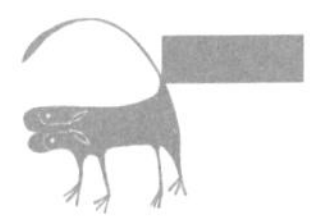

탕가림리보는 가난뱅이 룽겔로의 딸이었다. 그녀의 아버지는 몹시 가난해서 딸과 소 한 마리 말고는 내세울 만한 재산이 없었다. 부녀는 그나마 그 소가 내는 젖으로 끼니를 이었다.

탕가림리보의 아버지는 사랑스러운 딸을 탕가호박라고 불렀다. 탕가는 태어나자마자 어머니를 잃고 아버지와 함께 살아 왔다. 그래서 아버지는 딸에게 탕가림리보줄기 없는 작은 호박라는 이름을 지어 주었던 것이다.

탕가가 태어나서 잠깐 동안 할머니가 돌봐 주기는 했지만 탕가의 아버지는 거의 혼자서 어린아이를 키웠다. 언덕 위에 있는 집에서 탕가는 아버지의 정성 어린 보살핌을 받으며 자라났다. 하지만 어린 탕가는 평범한 아이가 될 수 없었다. 탕가는 어려서부터 저녁 시간에 자는 것을 싫어했다. 대신 주위가 고요하게 잠든 밤에 언덕에 올라 혼자 노래를 부르고 춤을 추는 것을 좋아했다. 달빛이 은은하게 비치는 밤이면 나와서 노래를 부르며 일했다.

사실 탕가가 달밤에 놀거나 일하게 된 것은 탕가의 어머니가 숨을 거두면서 남긴 한마디 유언 때문이었다.

"여보, 내가 죽더라도 우리 딸을 절대 햇빛 아래 나가게 하지 마세요. 물속 정령들이 말해 주었어요. 만일 아이를 햇빛에 내놓게 되면 그걸로 우리는 딸과 영원한 이별을 하게 될 거라고 말이에요."

이 말을 남기고 룽겔로의 아내는 눈을 감았다. 그 후로 룽겔로는 아내의 말을 항상 가슴에 새기고 있었다.

탕가는 아주 아름다운 처녀로 성장했다. 탕가는 단순히 외모가 아름다울 뿐만 아니라 모두들 잠이 든 한밤중에 정성껏 밭을 가는 것 때문에 더더욱 사랑을 받았다. 한밤중에 일하는 그녀를 본 몇몇 마을 사람들은 탕가의 아름다운 자태를 침이 마르도록 칭찬했고, 오래지 않아 모든 사람들이 달빛 소녀 탕가림리보를 보고 싶어 안달하게 되었다.

아름다운 탕가에 대한 소문은 탕가의 집에서 아주 멀리 떨어진 곳에 살고 있는 한 추장 아들의 귀에까지 들어가게 되었다. 추장 아들은 자신이 들은 풍문이 사실인지 아닌지 확인하고 싶었다.

"만일 그렇게 아름다운 자태를 가지고 있으면서도 정성껏 일을 하는 처녀라면, 내 아버지가 통치하는 이 거대한 영토의 후계자인 내 아내가 되기에 충분하겠지."

추장의 아들은 가지고 있는 옷 중에서 가장 멋진 옷을 꺼내 입고 탕가의 집을 향해 출발했다. 하지만 해가 뜬 한낮에는 탕가를 볼 가능성이 거의 없다는 말을 듣고 탕가가 밤마다 내려와 물을 긷는 우물가에서 기다렸다.

둥그런 보름달이 구름 한점 없는 하늘에 두둥실 떠오르자, 탕가가 머리에 물 항아리를 이고 즐거이 노래를 부르며 샛길을 내려왔다. 그녀의 아름다운 몸이 차가운 달빛을 받아 환하게 빛났다.

탕가는 낯선 이방인을 보고 환하게 웃으며 인사를 건넸다. 탕가의 이는 상아처럼 하얗게 빛났다. 추장의 아들은 한순간 숨을 쉴 수가 없었다. 탕가도 잘생긴 추장 아들을 보고 가슴이 뛰었다. 둘 사이에는 한마디 말도 필요가 없었다.

마음이 맞은 두 사람은 탕가의 아버지에게 사귈 수 있도록 허락을 맡기로 했다. 탕가의 아버지는 기꺼이 둘의 사귐을 허락했다.

추장의 아들은 아주 기쁜 마음으로 집으로 돌아갔다. 한시라도 빨리 아버지에게 기쁜 소식을 전하고 자신이 얼마나 아름다운 신붓감을 골랐는지 자랑하고 싶었다. 하지만 추장은 탕가의 이상한 습관이 맘에 들지 않았다. 며느리가 모두들 활동하는 대낮에 방에 틀어박혀 잠을 자야 한다는 게 마음에 걸렸던 것이다. 하지만 아버지의 반대도 이미 사랑에 빠진 아들을 막지는 못했다. 아들이 탕가에게 깊이 빠진 것을 본 어머니는 남편을 설득해 탕가의 아버지와 혼인 준비를 의논하도록 부추겼다.

결국 추장은 어마어마한 신부대를 치르고 탕가를 맞아들이기로 했다. 이윽고 모든 절차가 마무리되고 황홀할 정도로 아름다운 달빛 혼례식이 거행되었다. 탕가의 아버지는 이제 탕가의 남편이 된 추장의 아들에게 탕가가 절대 햇빛을 쬐지 않게 해 달라고 신신당부했다. 탕가가 햇빛을 쬐게 되면 그 순간 커다란 재앙이 떨어질 것이며 탕가를 영원히 잃게 될 것이라는 경고도 잊지 않았다.

행복한 나날이 흘렀다. 탕가는 시댁에 들어온 지 얼마 되지 않아 시어머니의 사랑을 듬뿍 받게 되었다. 시어머니는 성실하게 일하는 며느리를 좋아했다. 탕가가 다른 사람들과 달리 한밤에 일어나 일하는 것쯤은 전혀 문제가 되지 않았다.

"당신은 뭐가 문제라는 거예요?"

시어머니는 추장인 남편에게 말했다.

"당신은 내가 며느리 대신 숲에 들어가서 땔감을 구해 오는 것이 맘에 안 드세요? 하지만 난 아직 마음도 젊고 몸도 건강해요. 저녁에 며느리가 우리 밭에서 하는 일을 생각해 보세요. 나는 우리 아들이 며느리는 정말 잘 골랐다고 생각해요."

부인이 탕가에 대해 그렇게 칭찬을 해 대니 당장은 어쩔 수 없었지만, 추장은 탕가의 괴상한 버릇이 못내 못마땅하기만 했다. 탕가가 햇빛에 나가면 사라질 것이라는 소문도 믿을 수가 없었다.

시간이 흘러 탕가는 아주 건강한 사내아이를 낳았다. 아이의 이름은 단탈라셀레라고 지었다.

어느 화창한 아침, 추장은 탕가에게 우물에 가서 물을 좀 길어 오라고 했다. 탕가는 남편을 찾았지만 남편은 마침 멀리 떨어진 마을에 사는 친구를 방문하러 나가고 없었다. 돌아오려면 며칠이 걸릴지 알 수 없었다. 시어머니도 아침 일찍 밭에 씨를 뿌리러 나가고 없었다. 집에는 탕가를 도와줄 사람이 아무도 없었다. 탕가가 공손하게 말했다.

"아버님, 해가 진 후에 물을 길어 오면 안 될까요?"

하지만 추장은 지금 당장 물을 길어 와야만 한다고 했다. 탕가는 깊은 한숨을 내쉬며 몸종에게 아들을 맡겼다.

"애야, 단탈라셀레를 잘 보고 있어라."

탕가는 물 항아리를 머리에 이고 손에는 바가지를 하나 들고 햇빛이 쨍쨍 쏟아지는 길을 나섰다.

우물에 도착하자 탕가는 바가지를 우물에 깊이 담가 물을 퍼 올렸다. 그런데 그만 바가지가 탕가의 손에서 미끄러졌다. 바가지는 맑고 맑은 우물 속으로 깊이깊이 빨려 들어갔다.

“어떡하지? 바가지가 빠져 버렸잖아!”

탕가는 바가지가 없어지자, 모자를 벗어 양손으로 물을 퍼 올렸다. 하지만 모자도 곧 놓치고 말았다. 모자는 우물 속 깊이 빨려 들어가 곧 보이지 않게 되었다.

“아, 참……. 오늘 왜 이러지?”

탕가는 걱정에 가득 차서 혼잣말을 했다. 그녀는 앞치마를 벗어 양손으로 물을 퍼 올렸다. 하지만 치마마저 탕가의 손에서 미끄러져 우물 깊이 가라앉았다.

그래서 그녀는 마지막으로 우물가에 놓인 호리병박을 써서 물을 퍼 올리려고 했지만, 어찌 된 일인지 호리병박도 탕가의 손에서 스르르 미끄러졌다. 호리병박을 줍기 위해 손을 뻗친 탕가는 순간 알 수 없는 어떤 힘에 이끌려 우물 속으로 빨려 들어갔다. 탕가는 우물 속 깊이깊이 들어가 우물의 정령들이 살고 있는 곳에 도착했다.

한편 시간이 흘러도 탕가가 돌아오지 않자 단탈라셀레는 배가 고파 울기 시작했다. 견디다 못한 추장이 몸종에게 일렀다.

“얘야, 가서 단탈라셀레의 엄마가 우물에서 왜 그리 오래 머무는지 살펴보고 오너라. 가서 아이와 내가 배가 고프다고 일러라. 이제 곧 어두워질 것 같은데 저녁 준비가 되어 있지 않구나.”

몸종은 단탈라셀레를 업고 서둘러 우물로 갔다. 하지만 어디에도 탕가의 흔적은 없었다. 몸종은 마을로 돌아와 추장에게 자신이 찾을 수 있는 것은 우물가 주변 모래밭에 흩어져 있는 탕가의 발자국뿐이었다고 말했다.

단탈라셀레는 시간이 지날수록 점점 더 큰소리로 울었다. 추장은 슬슬 걱정이 되기 시작했다.

저녁 무렵이 되어 추장의 아내가 밭에서 일을 마치고 돌아왔다. 하지만 그녀가 돌아왔다고 해서 문제가 해결된 것은 아니었다. 추장의 아내는 추장이 탕가를 대낮에 밖에 내보낸 것을 심하게 나무랐다. 그리고 어떻게든 단탈라셀레에게 음식을 먹이려고 애를 써 봤지만, 단탈라셀레는 받아 먹는 것마다 모조리 토해 낼 뿐이었다. 추장과 아내가 지쳐 밤늦게 잠이 들라치면 단탈라셀레는 배가 고프다고 울어 댔다. 결국 몸종이 단탈라셀레를 업고 우물 쪽으로 걸어갔다. 단탈라셀레가 좀처럼 울음을 그치지 않자 몸종은 울음 섞인 목소리로 노래를 부르기 시작했다.

단탈라셀레는 울고 있고,
저녁 달은 환하게 빛나네요.
아이가 울고 있네요.

걷다 보니 어느덧 몸종은 우물에 도착했다. 바로 그때 탕가가 우물 속에서 불쑥 나오더니 두 팔을 벌려 단탈라셀레를 받았다. 하루 종일 배고팠던 아이는 엄마 젖을 양껏 먹었다. 몸종도 안도의 한숨을 쉬었다. 아이가 돌아갈 시간이 되자 탕가는 몸종에게 일렀다.

"얘야, 내가 어디에 있는지 다른 사람에게 절대 말을 해서는 안 된다. 우물 속에 살고 있는 정령들이 나를 절대 내보내 주지 않겠다고 말했단다. 알았지?"

다음 날 아침, 할아버지와 할머니는 단탈라셀레가 다시 쾌활하게 웃고 있는 것을 보고 어리둥절해했다. 몸종은 단탈라셀레에게 우물물을 먹였더니 울지 않게 되었다고 거짓말을 했다.

집 안 사람들이 고이 잠든 밤마다 몸종은 아이를 데리고 우물가에 나갔다. 몸종이 우물가에서 노래를 부르면 어김없이 탕가가 나타나 단탈라셀레에게 젖을 먹이고 함께 놀았다.

사흘이 지나 탕가의 남편이 여행에서 돌아왔다. 추장은 아들 앞에 머리를 숙이고 자신의 어리석은 행동을 낱낱이 고백했다. 하지만 사라진 탕가를 어디 가서 찾아 온단 말인가. 탕가의 남편은 눈앞이 캄캄했다.

탕가의 남편은 몸종이 우물물을 먹여 단탈라셀레의 배를 채워 준다는 말을 믿을 수 없었다. 그래서 한밤중에 마을을 몰래 빠져나가는 몸종의 뒤를 밟았다.

탕가의 남편은 몸종의 노랫소리가 끝나자마자 우물에서 솟아 나오는 탕가를 보고 놀라움과 기쁨을 금치 못했다. 먼발치에 숨어서 탕가가 아이에게 젖을 먹이는 모습을 바라보며 그는 금방이라도 달려가 그녀를 붙잡고 싶었지만, 탕가가 자신의 모습을 보고 놀라 다시 우물 속으로 들어갈까 봐 겁이 났다. 그는 무너지는 가슴을 쓸어안고 집으로 돌아왔다.

다음 날 아침, 탕가의 남편은 밤새 우물가에서 목격한 일을 어머니에게 설명했다. 어머니는 충고했다.

"오늘 밤 달이 하늘 높이 떠오를 때까지 기다렸다가 뛰어나가 탕가가 다시 우물 속으로 도망가지 못하도록 붙잡으려무나."

저녁이 찾아왔다. 추장의 아들은 길고 튼튼한 소가죽 끈을 자기 팔목에 묶었다. 그리고 친구들에게 끈의 다른 한쪽을 꼭 잡아 달라고 부탁했다. 그렇게 준비를 마치고 우물가에 무성한 갈대밭 속에 숨었다.

단탈라셀레를 등에 업은 몸종이 우물가에 모습을 드러낸 것은 그로부터 오랜 시간이 흐른 뒤였다. 몸종은 구슬픈 노랫가락을 읊조리며 물가로 다가왔다. 노래가 끝나자 우물에서 탕가가 나왔다. 하지만 오늘 저녁에는 왠지 모르게 불안한 기색이 역력했다. 탕가는 주변을 둘러보며 시종에게 물었다.

"같이 온 사람은 없겠지?"

바로 그때 갈대밭에 숨어 있던 남편이 재빨리 뛰쳐나가 탕가의 팔목을 잡았다. 친구들도 힘을 합쳐 소가죽 끈을 힘껏 당기기 시작했다. 탕가가 서서히 우물에서 빠져나오고 있었다. 그 모습을 본 추장 아들과 친구들은 더욱 기운이 났다. 그런데 놀랍게도 물기둥이 살아 있는 동물처럼 탕가의 몸을 둘러싸고 있었다. 물기둥은 기분 나쁜 좌악 소리를 내며 탕가의 주변에서 소용돌이쳤다. 물기둥은 점점 높아지더니 곧 주변에 있는 모든 오두막을 집어삼킬 정도로 커졌다. 물이 끌어들이는 엄청난 힘에 놀란 남편은 결국 탕가를 놓치고 말았다. 탕가는 단탈라셀레를 남편의 팔에 남겨 놓은 채 다시 우물 깊이 가라앉았다.

탕가의 남편은 깊은 슬픔에 잠겼다. 다음 날 세상이 적막에 잠긴 한밤중에 남편은 우물을 찾아갔다. 행여나 하는 마음에 아내의 이름을 부르며 기다렸지만 우물물은 미동조차 없이 고요하기만 했다. 낙담한 탕가의 남편은 조상의 이름을 부르며 도와달라고 간청했다.

이에 응답이라도 하듯 우물 깊은 곳에서 수탉 한 마리가 솟아올랐다. 생전 처음 보는 신비한 수탉이었다. 보통 수탉보다 크기도 무척 컸고 마치 태양이 떠오르는 것처럼 몸에서 환하게 빛을 뿜었다.

"무엇이 문제인가, 젊은이?"

수탉이 차분하게 물었다.

추장의 아들은 자신이 왜 슬픔에 잠겼는지를 설명했다. 탕가가 시아버지의 명령이 무서워서 물속 정령들이 알려 준 운명을 거부했고, 그 결과 정령들의 노여움을 사서 지하 세계에 갇힌 이야기를 하면서 그는 목이 메었다.

"음, 알겠네. 그래, 내가 자네를 도와주도록 하지. 자네 아버지의 어리석은 행동 때문에 대가를 치르는 걸세. 자. 지금 가서 자네 아버지가 가지고 있는 소 중에 가장 살찐 암소 두 마리와 검은 황소 한 마리를 이리 가져오도록 해. 그 선물을 바치면 우물의 정령들이 반드시 기뻐할 거야. 어쩌면 아내를 되돌려줄지도 모르지."

탕가를 되찾을지도 모른다는 말에 탕가의 남편은 한달음에 집으로 달려갔다. 다음 날 해가 떨어지고 밤이 찾아오자 남편은 수탉이 말한 대로 암소 두 마리와 황소 한 마리를 끌고 우물가로 찾아갔다. 금빛 수탉은 이미 우물가에 나와 그를 기다리고 있었다. 그가 암소 두 마리를 우물 속으로 밀어 넣자 금빛 수탉은 검은 황소의 등에 올라탄 채 암소들의 뒤를 따랐다.

고요한 가운데 얼마간 시간이 흘렀다. 갑자기 우물물이 둘로 갈라지면서 탕가림리보가 솟아올랐다. 그녀는 예전보다 훨씬 더 아름다워 보였다. 탕가의 남편은 탕가의 손을 꼭 잡고 집으로 돌아갔다. 환한 새벽빛이 먼 산 너머 떠오르고 있었다. 그 후로 탕가는 결코 대낮에는 밖에 나가지 않았다.

복 받은 음페페트와

옛날 어느 강둑 근처에 마즈위라는 남자와 그의 아내가 살았다. 강은 그들의 집 앞을 지나 얼마 떨어지지 않은[1] 바다로 흘러들었다. 마즈위 부부는 비록 넉넉하지는 못했지만 행복하게 살았다. 그들이 씨앗을 심으면 비가 촉촉이 내렸고 곡식들이 무럭무럭 자랐다. 그들의 작은 밭은 항상 햇볕을 받아 반짝반짝 빛났다.

어느 날 마즈위는 아내와 함께 붉은 땅을 일구고 씨앗을 심기 위해 집을 나섰다. 마즈위는 점심때 먹을 약간의 음식을 손에 들고, 아내는 곡괭이를 어깨에 짊어지고 밭으로 향했다. 그들에게는 음페페트와라고 하는 아이가 있었다. 아이는 엄마의 등에 업혀 있었다. 아이는 졸면서 엄마가 걸음을 옮기는 대로 고개를 이리 까딱 저리 까딱거렸다.

마즈위의 밭 가장자리에는 작은 나무가 한 그루 서 있었다. 그 나무는 아주 작은 그늘을 만들어 주었다. 마즈위의 아내는 그 그늘에 나뭇가지를 몇 개 꽂아 놓고 그 위에 양가죽을 걸쳐 아이를 위한 천막을 만들었다. 음페페트와는 부모가 밭에서 일하는 동안 그 안에서 시간을 보냈다.

하루는 음페페트와가 천막 안에서 곤하게 자고 있었다. 대낮의 금빛 햇살은 모두를 잠에 빠져들게 하기에 충분했다. 바로 그때 천막 위로 커다란 바다 갈매기 한 쌍이 날아갔다.

"저 이상한 물체가 뭐지?"

바다 갈매기 암컷이 뾰족한 주둥이로 작은 천막을 가리키며 물었다.

"우리 내려가서 한번 살펴볼까?"

바다 갈매기는 조심스럽게 천막 근처에 내려앉았다. 천막 주위를 기웃거리던 바다 갈매기는 용기를 내어 안으로 머리를 들이밀었다.

"와! 정말로 통통한 먹이로구나."

"정말 먹기 좋겠는데. 우리 이 먹이를 집으로 가져가자. 우리 아이들이 좋아할 거야."

바다 갈매기는 양발로 음페페트와를 움켜잡은 뒤 하늘로 날아올랐다. 바로 그때 잠에서 깨어난 음페페트와가 겁에 질려 온몸을 비틀며 저항하기 시작했다. 갈매기들은 뜻밖에 아이가 강하게 저항하자 음페페트와를 바닷가에 내려놓고 날아가 버렸다. 아이는 겁에 질려 큰소리로 울어 댔다.

마즈위의 아내가 일하던 도중 잠시 쉬려고 곡괭이에 몸을 의지하며 말했다.

"저 멀리서 울고 있는 것이 우리 아들이 아닐까요? 우리 아이가 우리가 여기에서 일하는 동안 사라진 것은 아닐까요?"

"괜히 쓸데없는 생각 말고 곡괭이로 열심히 땅이나 일구자고."

남편은 아내에게 핀잔을 주었다.

“저 울음소리는 저 강 건너 마을에서 들려오는 소리잖아.”

남편의 말을 듣고 아내는 안도의 한숨을 내쉬며 다시 곡괭이질을 하기 시작했다. 하지만 아무래도 자지러지는 듯한 아이의 울음소리가 마음에 걸렸다. 그래서 곡괭이질을 마치자마자 서둘러서 아이가 누워 있는 천막으로 달려갔다.

아내가 예상했던 불길한 일이 현실로 드러났다. 아들이 사라진 것이었다. 아내는 집으로 돌아오는 길 내내 울먹이며 남편을 나무랐다.

한편 음페페트와가 누워 있는 바닷가에는 점점 파도가 밀려들었다. 금방이라도 거센 파도가 음페페트와를 덮칠 기세였다. 바로 그때 커다란 물고기 한 마리가 음페페트와의 울음소리를 듣고 파도를 타고 다가왔다.

“이리 오너라, 작은 아이야. 내가 널 엄마에게 데려다 줄게.”

물고기는 커다란 입을 열어 음페페트와를 삼켰다. 그러곤 몸을 돌려 다시 바닷가를 따라 음페페트와의 집 쪽으로 헤엄쳐 갔다. 바다로 이어지는 강에 도착하자 물고기는 음페페트와의 부모가 살고 있는 강둑을 찾아 강을 거슬러 올라가기 시작했다. 음페페트와의 집 근처에 도착한 물고기는 커다란 머리를 물 밖으로 내놓고 주변을 살폈다. 때마침 반대편 강둑에 한 남자가 서 있었다. 물고기는 큰소리로 노래를 불렀다.

아! 남자여! 내가 당신께 좋은 소식을 가져왔어요.
아! 남자여! 내가 어린아이를 데려왔어요.
아! 남자여! 바다 갈매기가 아이를 훔쳤지요.
아! 남자여! 하지만 나는 당신에게 대가를 받아야겠어요.

아! 남자여! 왜냐하면 이 아이는 자라서 큰 부자가 될 테니까요.

노래를 마친 물고기는 입에서 아이를 뱉어 냈다. 마즈위의 이웃은 아이를 보고 깜짝 놀랐다.

"참 고마운 물고기로구나. 여기에서 잠깐만 기다려라. 내가 아이의 부모에게 이 사실을 말할 테니. 아이의 부모는 반드시 네게 큰 상을 내려 줄 거야."

아들이 돌아왔다는 사실은 기뻤지만 가난한 마즈위는 물고기에게 해 줄 수 있는 것이 아무것도 없었다. 그래서 그는 강둑으로 나가 물고기에게 아무것도 줄 것이 없지만 아이를 보내 준 보답으로 자기 목숨을 기꺼이 내놓을 준비가 되어 있다고 말했다.

물고기는 마즈위의 감사 표시를 받아들이며 이렇게 말했다.

"걱정하지 말아요, 인간이여. 나는 당신이 가난하다는 것을 이미 알고 있었어요. 나는 이 아이가 자라서 내게 보답할 것이라고 믿고 있어요. 이 아이는 성인이 되면 큰 부자가 될 운명이에요. 보답은 당신 아들이 자라 부자가 되면 그때 하세요. 내가 지금 당장 대가를 바라는 것은 아니랍니다."

마즈위는 음페페트와가 나중에 큰 부자가 될 것이라는 예언을 듣고 무척 기뻤다. 마즈위는 물고기에게 다시 한 번 감사의 인사를 한 다음 아내에게 돌아갔다.

부모는 아이를 이전보다 더 애지중지 길렀다. 음페페트와가 원하는 것은 무엇이든 들어주려고 했고, 버릇없이 굴어도 미래에 찾아올 부를 생각해서 참았다. 음페페트와는 점점 게으른 아이로 변했다.

"왜 내가 이렇게 땀을 흘리며 일을 해야 하지?"

음페페트와는 때때로 자신이 하는 일에 회의적이었다.

"나한텐 조상이 재산을 내려 주도록 예정되어 있단 말이야."

음페페트와는 날이 갈수록 게을러져서 나중에는 나이 든 부모가 힘든 일을 하는 것을 보고도 손가락 하나 까딱하지 않았다.

아버지가 돌아가시자 그는 더더욱 게을러졌다. 어머니와 단 둘이 살게 된 음페페트와는 자신의 게으름을 반성하기는커녕 종종 어머니에게 대들고 말다툼을 하기까지 했다. 음페페트와가 열여덟 살이 되던 해 어머니는 더 이상 아들을 어찌 할 도리가 없음을 깨닫고 친정 오빠에게 도움을 청하기로 했다.

"이리 오너라."

외삼촌은 음페페트와에게 말했다.

"네가 해야 할 일이 있다. 여태껏 너는 아주 게으르게 살아 왔다. 하지만 오늘은 산 꼭대기에 가서 사냥을 해야 한다."

어머니는 아들을 위해 구운 옥수수를 준비했다. 외삼촌과 음페페트와는 옥수수를 들고 산을 기어오르기 시작했다. 산은 가파르고, 길은 가도 가도 끝이 없었다. 허리가 뻐근했지만 음페페트와는 아무 말 못 하고 외삼촌의 손에 이끌려 산 꼭대기까지 올라갔다. 산 정상에는 커다랗고 둥그런 바위가 놓여 있었고 그 위에는 여러 가지 문양들이 새겨져 있었다.

외삼촌은 팔목에 차고 있던 풀로 엮은 팔찌를 풀더니 알아들을 수 없는 이상한 몇 마디 말을 중얼거리며 팔찌를 음페페트와의 왼손에 올려놓았다. 그러자 눈앞에 놓여 있던 커다란 바위가 스르르 한쪽으로 밀려났다. 바위가 놓였던 자리에는 깊고 커다란 구멍이 뚫려 있었다.

"자, 조카야. 이제부터 네 조상이 너를 위해 준비해 놓은 일을 스스로 해야만 하겠구나. 내 말을 잘 들어라. 만일 네가 내 말을 한마디라도 놓친다면 네 인생은 그것으로 끝인 줄 알아라. 먼저 이 구덩이 속으로 들어가라. 동굴 안에서 너는 흙으로 빚은 항아리 세 개를 보게 될 것이다. 그 항아리들은 주둥이가 밑을 향해 놓여 있을 것이다. 가장 작은 항아리부터 시작해서 하나하나 바로 세워 놓아야 한다. 모든 게 네게 달렸다. 하지만 만일 무슨 문제가 생기거든 즉시 이 마법의 팔찌를 문질러라. 그러면 해결될 테니. 항아리를 모두 가지고 나온다면 네게 큰 도움이 될 것이다. 항아리를 가지고 구덩이 밖으로 나온 후에는 다시 마법의 팔찌를 문지르도록 해라. 그러면 바위가 다시 닫힐 것이다. 행운이 함께하기를 빈다. 내 누이의 아들아, 조카야, 이제 나는 떠나야겠다."

음페페트와가 자신의 지시를 완전히 이해했는지를 확인한 후 외삼촌은 몸을 돌려 산을 내려갔다.

지금껏 제멋대로 살아온 음페페트와에게 그것은 커다란 시험이었다. 일단 시커멓게 뚫려 있는 구멍을 타고 내려갔다. 그리고 외삼촌이 말해 준 흙 항아리를 찾기 위해 두리번거렸다. 항아리들은 외삼촌 말대로 거꾸로 뒤집혀 주둥이가 땅에 절반쯤 묻혀 있었다. 음페페트와가 서 있는 곳에서 가장 가까이 있는 항아리가 가장 작았다. 그는 심호흡을 한 다음 작은 항아리부터 뒤집어 세웠다. 항아리를 뒤집는 순간 그 안에서 수십 마리의 수탉과 암탉이 나왔다.

"와, 닭이다."

음페페트와는 무척 기뻤다. 이 닭들만 가져가도 한몫 단단히 챙길 수 있었다. 하지만 기쁨도 잠시, 뒤이어 검고 사나운 개 한 마리가 뛰쳐나왔다. 검은 개는 날카로운 송곳니를 내보이며 달려들었다. 운 좋게도 음페페트와는 사냥을 할 때 쓰는 끝이 둥그런 몽둥이를 들고 있었다. 격투를 벌인 끝에 음페페트와는 결국 몽둥이로 개를 때려죽였다.

이제 두 번째 항아리가 음페페트와를 기다리고 있었다. 두 번째 항아리는 첫 번째 항아리와는 비교가 안 될 정도로 큰 데다 땅에 단단히 박혀 있었다. 음페페트와는 있는 힘을 다해서 항아리를 뽑아 뒤집었다. 이번에는 염소와 양들이 뛰쳐나왔다. 짐승들은 오랫동안 항아리 안에 갇혀 있었던 듯 해방감에 젖어 큰소리로 울어 댔다.

곧 이어 첫 번째 항아리에 들어 있던 개보다 훨씬 더 크고 사나운 개 한 마리가 껑충 음페페트와에게 달려들었다. 금방이라도 그를 갈기갈기 찢어 죽일 기세였다. 하지만 음페페트와도 만만치 않았다. 그는 아주 용감하게 싸워 두 번째 개도 땅에 때려눕혔다.

두 차례 싸움을 하고 난 음페페트와는 한동안 숨을 고르며 땀을 닦았다. 이제 마지막 항아리만 남았다. 그 항아리는 음페페트와가 다룰 수 없을 정도로 크고 땅속에 절반이나 묻혀 있었다. 하지만 비지땀을 흘리며 애쓴 결과 간신히 항아리를 엎을 수 있었다. 놀랍게도 이번에는 항아리 안에서 거대한 소들이 뛰어나왔다. 소들의 색깔은 각각 달랐다. 검은 소, 하얀 소, 붉은 소, 얼룩무늬 소 등등 다양한 색깔과 무늬를 가진 소들이 차례로 뛰어나왔다. 하지만 먼저 두 항아리와 마찬가지로 이 항아리 안에서도 마지막에는 소 떼를 지키는 사나운 개 한 마리가 뛰쳐나왔다. 이번 개는 앞의 개들과는 전혀 달랐다. 황소만 한 덩치에다가 음페페트와를 한입에 물어뜯어 죽이려는 듯 두 눈에서 불이 번쩍였다.

이번에는 상대가 달랐다. 음페페트와는 그 개를 보는 순간 도저히 싸워서 이길 수가 없다는 것을 직감적으로 알아차렸다. 사나운 개가 막 뛰어들려는 순간, 음페페트와는 외삼촌이 건네준 마법의 팔찌를 생각해 내고 재빨리 문질렀다.

그러자 개가 갑자기 깨갱 소리를 내며 땅바닥에 쓰러져 네 발로 허공을 헤집었다. 음페페트와는 마법의 힘이 통한 것을 알고는 얼른 몽둥이로 개 머리를 힘껏 내리쳤다.

항아리 세 개를 뒤집고 개 세 마리를 죽인 음페페트와는 흐뭇한 표정으로 항아리에서 나온 조상의 선물을 둘러보았다. 그는 스스로가 자랑스러웠다. 하지만 또 다른 문제가 기다리고 있었다.

'어떻게 이 많은 동물들을 땅 위로 올려보낸담?'

음페페트와는 고민에 고민을 거듭했지만 해답이 나오지 않았다. 그래서 다시 한번 마법 팔찌의 힘을 빌리기로 했다. 마법 팔찌를 문지르자 신기하게도 동물들이 각자의 항아리로 다시 들어가는 것이었다. 동물들이 가득 찼는데도 항아리는 얇은 천 조각을 드는 것처럼 가볍기만 했다. 음페페트와는 어렵지 않게 항아리들을 밖으로 끄집어낼 수 있었다.

밖으로 나온 음페페트와는 외삼촌이 일러 준 대로 마법의 팔찌를 문질렀다. 그러자 한쪽으로 밀려나 있던 거대한 바위 덩어리가 다시 스르르 굴러와 구덩이가 있던 자리를 메웠다.

음페페트와는 제일 큰 항아리를 머리에 이고 다른 두 항아리를 양쪽 옆구리에 낀 채 산비탈을 내려왔다. 항아리를 깨뜨리지 않으려고 조심조심 내려왔다.

집에 돌아온 음페페트와는 항아리들을 모두 땅에 내려놓고 마지막으로 마법의 팔찌를 문질렀다. 그러자 항아리 안에 들어 있던 온갖 짐승들이 다시 뛰어나왔다. 이렇게 해서 음페페트와는 큰 부자가 되었다. 이웃 사람들이 음페페트와의 집에 몰려와 잔치를 벌였다. 밤새 노래와 춤이 끊이지 않았다.

다음 날 음페페트와는 가장 살찐 소 네 마리를 골라 아마들로지에게 감사하는 제사를 지냈다. 음페페트와의 어머니는 잔치에 쓸 물을 긷기 위해 강으로 가 항아리를 강물 깊이 드리웠다. 그때 음페페트와를 구해 줬던 큰 물고기가 머리를 내밀고 말했다.

"여인이여, 이제 시간이 된 것 같습니다. 당신의 아들이 이제 열여덟 살이 되었고 큰 부자가 되었으니 내게 진 빚을 갚아야 하지 않을까요?"

음페페트와의 어머니는 옛일을 까맣게 잊고 있다가 그제야 예전에 물고기가 한 예언을 떠올렸다.

"아, 친절한 물고기여. 빚을 갚고말고요. 당신이 원하는 것이 무엇이지요?"

"내가 원하는 것은 별것 아닙니다. 당신의 아들이 가지고 온 가축을 종류별로 열 마리씩 제게 주세요."

이 말을 들은 어머니는 서둘러 집으로 돌아가 음페페트와에게 물고기의 은혜를 갚으라고 말했다. 음페페트와는 물고기가 요구한 가축의 두 배를 몰고 강으로 서둘러 갔다. 물고기는 음페페트와에게 감사의 인사를 남기고는 가축들을 데리고 강물로 잠겨 들었다.

그 후 한때 버릇없던 소년은 조상으로부터 물려받은 부로 마을에서 명망 높은 사람이 되었다. 어른이 된 음페페트와는 마을 사람들을 위해 좋은 집을 지어 나누어 주었다. 그 후로도 그에게는 계속 행운이 따랐다. 조상이 보내 준 가축들은 무럭무럭 자라 나날이 그 수가 늘었고 참하고 아름다운 신부도 맞이했다.

음페페트와의 어머니는 그 후 사랑스러운 손자, 손녀와 함께 행복한 시간을 보내고 아들의 성공적인 삶을 행복한 마음으로 바라보다가 아마들로지의 세계에 합류했다.

●—주

1 줄루 사람들은 거리를 가늠할 때 단순히 멀다, 또는 가깝다로 표현한다.

뱀으로 변한 아이

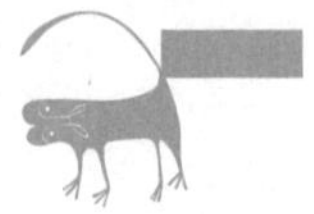

아주 오랜 옛날 코사 땅에서 음타가티와 마법사들이 온갖 나쁜 짓을 저지를 때의 이야기이다. 한 추장이 세 명의 아내와 살고 있었다. 가장 나이가 많은 첫째 부인은 불행히도 아이가 없었다. 그녀는 아이가 없다는 사실이 아주 원통했다. 왜냐하면 코사의 전통에 따르면 첫째 부인의 아들이 아버지의 권한을 이어받을 정통성을 갖고 있기 때문이다. 그래서 첫째 부인임에도 그녀는 항상 다른 두 부인으로부터 위협을 느끼곤 했다. 게다가 성질이 잔인할 정도로 냉정한 탓에 마을 사람들에게도 미움을 받았다. 하지만 마을 사람들이 정말로 무서워하는 것은 그녀의 주술이었다. 추장의 부인은 음타가티라는 소문이 공공연하게 떠돌고 있었다.

그녀는 오두막 안에 마법의 막대기와 두 개의 호리병박을 가지고 있었다. 두 개의 호리병박에는 아주 강력한 약과 재앙이 들어 있었다. 첫째 부인이 마법의 약을 마법의 막대기에 묻혀 특정 사람을 겨냥하기만 하면 그는 어떤 동물이든 추장의 부인이 원하는 동물로 변했다. 이런 사실이 알게 모르게 사람들 사이에 퍼져 어느 누구도 그녀의 오두막에 가까이 가려 하지 않았다.

그러던 어느 날 추장의 둘째 부인이 사랑스럽고 아주 잘생긴 아들을 낳았다. 은웨지[달빛]라고 이름이 붙은 이 아이는 모든 사람들의 사랑을 받았다. 첫째 부인에게 아이가 없으므로 이 아이는 훗날 추장의 후계자가 될 터였다.

사악한 첫째 부인은 이 아이가 모든 사람들의 사랑을 받으며 추장의 후계자가 된다는 사실이 못내 못마땅했다. 그래서 때를 보아 아이를 없애려고 호시탐탐 기회를 노렸다.

한편 둘째 부인만큼이나 상냥하고 친절한 셋째 부인 놈불라에게는 예쁜 딸이 셋 있었다. 세 딸과 은웨지는 하루 종일 같이 재미있게 놀곤 했다.

첫째 부인은 은웨지에게 다정하게 대해 주는 척하면서 아주 치밀하게 계획을 진행시켜 나갔다. 하지만 셋째 부인은 첫째 부인의 계획을 눈치 채고는 은웨지의 어머니를 찾아가 말했다.

"형님! 큰형님이 우리와 우리 아이들을 미워하는 것을 잘 알고 있지요? 그래서 하는 말인데, 우리 오두막을 같이 사용하는 것이 어떨까요? 그렇게 하면 우리가 서로 보호하면서 아이들을 좀더 안전하게 보살필 수 있을 것 같은데 말이지요. 내게는 어머니가 주신 마법의 뿔이 있어요. 그것은 주술에 경고하는 소리를 낸답니다."

은웨지의 어머니도 첫째 부인의 사악한 마음을 잘 알고 있었기 때문에 기꺼이 이 제안을 받아들였다. 사악한 첫째 부인은 이 어리석은 부인 둘이 같이 생활을 한다면 한꺼번에 두 부인에게 주술을 걸 수 있을 것이라고 생각하고 내심 기뻐했다. 그리고 참을성 있게 때를 기다렸다.

은웨지가 무럭무럭 자라 세 살이 되었다. 은웨지는 어린 나이였지만 모든 사람들의 이목을 끄는 아이였다. 은웨지를 좋아하는 사람들 중에 이웃 마을에 살고 있는 시템빌레라는 어린 여자아이가 있었다. 시템빌레는 종종 은웨지와 누이들을 찾아와 놀곤 했다.

"우리 아이들이 하루하루 자라는 게 참 보기 좋지요? 우리가 함께 돌보니 아이들이 더 건강하게 잘 자라는 것 같아요."

어머니들은 아이들이 즐겁게 뛰어노는 것을 보며 흐뭇해했다. 하지만 완전히 마음을 놓은 것은 아니었다. 해가 떨어지면 어머니들은 서둘러 아이들을 오두막 안으로 들이고 밖으로 나가지 못하게 했다. 혹시나 첫째 부인이 아이들에게 주술을 걸지도 모른다는 두려움 때문이었다. 줄루 사람들은 주술은 대부분 해가 떨어진 밤에 걸린다고 믿었다.

"하하하! 그걸로 안전하다고 생각하는 모양이지? 그래, 자정까지 기다려 보도록 하지. 자정이 되면 내 주술은 가장 강력해지니까 말이야. 그때쯤이면 아우들은 곯아떨어져 있겠지?"

첫째 부인은 밤마다 두 부인이 살고 있는 오두막 위를 날아다니며 기회를 엿보았다. 그러던 어느 날 그녀는 마법 호리병박에서 약을 꺼내 마법 막대기에 정성스럽게 발랐다. 그리고 조심스럽게 두 부인과 아이들이 잠들어 있는 오두막으로 향했다. 첫째 부인은 은웨지에게 마법을 걸어 짐승으로 변하게 할 생각에 낄낄거리며 웃었다.

그런데 오두막에 도착한 첫째 부인이 문을 열려고 문고리를 잡는 순간, 놈불라의 마법 뿔이 불길한 기운을 감지하고 벌떡 일어나 노래를 부르기 시작했다.

놈불라, 놈불라, 내 아이야!
사악한 기운이 오두막에 다가오고 있다.
놈불라, 내 아이야!
여기 큰부인이 오고 있다.
놈불라, 내 아이야!
그녀는 네 아이들을 원한다.
놈불라, 내 아이야!
그것은 그녀에게는 아이가 없기 때문이다.
놈불라, 내 아이야!

이 노래를 들은 첫째 부인은 깜짝 놀라 줄행랑을 쳤다. 그 뒤에도 첫째 부인은 여러 차례 오두막에 접근하려 했지만 매번 마법의 뿔이 부르는 경고의 노래를 듣고 도망쳐야 했다. 마법의 노래를 들은 두 부인은 잠자리에서 일어나 집 안의 불을 밝히고 웃고 떠들며 밤을 지새웠다. 그때마다 첫째 부인은 분노에 치를 떨며 두 주먹을 불끈 쥐었다.

'저것들은 잠도 안 자나?'

이렇게 마법의 뿔의 보호를 받으면서 은웨지는 아주 아름다운 소년으로 성장해 갔다.

결국 화가 난 첫째 부인은 대담하게도 대낮에 은웨지에게 주술을 걸기로 결심하고 마법의 막대기를 들고 아이들이 놀고 있는 오두막으로 달려갔다. 그날도 은웨지는 누이 셋과 함께 오두막 앞에서 놀고 있었다.

먼저 첫째 부인은 은웨지의 누이들에게 마법의 약을 뿌렸다. 마법의 약을 뒤집어쓴 누이들은 정신을 잃고 땅에 쓰러졌다. 그런 후 첫째 부인은 마법의 막대기를 은웨지에게 겨누면서 저주를 내렸다.

"자, 아들아, 이제 내가 주술을 걸 수 있게 되었구나! 그 동안 나한테 아이가 없다고 비웃은 네 어머니는 더 이상 아이를 가질 수 없을 것이다. 네 어머니는 뱀 아들을 갖게 될 것이다."

이 말이 떨어지자마자 은웨지는 길고 추한 뱀으로 변했다. 그때 이웃 마을에 살고 있는 시템빌레가 은웨지와 누이들과 놀려고 오두막으로 다가오고 있었다. 시템빌레는 은웨지의 누이들이 땅에 누워 있고 검은 뱀 한 마리가 똬리를 틀고 있는 것을 발견하고는 비명을 질렀다. 이웃 어른들이 급히 뛰어왔다.

"도대체 대낮에 누가 이처럼 사악한 짓을 할 수 있단 말이야? 그리고 이 나쁜 짓을 한 음타가티는 어디에 있는 거야?"

모여 있던 사람들은 모두 첫째 부인의 오두막을 바라보았다. 그녀는 자신의 오두막 앞에 앉아 긴 나무 담뱃대를 빨고 있었다.

"그래, 나는 아이들을 미워하지. 하지만 내가 한 짓이라는 증거가 있어?"

"뭐라고!"

사람들은 뻔뻔한 음타가티의 말에 치를 떨었다. 다행히 은웨지의 누이들은 금방 정신을 차렸다. 은웨지가 사람들을 진정시키며 말했다.

"울지 마세요. 내게 이런 못된 짓을 한 사람이 자신의 행동을 뉘우칠 날이 반드시 올 거예요. 지금 나는 비록 뱀의 몸이지만 언젠가는 이 땅을 통치하기 위해 반드시 돌아오겠어요. 하지만 지금 나는 이곳을 떠나야 해요. 뱀들이 살고 있는 강으로 가야 해요. 시간이 얼마나 걸릴지는 모르지만 누군가 나를 정말로 사랑하는 사람이 나타난다면 그 사람은 내게 걸린 주술을 풀어 줄 수 있을 거예요. 그

때가 되면 나는 이 뱀 껍질을 벗고 다시 사람으로 태어나게 될 거예요."

은웨지는 이 말을 남기고 마을 밖에 난 길을 따라 미끄러져 나갔고, 이윽고 모든 사람들의 시야에서 사라졌다. 나중에야 이 사실을 알게 된 은웨지의 아버지는 화가 머리끝까지 치밀어 첫째 부인을 내쫓아 버렸다. 첫째 부인은 잘못을 뉘우치기는커녕 사악한 주술의 힘을 빌려 복수를 하려고 남편이 머물고 있는 오두막으로 찾아들었다.

추장은 사악한 부인의 꿍꿍이를 알아차리고 일부러 반가운 듯 맞아 주었다. 남편의 환대에 긴장이 풀린 첫째 부인은 남편의 오두막에서 곤히 잠들었다. 추장은 바로 이 순간을 기다리고 있었다. 그는 첫째 부인이 가지고 있던 마법의 지팡이에 마법의 약을 바른 후에 등뒤로 숨기고 자고 있는 부인을 깨웠다.

"자, 아내여. 지금부터 내가 말하는 것을 잘 들어야 한다. 지금까지 네가 해 온 모든 악행은 내 의지와 내 왕국에 속한 사람들의 뜻을 거스르는 행동이었다. 그리고 너는 여태껏 이 집에서 지켜야 할 관습을 단 하나도 지키지 않았다. 항상 마법의 지팡이에 의지해서 사람들에게 겁을 주었지. 또 내 외아들에게 주술을 써서 사라지게 만들었고! 그러고도 뉘우치기는커녕 또다시 나쁜 일을 꾸미려 하다니! 자, 이제 준비되었지? 내가 너에게 주려는 죽음을 받을 준비가 되어 있겠지?"

추장은 마법의 지팡이를 사악한 부인의 심장에 겨누었다. 부인은 외마디 비명을 지르며 그 자리에 쓰러져 죽었다.

사악한 부인이 죽자 마을에서는 축제가 벌어졌다. 사람들은 이제 더 이상 음타가티의 저주와 마법을 두려워할 필요가 없었다. 사람들은 사악한 부인이 자신의 주술에 걸려 죽었다는 말에 더욱더 통쾌해했다.

한편 시템빌레의 아버지에게는 많은 소를 돌볼 아들이 필요했다. 하지만 아들이 없는 탓에 남자 아이들이 해야 할 일을 시템빌레에게 시킬 수밖에 없었다. 그래서 시템빌레는 날마다 아버지의 소 떼를 몰고 강 건너에 있는 들판으로 나갔다. 그런데 시템빌레가 매일 소 떼와 함께 건너는 강에는 바로 검은 뱀으로 변한 은웨지가 살고 있었다.

은웨지는 매일 같은 시간에 시템빌레가 강을 건너는 길목에서 그녀를 기다렸다. 처음에 시템빌레는 은웨지의 처지가 불쌍하다고 생각했지만 검은 뱀의 형상을 하고 있는 은웨지와 가까이하기가 겁이 났다. 반면에 시간이 흘러감에 따라 검은 뱀의 시템빌레에 대한 마음은 나날이 깊어졌다.

그러던 어느 날 시템빌레와 검은 뱀이 열여덟 살이 되던 해였다. 저녁에 시템빌레가 소 떼를 몰고 집으로 돌아가는데 은웨지가 말을 꺼냈다.

"시템빌레, 이제 내가 다시 인간의 형상으로 돌아가야 할 시간이 된 것 같다. 하지만 이것은 나를 진심으로 사랑하는 사람만이 할 수 있는 일이지. 내 말을 잘 들어. 그리고 그대로 해 줘. 오늘 밤 네 아버지의 외양간 문을 닫을 때 어느 누구도 너를 보는 사람이 없도록 확실하게 주변을 살핀 다음 흙으로 빚은 항아리에 외양간에 있는 소똥을 가득 담아 내게 가져다 줘. 그리고 올 때 내 아버지의 외양간에 가면 얼룩 하나 없이 깨끗한 하얀 암소를 볼 수 있을 거야. 그 소의 뿔을 가볍게 잡고 내게 끌고 와 줘."

시템빌레는 겁이 나기는 했지만 검은 뱀의 부탁을 들어주기로 했다. 그리하여 그날 밤 달이 중천에 걸리기 전 하얀 소를 끌고 강가로 나왔다. 검은 뱀은 똬리를 틀고 그녀와 소를 기다리고 있었다. 검은 뱀이 시템빌레에게 부탁했다.

"항아리에서 소똥[1]을 꺼내 내 몸에 발라 주겠니?"

시템빌레는 용기를 내어 뱀의 부탁을 들어주었다. 몸에 소똥을 바르자 뱀은 갑자기 몸을 돌려 강으로 사라졌다. 시템빌레는 무슨 일이 났는가 싶어 쿵쾅쿵쾅 가슴이 뛰었다. 바로 그때 사람의 머리를 되찾은 은웨지가 강물에서 나왔다.

하지만 여전히 은웨지의 몸뚱이는 뱀의 형상이었다. 그는 시템빌레에게 다가와 말했다.

"시템빌레, 전에 했던 것처럼 내 몸에 소똥을 더 발라 다오."

시템빌레가 소똥을 다시 바르자 은웨지는 다시 한번 강물로 뛰어들었다.

강물에서 은웨지의 머리에 이어 두 팔이 솟아오르자 시템빌레의 가슴은 또다시 두근두근 뛰기 시작했다. 하지만 헤엄쳐 오는 그의 엉덩이에는 여전히 뱀의 꼬리가 붙어 있었다.

"다시 한번만 시템빌레! 다시 한번만! 이번에는 소똥을 온몸 구석구석에 잘 발라 줘. 그리고 내가 강물에 뛰어들면 내 아버지의 암소를 밀어 넣어 주겠니?"

은웨지의 몸이 점점 정상으로 돌아오는 것을 확인한 시템빌레는 신이 나서 뱀의 온몸에 소똥을 발랐다. 항아리에 담아 온 소똥을 전부 바르자 은웨지는 세 번째로 강물에 뛰어들었다. 하얀 암소도 기꺼이 그 뒤를 따라 강물에 들어갔다.

이윽고 강물이 둘로 갈라지면서 신비스러운 분위기의 한 잘생긴 청년이 눈부시게 하얀 암소를 타고 나왔다. 은웨지는 시템빌레 곁에 다가가며 환호성을 내질렀다.

"시템빌레! 내 팔과 다리를 다시 느낄 수 있다는 것이 얼마나 좋은지 모르겠어. 하지만 아직도 네가 할 일이 하나 더 남아 있단다. 이 암소와 나를 아버지의 집으로 인도해 주겠니?"

시템빌레는 기꺼이 은웨지의 부탁을 들어주었다.

저 멀리 마을이 보이자 암소는 머리를 들어 음매 하고 울부짖었다. 이 소리를 들은 마을 사람들은 깜짝 놀라 달려 나왔다.

사람들은 마을 입구에 눈부시게 아름다운 청년이 은은한 달빛을 받으며 서 있는 모습을 보았다. 시템빌레가 추장의 아들을, 오랜 세월 동안 잊었던 아들을 다시 인간의 모습으로 돌려놓은 것이다.

다음 날 추장과 은웨지의 어머니는 아들이 인간의 모습으로 돌아온 것을 축하하기 위해 큰 잔치를 벌였다.

얼마 후 시템빌레와 은웨지는 혼례를 올렸다. 아버지의 뒤를 이어 추장이 된 은웨지는 사랑스러운 시템빌레와 함께 백성들을 지혜롭게 다스렸다.

●—주

1 소똥은 신성한 것으로 조상 혼령과 원활한 접촉을 하기 위해 바른다.

제 3 부

마타벨레 민담

하마와 불

옛날에 하마 한 마리가 무성한 갈대밭을 헤치며 천천히 어슬렁거리고 있었다. 이제 막 시원한 강물에서 나온 그의 몸에서는 물이 뚝뚝 떨어졌다. 하마는 커다란 눈망울을 좌우로 두리번거리며 주변을 살폈다. 그때 저 멀리 나무 사이에 무엇인가가 반짝거리는 게 보였다.

"저게 뭐지?"

호기심이 발동한 하마는 나무 사이에서 반짝이는 것이 무엇인지 확인하기 위해 서서히 다가갔다. 무성한 갈대밭을 헤치고 숲속으로 들어간 하마는 곧 넓은 공터에 다다랐다. 공터의 한가운데에는 나뭇단이 높이 쌓여 있고 괴상하게 생긴 빨간 것이 번쩍번쩍 튀어오르고 있었다. 가끔씩 빨간색은 주황색으로 바뀌기도 했다. 그것은 파랗고 노랗게 생긴 작은 입을 가지고 있었다. 그것은 나뭇단 사이를 느긋하게 옮겨 다니면서 타닥타닥 경쾌한 소리를 냈다. 그것은 하마가 난생 처음 보는 장작불이었다. 하마는 장작불이 타는 소리가 매우 경쾌하게 느껴졌다.

"네 이름이 뭐니?"

"사람들은 나를 불이라고 부르지. 그리고 사람들은 나를 데려다가 몸을 따뜻하게 하고 음식을 만들기도 해."

"너는 내가 본 중 가장 멋진 친구야."

하마는 불이 타는 모습을 보면서 황홀감을 느꼈다. 둘은 나란히 앉아 많은 이야기를 나누었다. 하마는 불이 옆에 있어 따뜻했고 함께 있는 시간이 행복했다.

저녁 무렵이 되어 해가 서산에 기울기 시작했다. 이제 하마는 집으로 돌아가야 했다. 헤어지기 아쉬운 생각이 든 하마는 불에게 강가에 있는 자기 집에 놀러 오라고 초대했다.

"고맙구나. 하지만 그럴 수가 없구나."

불이 말했다.

"사람들은 내가 가는 곳마다 풀과 나무를 태워 없앤다고 위험하다고 해."

"말도 안 돼!"

하마가 불의 말을 일축했다.

"너는 내일 꼭 와야 해. 나는 네가 그런 위험한 일을 하지 않으리라고 생각해."

말을 마친 하마는 서둘러 집으로 돌아갔다. 하마는 새 친구를 사귀게 되어 몹시 행복했다.

다음 날 아침 불은 하마를 만나기 위해 강으로 나갔다. 불이 지나가는 길목에 있던 풀과 나무는 모두 뜨거운 불길에 타 없어져 버렸다. 하지만 불은 새로 사귄 친구를 만나러 간다는 기쁨에 즐겁게 타닥타닥 노래를 불렀다.

나는 내 친구 하마를 만나러 간다.
나는 내 친구 하마를 만나러 간다.

사실 불은 뜨겁기 때문에 숲속에 살고 있는 동물들과 친하게 지낼 수 없었다. 불은 시커멓게 타 들어가는 초원을 뒤로하고 즐거이 노래를 부르면서 강으로 갔다.

그때 하마 가족은 강둑에 앉아 즐거운 아침 시간을 보내고 있었다. 그런데 저 멀리서 갑자기 후드득후드득 소리가 커다랗게 들려왔다. 하마 가족은 몸을 돌려 소리가 들려오는 곳을 바라보았다. 그곳에서는 거대한 몸집을 가진 불이 달려오고 있었다. 불은 숲을 지나오면서 작은 모닥불에서 거대한 들불로 자라났던 것이다. 하마의 식구들이 깜짝 놀라 강물 속으로 뛰어들었다. 하지만 하마는 불을 반가이 맞아 주었다.

"걱정하지 마. 불은 내 친구야."

하마는 불을 맞으려 달려갔다. 하지만 불행하게도 이미 거대한 들불이 되어 버린 불은 자신을 통제할 수 없었다. 불은 하마를 발견하고 그 자리에 멈춰 서려고 했지만 그럴 수가 없었다. 하마는 반가워하며 불을 껴안으려다가 코를 데이고 말았다. 깜짝 놀란 하마는 몸을 돌려 강으로 도망을 쳤다. 불은 그런 하마의 뒤를 계속 쫓아왔다. 불은 새로 사귄 친구가 자기를 피하리라고는 생각도 못했다.

불은 하마의 뒤를 바짝 쫓았다. 그렇게 물가까지 쫓아와서 새 친구에게 말을 걸려고 애썼다.

"하마야, 도망가지 마. 나는 너를 만나러 왔어."

하지만 하마는 불의 말을 듣지 않고 가족들의 뒤를 따라 강물로 뛰어들었다. 결국 불은 쓸쓸히 강둑을 떠나야 했다.

그 후 하마는 불을 볼 때마다 달려가서 발로 밟아 끄는 버릇이 생겼다. 그 불이 커져서 또 자기를 쫓아올까 봐 겁이 나서 그러는 거라고 한다.

얄미운 산토끼

옛날 아프리카에 오랜 기간 비가 오지 않은 시기가 있었다. 동물들이 모두 마실 물을 찾아 헤맸지만 어디에도 물은 없었다. 기다리다 지친 동물들은 하늘을 바라보며 다디단 소나기 한 줄기가 쏟아져 내리기만을 기다리고 있었다.

결국 누군가가 더 이상 비가 오는 것을 기다릴 수 없으니 우물을 파자고 말했다. 모두들 달려들어 열심히 우물을 팠다. 온몸이 흙투성이가 되는 것도 아랑곳하지 않고 온 힘을 다해 땅을 팠다. 그 자리에는 숲속의 동물이란 동물은 모두 모여 있었다. 단 한 마리의 동물은 제외하고 말이다. 우물 파기에 참여하지 않은 동물은 약삭빠르고 항상 다른 동물을 골탕 먹이기 좋아하는 산토끼였다. 산토끼는 일을 하는 것이 싫었다.

"내 발톱이 더러워지는 것은 생각만 해도 싫어!"

산토끼는 일을 하는 동물들을 보고 코웃음을 쳤다.

"모두들 모여 우물을 잘 파고 있네. 나는 기다렸다가 물을 마시기만 하면 돼. 현명한 생각이지?"

산토끼는 한껏 기지개를 켠 다음에 그늘에 누워 다른 동물들이 땀을 흘리며 일하는 모습을 구경했다. 동물들이 열심히 일한 덕분에 구멍은 점점 크고 깊어졌다. 하지만 아무리 구멍이 깊어져도 물은 나오지 않았다.

바로 그때 아주 보잘것없어 보이는 거북 한 마리가 느릿느릿 동물들에게 다가와 도와주겠다고 말했다.

동물들은 거북이 우스웠지만 너무나 지친 나머지 거북이 하는 양을 보고만 있었다. 그런데 뜻밖에도 거북이 조심스럽게 흙을 파헤치자 곧 바닥에 물이 고이기 시작했다. 하지만 동물들은 거북의 힘으로 우물에 물이 고이기 시작했다는 것을 인정하고 싶지 않았다.

"저 보잘것없는 거북이 우리 물을 더럽히고 있어."

동물들은 거북을 비난하며 구덩이 안으로 달려 들어가 불쌍한 거북을 밖으로 집어던졌다. 동물들은 이제 조만간 물이 콸콸콸 쏟아져 나오리라고 기대하면서 구덩이를 파고 또 팠다. 하지만 이상하게도 물은 더 이상 나오지 않았다.

저 멀리 팽개쳐진 거북이 느릿느릿 돌아와 다시 구덩이를 파기 시작했다. 그러자 놀랍게도 다시 물이 샘솟기 시작했다. 동물들이 그 모습을 보고 또 얼른 거북을 구덩이 밖으로 집어던졌다. 물은 또다시 말라 들어갔다.

결국 동물들은 거북이 함께 구덩이를 파도록 허락했다. 거북이 구덩이를 조금씩 파 내려가자 신기하게도 물이 구덩이에 차 올랐다. 오래지 않아 구덩이에는 차고 깨끗한 물이 가득 고였다. 동물들은 맑고 시원한 물을 양껏 마시며 거북의 공을 치하했다.

하지만 동물들은 산토끼가 물을 마시는 것을 허락하지 않았다.

모두들 땀을 흘리며 흙에 파묻혀 일을 하는 동안 산토끼는 시원한 그늘에 누워 빈둥거리고 있었기 때문이다. 동물들은 산토끼에게 물을 마실 자격이 없다고 딱 잘라 말했다.

하지만 밤이 되어 동물들이 모두 집으로 돌아가자 산토끼는 몰래 우물가에 와서 시원한 물을 양껏 마시며 우물을 더럽혀 놓았다.

다음 날 우물이 더럽혀진 것을 본 동물들은 무척 화가 났다. 동물들은 누가 이런 짓을 했는지 알아보기 위해 영양에게 우물을 지키라고 했다.

그날 밤 산토끼가 또다시 우물가에 내려왔다. 영양은 날카로운 뿔을 들이대며 산토끼가 물을 마시지 못하도록 막았다. 산토끼는 영양에게 다정한 척 굴며 벌집에서 훔쳐 온 꿀을 조금 내밀었다. 꿀을 본 영양은 안색이 확 바뀌며 게걸스럽게 꿀을 먹어 치웠다. 영양이 꿀에 정신이 팔려 있는 사이에 산토끼는 우물로 다가가 물을 배불리 마신 후 또 우물을 더럽혀 놓고 도망갔다.

다음 날 저녁에는 듬직한 코끼리가 우물을 지키기로 했다. 그날 밤에도 약삭빠른 산토끼는 우물가에 나타나 꿀이 뚝뚝 떨어지는 커다란 벌집을 코끼리에게 건네주었다. 코끼리 역시 단 꿀을 받아 들고는 그것을 먹는 데 온통 정신이 팔렸다. 코끼리가 벌집의 다디단 꿀을 빨아먹는 동안 토끼는 코끼리의 짧은 꼬리를 옆에 있는 아름드리 나무에 딱 붙여 버렸다.

벌꿀을 맛있게 먹고 난 코끼리는 산토끼를 찾았다. 산토끼는 이미 우물 안에서 헤엄쳐 다니고 있었다. 코끼리는 산토끼를 잡으려고 했지만 꼬리가 나무에 단단히 묶여 있었다. 코끼리가 나무에서 꼬리를 떼기 위해서 애를 쓰는 동안 토끼는 우물 안의 물을 양껏 마시고 수영을 해서 우물을 잔뜩 더럽혀 놓은 다음 총총 사라졌다.

"잘 자! 코끼리야."

다음 날 거북이 동물들에게 말했다.

"자, 이제 코끼리마저 이 약삭빠른 토끼에게 당했어. 산토끼는 자기가 무척 영리하다고 생각하고 있겠지? 오늘 밤에는 내가 우물을 지켜 볼게. 예전에 꼬마들이 쓴맛 나는 나무 껍질을 씹어서 끈적끈적하게 만드는 것을 본 적이 있는데 말이야, 아이들은 그걸 나무줄기에 붙여서 새를 잡고 있었어. 아주 그만이더군. 모두들 함께 그 끈적끈적한 것을 만들자. 자, 될 수 있는 대로 그 쓴 껍질을 많이 씹어 모았으면 좋겠어. 그리고 그걸 내 등에 붙여 놓도록 해."

동물들은 거북의 말대로 나무 껍질을 씹어 거북 등에 붙였다. 모든 준비가 끝나자 거북은 우물가로 가서 바위 사이에 앉았다.

저녁이 되어 또다시 산토끼가 모습을 드러냈다. 산토끼는 금세 바위 사이에 앉아 있는 거북을 알아보았다.

"너는 내가 너를 못 알아볼 만큼 멍청한 줄 알았니?"

산토끼는 거북을 비웃으며 거북의 등을 힘껏 밟았다. 하지만 거북의 등에는 끈적끈적한 것이 잔뜩 묻어 있었다. 산토끼의 발은 끈적한 풀에 푹 빠져 움직일 수가 없었다.

"도와줘!"

산토끼가 애타게 도움을 청했지만 거북은 가만히 있기만 했다. 화가 난 산토끼가 다른 쪽 발을 거북의 등에 발을 올려놓자 그 발마저도 빠져 버렸다. 산토끼는 이제 거북의 등에 두 발이 묶인 채 꼼짝도 할 수 없었다.

거북은 산토끼를 사로잡아 아주 자랑스럽게 끌고 갔다. 동물들은 회의를 열어 산토끼를 죽이기로 결정했다. 여러 동물이 마시는 우물을 더럽혔으니 그 죄는 죽어 마땅했다. 결국 산토끼를 바위에 내

던져 죽이자는 데 의견이 모였다.

동물들이 막 산토끼를 바위에 집어던지려고 하는데 산토끼가 외쳤다.

"그런 방법으로 나를 죽일 수 있을까? 나를 죽이려면 저 나무 밑에 있는 잿더미에 던지는 것이 나을걸. 잿더미에 던지면 잿더미에 파묻혀 숨이 막혀 죽을 테니까. 하지만 너희들은 내 말을 믿지 않겠지? 음, 그래. 그렇다면 나를 바위에 던져 버려. 그러면 나는 바위 위에 사뿐히 내려앉았다가 여유 있게 도망갈 테니 말이야."

토끼는 껄껄껄 웃었다.

어리석은 동물들은 '아차, 큰일 날 뻔했구나.' 라고 생각하면서 산토끼를 잿더미에 내던졌다. 동물들은 손을 툭툭 털면서 골칫거리였던 산토끼가 잿더미 속에서 숨이 막혀 죽는 것을 상상했다. 하지만 산토끼는 잿더미 속에서 반대편으로 구멍을 파 나가고 있었다.

뒤늦게 산토끼가 죽지 않았다는 것을 알아차린 동물들은 우르르 잿더미로 달려갔다. 화가 난 코끼리가 코로 힘껏 빨아들이자 잿더미 속에서 구멍을 파던 산토끼의 발 하나가 코끼리의 코 속으로 쏙 들어갔다.

"너는 나를 절대 잡을 수 없어!"

산토끼가 소리쳤다.

"지금 날 잡았다고 착각하고 있겠지? 하지만 네가 잡고 있는 것은 나무 뿌리야."

이 소리를 들은 코끼리는 얼른 코 속에 들어 있는 산토끼의 다리를 뽑어내고 다른 것을 움켜잡았다. 그런데 이번에 코끼리가 움켜잡은 것이야말로 나무 뿌리였다.

"이제 도망가야지! 코끼리야, 나한테 또 속았지? 고마워. 나를 풀어 줘서."

산토끼는 승리감에 도취되어 껑충껑충 뛰었다. 코끼리는 분을 못 이겨 코로 잿더미 옆에 서 있던 나무의 뿌리를 뽑아 버렸다. 뿌리 잃은 나무가 우지끈 소리와 함께 쓰러지자 나무 밑에 쌓여 있던 재가 사방으로 뿌옇게 날아올랐다. 동물들이 쿨럭쿨럭 기침을 하고 눈물을 닦아 내는 동안 산토끼는 동물들을 비웃으며 멀리멀리 도망쳤다.

거북과 산토끼의 경주

하루는 거북과 산토끼가 말싸움을 하고 있었다. 말이 많은 산토끼가 일방적으로 싸움을 이끌고 거북은 이따금씩 말대꾸를 하기는 하지만 역부족인 형세였다. 이를 지켜보던 동물들은 산토끼가 잘난 척한다며 못마땅해했다. 그러거나 말거나 산토끼는 계속 코웃음을 치면서 거북을 비웃었다.

"네가 느림보인 것은 이해 못할 바가 아냐. 왜냐하면 너는 항상 더럽고, 보기 싫고, 무겁기만 한 두꺼운 껍질을 등에 얹고 다녀야 하니까."

거북이 조용히 대꾸했다.

"이건 전혀 무겁지 않아. 그리고 내 껍질은 아주 깨끗해. 너는 네 집을 항상 가지고 다닐 수 없지? 이 껍질은 내 집이야. 만일 위험에 처하면 나는 그냥 다리와 머리를 집 안으로 집어넣고 안전해질 때까지 기다리면 되거든."

"흠, 나는 위험을 걱정하지 않아. 어느 누구도 따라잡을 수 없을 만큼 빨리 달릴 수 있거든."

산토끼는 몇 가닥 나 있지 않은 콧수염을 비비 꼬면서 거만하게 말을 이었다.

"나는 이 골짜기에서 가장 빠르다는 치타하고 겨뤄도 지지 않을 거라고."

산토끼와 거북의 말싸움은 이렇게 끝을 모르고 이어졌다. 결국 둘의 싸움에 넌더리가 난 영양이 위대한 신 음리무에게 가서 누가 더 잘났는지 판결을 들어 보는 것이 어떻겠느냐는 제안을 했다. 산토끼와 거북은 언덕에 있는 위대한 신의 동굴을 찾아갔다. 가면서도 산토끼는 진득하니 거북과 보조를 맞춰 걷지 못하고 자신의 빠른 걸음걸이를 자랑하며 앞질러 뛰어가서는 뒤에서 엉금엉금 기어오고 있는 거북을 놀려 댔다. 둘은 길에서도 내내 티격태격했다. 동굴에 도착한 산토끼와 거북은 신에게 찾아온 목적을 이야기했다.

신은 잠시 생각해 보더니 산토끼와 거북에게 경주를 한번 해 보는 게 어떻겠느냐고 했다.

경주는 언덕 밑에서 시작해서 닭들이 사는 마을을 거쳐 평원을 달리다가, 북쪽에서 남쪽으로 흐르는 강을 건너 이파니 나무가 우거진 숲 가장자리 공터에 도착하는 것이었다. 그 공터 한복판에는 아주 오래된 이파니 나무가 서 있는데 이 나무가 경주의 종점이었다.

"출발!"

신의 출발 신호와 함께 산토끼와 거북은 경주를 시작했다. 산토끼는 가벼운 발걸음으로 성큼성큼 닭 마을을 향해 달렸다. 거북은 아주 느린 걸음이지만 열심히 수풀을 헤치고 바위와 나무 사이를 지나 목적지를 향해 기어갔다.

산토끼는 거북의 걸음으로는 자신을 따라잡지 못할 거라고 생각하고 자신만만했다. 경주를 시작한 지 얼마 되지 않아 산토끼는 닭 마을에 도착했다. 산토끼는 시원한 물을 한 모금 마신 후 평원을 단숨에 가로질러 강을 향해 내달리기 시작했다. 강도 어렵지 않게 헤엄쳐서 건넜다. 강을 건넌 산토끼는 갑자기 온몸이 나른해지는 것을 느꼈다. 경주를 하면서 닭 마을에서 물 한 모금을 마신 것이 휴식의 전부였다. 게다가 날은 찌는 듯이 무더웠다. 산토끼는 시원한 그늘에서 잠깐 낮잠을 자 두면 몸이 가벼워져 경주를 하는 데 도움이 되리라고 생각했다. 산토끼는 시원한 그늘에 몸을 내던지면서 혼잣말을 했다.

"멍청한 거북은 한참 뒤떨어져 땀을 뻘뻘 흘리면서 기어오고 있겠지? 느림보 거북이 어떻게 나를 이길 수 있겠어? 한숨 잠을 자고 일어난 뒤에도 거북은 겨우 닭 마을에나 도착해 있을걸."

그런데 산토끼의 혼잣말을 그만 신이 듣고 말았다. 산토끼의 건방지고 무례한 말에 신은 기분이 언짢아졌다. 그래서 신은 산토끼가 그늘 밑에서 깊은 잠에 빠져들게 만들었다.

한편 거북은 느린 걸음이지만 열심히 달렸다. 중간에 잠깐 목을 축이기 위해 즙이 많은 나무 열매를 한번 따 먹었을 뿐 성실하게 달렸다. 그런데 갑자기 앞에서 이상한 소리가 나는 것을 듣고 재빨리 발과 머리를 등껍질 속에 집어넣었다. 원래 거북은 겁이 많은 동물이다.

더 이상 큰소리가 없자 거북은 슬그머니 머리를 내밀었다. 알고 보니 소리의 주인공은 개미를 찾아 두리번거리는 개미핥기였다. 원래 개미핥기는 주로 저녁에 활동하는 동물이다. 그래서 사람들은 개미핥기를 대낮에 보면 아주 좋지 않은 일이 일어날 것이라는 불길한 예감을 갖는다. 심지어 어떤 사람들은 개미핥기와 하이에나는 음타가티가 밤에 타고 다니는 탈것이라고 믿는다. 하지만 거북은 개미핥기를 보고도 별로 개의치 않았다. 왜냐하면 개미핥기는 거북의 좋은 친구였기 때문이다.

거북은 옥수수 밭이 넓게 둘러쳐진 닭 마을에 도착했다. 그곳에서 밭을 가로지르지 않고 방향을 바꿔 마을을 빙 돌아갔다. 누군가가 자신을 볼까 봐 수줍었기 때문이다. 원래 거북은 수줍음을 많이 타는 동물이다.

거북은 강가에 가서야 다시 길로 접어들었다. 반대편 강둑에 도착한 거북은 시원한 그늘 아래서 깊은 잠에 빠져 있는 산토끼를 보았다. 거북도 산토끼처럼 그늘에서 쉬고 싶었지만 목적지를 향해 걸음을 계속했다.

목적지인 이파니 나무 아래에는 많은 동물들이 모여 있었다. 동물들은 신이 산토끼와 거북에게 경주를 제안했다는 소식을 듣고 그 결과를 궁금해했다. 다들 산토끼가 이길 것이라고 예상은 하고 있었지만 내심 어떡해서든 거북이 산토끼의 콧대를 꺾어 주었으면 하고 은근히 기대하고 있었다.

산토끼를 지나쳐 한참 길을 걷던 거북은 저 멀리 지평선에 우뚝 서 있는 나무 한 그루를 보았다. 경주는 대낮에 시작했지만 종점에 다다른 지금 태양은 이파니 나무를 등에 지고 서산 너머로 기울고 있었다. 거북은 나무를 보자 더 힘을 내서 달렸다.

한편 이파니 나무 주변에 모여 있던 동물들은 이제나저제나 산토끼와 거북의 모습이 나타나기를 기다리고 있었다. 목이 긴 기린이 저 멀리에서 비지땀을 흘리며 열심히 달려오고 있는 거북을 보았다. 기린은 사자를 향해 고개를 끄덕이며 거북을 가리켰다.

"거북이 오고 있다!"

사자가 으르렁거렸다. 이 소리를 들은 동물들은 기쁨에 넘쳐 환호했다. 새들은 짹짹짹, 개들은 멍멍멍, 하이에나는 클클클 웃었다. 개코원숭이는 쿨럭쿨럭 기침을 해 댔다. 그런데 이 동물 구경꾼들의 환호성에 깊은 잠에 빠져 있던 산토끼가 깜짝 놀라 깨어났다. 아니, 사실은 그제야 신이 산토끼의 잠을 깨운 것이었다.

"아, 너무 잠을 많이 잤구나."

산토끼는 화들짝 놀라 자리에서 일어났다. 거북은 이미 결승점 가까이 다가가고 있었다. 산토끼는 거북을 따라잡기 위해 죽을힘을 다해 달렸다. 거북과 산토끼의 거리는 순식간에 좁혀졌다. 어느새 산토끼는 거북의 뒤를 바짝 쫓아오고 있었다. 하지만 산토끼가 거의 거북을 따라잡으려는 순간 거북은 아슬아슬하게 결승점을 밟았다. 경주에 진 산토끼는 그 자리에서 지쳐 쓰러지고 말았다.

동물들은 목청이 터져라 환호했다. 잘난 체하는 산토끼가 느림보 거북에게 지고 만 것이다.

그 후 산토끼가 조금이라도 잘난 척을 하려고 하면 동물들은 경주 이야기를 꺼냈다. 산토끼가 거북에게 경주에서 진 그 유명한 이야기를.

누가 더 힘이 센가?

"물론 내가 너보다 힘이 세고말고!"

산토끼가 말했다. 그러자 하마가 콧방귀를 뀌었다.

"어리석기는……. 내가 너보다 훨씬 크잖아. 내가 너보다 힘이 세다는 충분한 이유가 되지?"

산토끼가 건방을 떨면서 받아쳤다.

"하지만 덩치가 큰 것과 힘이 센 것과는 관계가 없지. 내가 훨씬 힘이 세단 말이야. 뭐라고 할까……. 음, 나는 그것을 증명할 수 있어."

토끼의 말에 몸집이 큰 하마는 더 어이없어하며 큰소리로 웃었다.

"그래, 좋아. 내일 아침 해가 커질 대로 커지면 내가 여기 밧줄을 하나 가지고 오겠어. 네가 한쪽을 잡고 내가 다른 한쪽을 잡고 서로 잡아당기도록 하자. 내가 힘이 세다면 네가 딸려 올 테고, 그렇다면 내가 힘이 세다는 것이 입증되지 않겠어?"

하마는 그렇게 하자고 했다. 하지만 어떻게 산토끼가 자신과 힘겨루기를 해서 이길 수 있다고 생각하는지 이해할 수가 없었다. 하마는 시원한 물 속에 뛰어들어 강둑에 서 있는 나무 그늘에서 기분 좋게 낮잠을 잤다.

그 사이에 산토끼는 소금 바위가 있는 곳으로 깡충거리며 뛰어갔다. 그곳에선 들소가 하릴없이 땅에 있는 소금을 핥으며 시간을 보내고 있었다.

산토끼가 들소에게 시비를 걸었다.

"내 소금 바위에서 무엇을 하고 있는 거야?"

들소는 커다란 머리를 들어 어이가 없다는 듯 산토끼를 바라보며 물었다.

"무슨 소리야?"

"이곳은 내 소금 바위야."

산토끼가 표정 없는 얼굴로 대꾸했다.

"그 문제 때문에 나와 겨루고 싶다면 겨뤄도 좋아. 하지만 평화롭게 문제를 해결하는 것이 더 바람직하겠지? 나는 너를 이 고장에서 쫓아내고 싶지는 않아. 비록 내가 코끼리와 그의 친구 코뿔소를 이 소금 바위에서 내쫓았지만 말이야."

처음에는 어리둥절했던 들소는 슬슬 화가 나기 시작했다. 하지만 산토끼가 코끼리와 코뿔소를 쫓아낼 정도로 힘이 세다는 말이 은근히 마음에 걸리기는 했다.

결국 들소가 산토끼에게 물었다.

"좋아, 네가 바라는 평화로운 해결이라는 것이 뭐야?"

"내가 내일 아침 일찍 밧줄을 가지고 올 테니 나랑 줄다리기를 하는 거야. 그렇게 되면 우리는 누가 소금 바위를 차지해야 할지 알게 될 거야. 하지만 우리 둘 중 어느 누구도 상대방을 끌어당기지 못한다면 소금 바위는 같이 사용하는 거야. 동의해?”

“좋아.”

다음 날 동쪽에 있는 언덕 위로 해가 서서히 떠오르자 산토끼는 밧줄을 팔에 감아쥐고 강으로 나갔다. 산토끼는 하마에게 덩굴의 한쪽 끝을 건네주며 강둑에서 기다리라고 말했다.

“끌어당기고 싶을 때 당겨도 좋아.”

그렇게 말하고 산토끼는 숲속으로 들어갔다. 들소에게 간 산토끼는 덩굴의 다른 쪽 끝을 건네주었다.

“자, 네가 줄을 당기고 싶어지면 힘껏 당겨. 누가 승자가 되는지는 두고 봐야겠지.”

그런 다음 산토끼는 밧줄의 중간 지점에 가서 들소 쪽의 밧줄을 세게 잡아당겼다가 놓았다. 갑자기 반대편에서 줄을 잡아당기는 기운을 느낀 들소는 밧줄을 힘차게 끌어당겼다. 반대편에 있던 하마도 줄이 당겨지는 것을 느끼고 강가의 부드러운 진흙에 발을 파묻은 채 온 힘을 다해 줄을 당기기 시작했다.

몇 시간 동안이나 들소와 하마는 아무런 성과 없는 줄다리기를 하면서 힘을 소비했다. 태양이 하늘 높이 떠올랐지만 둘은 줄다리기를 그치지 않았다. 먼저 하마가 한번 줄을 끌어당기는 것 같으면 들소도 이에 질세라 더욱 힘차게 줄을 잡아당겼다. 이렇게 지루한 밀고 당기기가 이어지는 동안 밧줄의 중간 지점에 있던 산토끼는 옆구리가 아플 정도로 혼자 웃었다. 즐길 만큼 즐겼다고 생각한 산토끼는 어느 순간 날카로운 칼로 덩굴 줄기를 댕강 끊어 버렸다. 산토끼의 귀에 하마가 철퍼덕 강물에 빠지는 소리가 들렸다. 산토끼는 강으로 나가 겁에 질려 있는 하마를 바라보다가 유유히 자리를 떴다.

한편 들소는 완전히 녹초가 되어서 샘물가에 주저앉아 있다가 갈증을 느끼고 검은 주둥이를 시원한 물에 담갔다. 들소가 샘물을 벌컥벌컥 마시고 있는 동안 하마가 헤엄쳐 왔다. 들소는 하마에게 자기가 산토끼에게 형편없이 당한 이야기를 들려주었다.

"참 어이없구나. 나도 똑같은 일을 당했는데!"

들소와 하마는 그처럼 작은 산토끼가 어떻게 몇 시간 동안이나 힘이 센 자신들을 상대로 동시에 줄다리기를 할 수 있었는지 추리해 보았지만 결론을 찾을 수 없었다. 지금도 하마와 들소는 결론을 찾지 못해 어리둥절해 있다고 한다.

자칼과 하이에나가 서로 원수가 된 사연

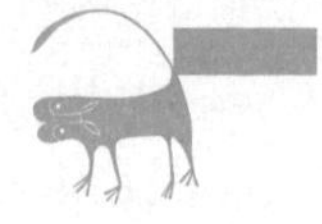

원래 자칼과 하이에나는 둘도 없는 친구 사이였다. 하지만 이 일이 있은 후부터 둘은 원수가 되었다고 한다.

옛날에 자칼이 어슬렁거리며 먹을 것을 찾아다니고 있었다. 자칼은 몇 날 며칠을 아무것도 먹지 못해 몹시 배가 고팠다.

그러다 자칼은 저 멀리 강둑에서 한 남자가 낚시질을 하고 있는 것을 보게 되었다. 그 남자의 곁에는 바구니 가득 잉어가 담겨 있었다. 낚시질을 마친 사내는 물고기가 담긴 바구니를 수레에 싣고 집으로 돌아갈 준비를 하고 있었다. 이를 본 자칼은 물고기를 훔쳐야겠다고 생각했다.

자칼은 몰래 수레를 쫓아가다가 고갯길을 돌아가야 할 지점에 이르자 재빨리 지름길을 통해 수레를 앞질러 갔다. 그런 다음 땅바닥에 죽은 듯이 엎드렸다. 고갯길을 돌던 남자는 땅바닥에 누워 있는 자칼을 보고는 가죽을 벗겨 따뜻한 외투를 만들 생각으로 자칼을 수레에 실었다.

수레에 탄 자칼은 죽은 듯이 엎드린 채 열심히 물고기를 먹어 치웠다. 배가 부르게 먹은 자칼은 남은 물고기를 한 마리씩 수레 뒤로 버렸다. 그러고는 조용히 수레에서 뛰어내려 길바닥에 떨어진 물고기를 모두 주워서는 집으로 줄행랑을 쳤다.

사내는 집에 도착해서야 자칼이 자기가 잡은 물고기를 반이나 훔쳐 달아난 것을 알았다. 화가 난 사내는 언젠가 자칼을 잡아 버릇을 고쳐 놓겠다고 다짐했다.

한편 자칼은 하이에나를 찾아가서 오늘 있었던 일을 자랑했다. 하이에나는 군침을 흘리면서 자칼의 이야기를 들은 후 똑같은 속임수를 써 보기로 작정했다.

다음 날 아침 하이에나는 강가로 나갔다. 자칼의 말대로 강에서 한 사내가 낚시를 하고 있었다. 하이에나는 낚시를 마친 사내가 수레 가득 물고기를 싣고 떠나는 것을 확인하고는 재빨리 어제 자칼이 죽은 척 엎드려 있었던 자리로 달려가 똑같이 엎드렸다. 사내가 오다가 자기를 발견하고 수레에 실으면 어제 자칼이 했던 것처럼 물고기를 배불리 먹고 집에 도착하기 전에 도망칠 생각이었다.

한참 그런 생각을 하고 있는데 수레바퀴가 덜커덕거리는 소리와 함께 당나귀의 발굽 소리가 들렸다. 사내의 발소리도 들려왔다. 이제 조금만 있으면 하이에나는 아주 맛있는 물고기를 양껏 먹을 수 있는 것이다.

하지만 어제 물고기를 뺏기고 분해서 이를 갈던 사내는 다시 자칼을 만난다면 단단히 혼내 줄 생각으로 몽둥이를 챙겨 들고 있었다.

사내의 발소리가 하이에나의 머리맡에서 멈췄다. 하이에나는 죽은 척 눈을 감은 채 사내가 자기를 물고기가 잔뜩 실린 수레에 던져 놓기를 기다리고 있었다. 하이에나의 입에 침이 가득 고이기 시작했다. 하지만 그것은 꿈이었다. 곧이어 무참한 몽둥이질이 퍼부어졌던 것이다.

"야, 이 도둑놈아! 이거나 받아라! 이것도! 그리고 이것도!"

하이에나는 깨갱 소리를 지르며 그 자리에서 펄쩍 뛰어 일어나 줄행랑을 쳤다. 집에 와서 보니 몽둥이찜질을 당해 온몸이 퉁퉁 부어 있었다. 하이에나는 자신을 이 지경에 몰아넣은 것은 자칼이라고 생각하고 자칼을 증오하기 시작했다. 그 후로 둘은 아주 사이가 나빠졌고, 하이에나는 더 이상 물고기를 먹지 않는다고 한다.

토끼의 꼬리 찾기

하이에나와 자칼이 친구로 지내던 아주 오랜 옛날, 그러니까 신이 도마뱀과 카멜레온을 통해 사람들에게 전갈을 보내기도 훨씬 전의 일이다. 그 당시에는 동물들에게 꼬리가 없었다. 코끼리부터 시작해서 쥐에 이르기까지 어느 누구도 꼬리를 갖고 있지 않았다.

어느 여름날이었다. 우기가 시작되기 직전이라 날은 무덥고 온몸이 끈적거렸다. 얼룩말은 신의 동굴로 찾아가 동물들의 몸에 끊임없이 달라붙는 파리 떼를 떼어 달라고 부탁했다. 얼룩말은 동물들이 머리를 흔들어 파리 떼를 쫓아내고는 있지만 이것은 너무 힘든 일이라고 불평했다. 더구나 파리 떼는 쫓아도 금방 돌아왔다.

신은 이 일을 어떻게 처리해야 옳을지 고민이었다. 왜냐하면 신에게는 파리도 자신이 창조한 것이었기에 그들을 세상에서 아주 없애 버리고 싶지는 않았기 때문이다. 마침내 신은 얼룩말에게 다음날 다시 찾아오라고 이른 다음 동물과 파리 떼를 갈라 놓을 방법을 찾기 시작했다.

마침내 신은 동물들에게 엉덩이에 붙일 꼬리를 만들어 주면 되겠다고 생각했다. 물론 그 꼬리는 자유롭게 휘저을 수 있어 몸에 달라붙는 파리 떼를 쫓아 버리기에 적당한 것이어야 했다.

신은 동물들을 위해 꼬리를 만들기 시작했다. 바위 언덕에 살고 있는 영양 꼬리, 모래밭에 살고 있는 도마뱀 꼬리, 기린 꼬리 등등 모든 동물을 위한 꼬리를 만들었다.

다음 날 아침 얼룩말이 동굴을 찾아왔을 때 신은 얼룩말에게 동물들의 꼬리를 건네주었다. 멋진 꼬리가 생긴 얼룩말은 기뻐하며 동물을 불러 꼬리를 나눠 주기 시작했다. 모든 동물들은 멋진 '파리채'의 등장을 쌍수를 들어 환영했다.

사슴들은 끝이 복슬복슬한 하얀색 꼬리를 골랐다. 하얀 꼬리는 한밤중에도 자기네들끼리 서로 알아보기 쉬울 것 같았기 때문이다. 너무 늦게 온 코끼리는 마지막 남은 꼬리를 받았다. 그런데 그 꼬리는 코끼리의 몸집에 비교하면 우스꽝스러울 정도로 작은 것이었다.

이제 모든 동물들이 엉덩이에 꼬리를 붙였다. 그런데 수줍음을 많이 타는 토끼가 뒤늦게 굴에서 나와 보니 모두들 엉덩이에 멋진 꼬리를 붙이고 좋아들 하는 것이었다. 다른 동물들로부터 꼬리 이야기를 들은 토끼는 곧장 얼룩말에게 갔다. 하지만 얼룩말에게는 꼬리가 더 이상 남아 있지 않았다. 토끼는 신의 동굴로 가서 모든 동물들은 꼬리를 가지고 있는데 자기만 꼬리가 없다고 하소연했다. 신은 무척 미안했지만 이미 꼬리라곤 하나도 남아 있지 않았다.

"나는 모든 동물들에게 하나씩 돌아가게끔 꼬리를 만들었다. 어떤 동물인지는 몰라도 얼룩말한테서 꼬리 두 개를 받아 간 동물이 있나 보다. 미안하지만 다른 꼬리를 만들어 줄 수 없구나."

신은 토끼에게 사과했다.

"네가 할 수 있는 유일한 일은 꼬리를 두 개 가진 동물을 찾는 것이다."

믿거나 말거나. 지금까지도 토끼는 꼬리를 두 개 가진 동물을 찾아다닌다고 한다. 오늘날 토끼가 수시로 높은 곳에 올라가 낮은 곳을 두리번거리는 것도 꼬리를 두 개 갖고 있는 동물을 찾기 위해서라고 한다.

산토끼의 최후

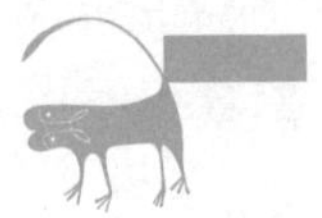

옛날에 산토끼의 절친한 친구인 수탉이 살고 있었다. 수탉은 영악하기로 따지면 산토끼보다 더한 유일한 동물이었다.

어느 날 산토끼는 평소처럼 친구인 수탉을 방문하기 위해 집을 나와 초원을 가로지르고 강을 건너고 밭 사이를 달렸다.

산토끼가 수탉의 마을에 도착했을 때 수탉은 한쪽 다리를 든 채 머리를 날개에 파묻고 낮잠을 자고 있었다. 산토끼는 수탉과 오랫동안 사귀었지만 친구의 이런 모습은 한 번도 본 적이 없었다.

"남편이 왜 저러고 있어요?"

산토끼가 근처에서 땔감을 구하고 있는 수탉의 아내에게 물었다. 수탉의 아내는 문득 산토끼를 놀려 주고 싶은 마음이 들었다.

"남편은 저 산 너머에 있는 마을에 옥수수 술을 마시러 갔어요. 그런데 너무 멀어서 몸뚱이와 다리 한쪽은 여기에 남겨 두고 갔지요."

산토끼는 그 말을 듣고 적이 놀랐지만 한편으로는 부러운 마음도 생겼다.

"음, 나도 가고 싶은데."

산토끼가 혼잣말을 했다.

서둘러 집으로 돌아간 산토끼는 아내에게 어서 자기 다리와 머리를 잘라 달라고 말했다. 그래야 수탉이 간 마을에 빨리 도착할 수 있을 것이라고 생각했던 것이다. 남편의 터무니없는 요구를 들은 산토끼의 아내는 한마디로 딱 잘라 거절했다.

"지금 무슨 말을 하는 거예요? 다리와 머리를 잘라 내고 목숨을 부지할 수 있으리라고 생각해요? 어리석은 짓 좀 하지 말아요."

아내와 한참 실랑이를 하고 난 산토끼는 다시 수탉 친구의 마을로 갔다. 한편 잠에서 깨어난 수탉은 아내로부터 모든 이야기를 듣고 산토끼를 한 번 더 골려 줘야겠다고 생각했다. 수탉은 산토끼가 이 장난을 얼마나 심각하게 받아들이고 있는지 알지 못했다.

수탉이 집에 돌아온 것을 확인한 산토끼는 옥수수 술 맛이 어땠느냐고 물었다.

"정말 훌륭했지, 친구. 정말 맛있더라고. 너도 그 마을에 가면 옥수수 술을 마실 수 있을 텐데. 하지만 한쪽 다리와 머리만 가야 한다는 것을 잊어서는 안 돼. 너무 멀어서 말이야."

수탉 친구와 그의 아내에게 작별 인사를 한 산토끼는 집으로 돌아가는 길에 맛있는 옥수수 술을 마실 수 있는 그 흥미진진한 마을에 반드시 다녀와야겠다고 결심을 굳혔다. 그리고 아내에게 아주 단호하게 자기 다리와 머리를 잘라 달라고 말했다. 물론 아내는 거절했다. 산토끼는 시키는 대로 해 주지 않으면 자기가 스스로 하겠다고 말했다. 결국 산토끼의 아내는 가슴을 치며 도끼를 집어 들었다.

휙.

그것이 어리석은 산토끼의 마지막이었다.

멧돼지의 코

멧돼지는 항상 푸른 하늘을 훨훨 나는 새들이 부러웠다. 그는 종종 독수리처럼 깃털이 달린 날개를 달고 태양 가까이 날아올라 이 세상을 내려다보는 꿈을 꾸었다.

어느 날 저녁이었다. 찬란한 금빛 태양이 진홍빛으로 물든 언덕 너머로 서서히 잠겨 들 무렵 비둘기 한 마리가 가시나무 아래에서 쉬고 있는 멧돼지의 머리 위를 지나게 되었다. 멧돼지는 용기를 내어 큰소리로 비둘기를 불렀다.

"비둘기야, 제발 내게 나는 방법을 좀 가르쳐 줘."

멧돼지는 간청했다. 비둘기는 멧돼지를 불쌍히 여겨 도와주기로 했다. 비둘기는 멧돼지에게 많은 양의 깃털과 밀랍을 구해 오라고 말했다. 멧돼지는 이 말이 떨어지자마자 숲속으로 달려가 벌집을 찾았다. 숲속을 헤매다 꿀벌새를 만난 멧돼지는 꿀벌새에게 벌들이 살고 있는 곳을 가르쳐 달라고 간청했다.

꿀벌새는 멧돼지를 숲속으로 데리고 들어가 지난 겨울 들불에 까맣게 타서 속이 텅 빈 나무를 가리켰다. 그 나무 속에선 벌들이 바삐 날아다니는 소리가 들려왔다. 멧돼지는 벌들에게 밀랍을 좀 나누어 줄 수 없겠느냐고 물었고, 벌들은 기꺼이 밀랍을 나누어 주었다. 밀랍을 얻은 멧돼지는 급한 마음에 허겁지겁 비둘기가 기다리고 있는 곳으로 달려갔다. 도중에 멧돼지는 깃털이 수북이 쌓여 있는 곳을 지나게 되었다.

"아 참, 나는 왜 이렇게 머리가 나쁘지? 깃털을 가져간다는 것을 깜빡 잊고 있었네."

멧돼지는 깃털을 한아름 안고 비둘기가 있는 곳으로 달려갔다. 비둘기는 차분히 나뭇가지에 앉아 멧돼지를 기다리고 있었다. 멧돼지는 비둘기가 자신의 몸을 깃털로 아주 세심하게 치장하는 것을 보면서 흥분하기 시작했다. 깃털로 멋지게 치장한 멧돼지는 이제 꽤 잘 날 수 있게 되었다.

비둘기는 멧돼지에게 중요한 충고를 하나 했다.

"내일 아침 태양이 떠오르기 시작하거든 반드시 땅으로 내려와서 그늘에 들어가 쉬어야 해. 그렇지 않으면 다시는 날지 못하게 될 거야."

"정말 고마워, 비둘기야."

멧돼지는 어둠 속을 날아다니면서 마음껏 즐거움을 만끽했다. 이윽고 달이 떠올라 온 계곡을 부드럽고 은은한 은빛으로 적시기 시작했다. 멧돼지는 날고 또 날았다.

밤새도록 멧돼지는 나무 위를 날았다. 쏙독새를 만났고 올빼미도 만났다. 쏙독새와 올빼미는 하늘을 나는 돼지를 보고 깜짝 놀랐다. 하지만 워낙 점잖은 그들은 돼지를 놀리거나 하지 않고 그냥 반갑게 인사만 했다.

하지만 즐거운 시간은 그것으로 끝이었다. 태양이 동쪽 지평선에서 서서히 떠오르기 시작했다. 태양은 쑥쑥 떠올라 중천으로 움직여 가기 시작했다. 하늘을 날아다니는 데 정신이 팔린 멧돼지는 어제 저녁 비둘기의 경고를 완전히 잊고 하늘 높이 날아올랐다. 이제 멧돼지의 눈에 숲은 작은 녹색 점으로 보였다.

멧돼지가 하늘을 정신없이 날아다니는 동안 밀랍이 뜨거운 햇볕에 조금씩 녹아내리기 시작했다. 맑은 공기와 새로운 경치에 빠진 멧돼지는 자신의 몸에서 깃털이 하나씩 빠져나가는 것도 눈치 채지 못했다. 결국 멧돼지는 서서히 땅으로 추락하기 시작했다. 그제야 멧돼지는 어제 저녁에 비둘기가 자신에게 해 준 경고를 떠올렸지만 이미 때는 늦었다.

쿵.

멧돼지는 숲속의 작은 공터에 코를 박으며 떨어졌다. 정신을 차리고 보니 그의 코는 납작하게 눌려 있었다. 하늘에서 떨어진 충격으로 코가 납작해진 것이다.

그 후 멧돼지는 다시는 하늘을 날 생각을 하지 않았다. 그리고 지금도 가끔 옛날에 하늘을 날아다닐 생각을 하지 않았더라면 길고 뾰족한 아름다운 코가 납작하고 평평하게 변하지 않았을 거라며 후회한다고 한다.

비 구 름

기나긴 겨울이 끝나 가고 있었다. 겨울 가뭄 탓에 강과 호수는 물이 줄어 바닥이 드러날 정도였다. 강과 호수에서 마실 물을 얻는 동물들은 가뭄 동안에 야위고 약해져 있었다.

하지만 이제 길게 끌어 온 가뭄도 끝나 갔다. 날카로운 눈매를 가진 독수리가 하늘 높이 날아올랐다. 독수리는 지평선 저 멀리 한 점 구름이 걸려 있는 것을 보았다. 독수리가 구름을 응시하는 동안 구름은 점점 크기를 부풀리면서 독수리 쪽으로 다가오고 있었다. 독수리는 직감적으로 곧 비가 올 것임을 알아차렸다.

아주 유연한 곡선을 그리며 독수리는 땅으로 하강했다. 순식간에 비가 올 것이라는 소식이 온 계곡에 쫙 퍼졌다. 계곡의 모든 동물들과 마을 사람들은 비 소식을 듣고 흥분하기 시작했다. 그들은 모두 넓은 초원에 모여 하늘을 바라보았다. 작은 동물, 큰 동물, 새, 사람 할 것 없이 한마음으로 첫 번째 빗방울을 애타게 기다렸다.

하지만 비 소식이 전혀 반갑지 않은 동물도 있었다. 그것은 매였다. 매의 둥지는 이제 막 알을 까고 나온 새끼들로 가득 차 있었다. 새끼들은 날기에는 아직 너무 어렸다. 매는 비가 내리면 새끼들이 둥지에 들이치는 비에 잠겨 익사할까 봐 걱정이 태산 같았다.

그 사이에도 비구름은 점점 커지면서 검은 빛을 띠어 갔다. 태양도 먹구름에 가려 빛을 잃었다. 드디어 온 천지가 먹구름으로 뒤덮이기 시작했다. 세상이 검은색으로 변해 갔다. 하지만 어느 누구도 두려워하지 않았다. 아니, 오히려 기다리고 기다리던 먹구름이었다. 동물과 사람들은 갈증이 일순간에 해소되는 듯한 시원함을 느꼈다. 이제 곧 풍부한 물을 얻을 수 있으리라. 갑자기 검은 하늘을 가로지르며 번쩍 번개가 내렸다.

우르릉, 쿵, 쾅.

천둥도 뒤를 따랐다. 자, 이제 비가 내릴 차례다! 그런데 이내 천둥과 번개가 잦아들면서 평원은 다시 고요에 잠겼다. 바람 한 점 없는 고요였다. 동물들과 사람들은 숨을 죽여 가며 꿀 같은 단비를 기다렸다. 하지만 매는 반대로 어떻게 하면 이제 곧 들이닥칠 비를 멈출 수 있을까 하는 생각에 애간장이 탔다.

갑자기 매에게 좋은 생각이 떠올랐다. 매는 날개를 퍼덕여 재빨리 둥지로 돌아갔다.

"시끄럽게 울어라! 아주 크게 울어라! 너희들이 낼 수 있는 한 가장 큰소리를 내서 울어라! 젖 먹던 힘까지 다 내서 울란 말이다!"

매는 새끼들에게 이렇게 명령했다.

매와 새끼들은 동시에 꽥꽥 목청을 돋우어 울기 시작했다.

"더 크게!"

매는 새끼들에게 더 큰소리로 울라고 소리쳤다.

"더 크게!"

매와 새끼들의 시끄러운 울음소리에 하늘 가득 뭉쳐 있던 먹구름이 조금씩 흐트러지기 시작했다. 생각이 맞아떨어지는 것을 보자 매는 새끼들에게 더 크게 울도록 다그쳤다. 매와 새끼들의 소란에 먹구름은 서서히 흐트러지다가 결국 완전히 사라지고 말았다. 대신 뜨거운 태양이 다시 그들을 맞았다.

"됐다! 됐어!"

매는 안도의 한숨을 내쉬었다.

먹구름을 바라보고 있던 모든 동물과 사람들은 화가 나서 매의 둥지를 바라보았다. 천둥소리보다 더 큰 매와 새끼들의 소란이 먹구름을 쫓아 버린 것이다. 불쌍한 매는 모든 동물과 사람들의 미움을 받게 되었다. 하지만 덕분에 매는 새끼들을 살릴 수 있었다.

한번 물러간 먹구름은 다시 돌아올 기미를 보이지 않았다. 그들은 또다시 오랜 가뭄을 견뎌야 했다.

이런 이유로 오늘날 가뭄이 찾아오면 사람들은 매가 둥지를 틀고 있는 나무를 모두 베어 넘어뜨린다고 한다. 매가 먹구름을 놀라게 해 멀리 도망가게 만들기 때문이다.

남아프리카 민담을 소개하며

●●●●●

아프리카 대륙을 한마디로 설명하기는 무척 어렵다. 아프리카 대륙에는 다양한 사회가 공존하기 때문이다. 남아프리카의 칼라하리 사막에는 아직도 수렵 채집 생활의 흔적이 남아 있으며 동아프리카의 마사이 족은 유목을 주된 경제 활동으로 삼고 있는 반면 '아프리카의 유럽'이라고 불리며 근대화된 도시 문명을 자랑하는 남아프리카 공화국 같은 나라도 있다. 정치적으로도 대부분의 아프리카 국가들이 현대 서양 정치 제도를 받아들였지만 북아프리카의 모로코, 남아프리카의 레소토와 스와질란드처럼 전통적 왕정제를 유지해 오는 나라도 있다. 종교적으로는 기독교와 이슬람교 등 보편 종교가 주류를 이루지만, 그 밑으로는 수천 년 동안 아프리카 인들의 정신을 지배해 온 민간 신앙이 여전히 깊이 뿌리를 내리고 있다.

아프리카에는 이처럼 다양한 문화와 사회 제도가 혼재하지만, 학자들은 일단 아프리카를 사하라 사막을 중심으로 사하라 이북과 이남으로 분류하는 데 큰 이견을 보이지 않는다. 사하라 이북 사람들은 형질이나 언어, 문화 면에서 아프리카보다는 이슬람 문화권에 가까우며 사하라 이남과는 확연한 차이를 보이기 때문이다.

사하라 이남은 다시 지역에 따라 서부 아프리카와 중동부 · 남부 아프리카로 나뉘며, 인종과 문화에 따라 서부의 니그로와 중동부 · 남부의 반투 문화권으로 나뉜다. 서아프리카의 니그로 인들은 북쪽으로는 사하라 사막, 서쪽과

남쪽은 대서양에 가로막히고 동쪽은 빽빽한 밀림이 자리 잡은 지정학적 요인 때문에 일찍부터 아프리카보다는 유럽 · 이슬람 문명과 잦은 교류를 가졌다. 한편 남아프리카는 서아프리카에서 이주해 내려간 니그로 인들이 선주민들과 때로는 충돌하고 때로는 융화하는 가운데 스텝 · 사바나 지대에서 목축을 시작하면서 서부와는 다른 인종적 문화적 특성을 꽃피웠다. 그러므로 오늘날 아프리카를 대표하는 문화로는 니그로 문화와 반투 문화를 꼽는다. 『세계 민담 전집』 남아프리카 편에서는 우선 줄루 민담을 중심으로 남아프리카 반투 문화를 대표하는 응구니 민담을 모았다.

●—반투 인의 이주와 응구니 문화의 형성

반투 문화를 이해하기 위해서는 반투 문화가 니그로 문화에서 갈라져 나온 계기부터 살펴보는 것이 옳을 것이다. 반투 인들의 이주와 관련된 가설은 다음과 같다. 기원 후 1세기경 서아프리카 지역에 거주하던 니그로 인들은 폭발적인 인구 증가와 이로 인한 토지 부족 등의 위기에 직면하여, 그중 일부가 거주지를 떠나 점진적으로 남하하기 시작했다. 현재 콩고 지역의 울창한 밀림을 뚫고 나온 이들은 끝없이 펼쳐진 중동부 아프리카의 사바나 지대를 지나 기원 후 4–5세기에는 이미 동아프리카 해안과 중남부 아프리카 고원 지대에 모습을 드러냈다. 서양의 언어학자들은 서아프리카를 이탈해 이주에 참여한 니그로 인들의 언어에서 '사람'을 나타내는 명사 어근 '은투'가 공통적으로 존재하는 것을 발견하고 그들을 서아프리카의 니그로와 구분하기 위해 '반투'라고 불렀다.

이중에서도 특히 남아프리카로 이주해 간 이들을 남부 반투 인이라고 하는데, 그들은 중남부 아프리카에 도착하자 더 이상 남하하지 않고 수세기 동안 그곳에 정착했다. 아마도 목초지가 끝없이 펼쳐져 있는 중남부 아프리카의 고원 평야 지대가 질병이 없고 목축에 더없이 좋은 환경을 조성해 주었기 때문이었으리라. 학자들은 남부 반투 어 사용자들을 언어를 중심으로 크게 두 집단으로 나누었고, 이 분야의 대표적인 학자인 반 와멜로Van Warmelo는 이를 응구니, 수투, 벤데, 통가 네 집단으로 나누었다. 이들은 다음과 같이 세분된다.

- 응구니: 북부 응구니(줄루, 스와지, 마타벨레)
  남부 응구니(코사, 템부, 음폰도, 바차, 음펭구)
- 수투: 서부 수투(크가틀라, 응그와토, 틀라핑)
  북부 수투(페디, 로베두, 크가가)
  남부 수투(크웨나, 트로크와)
- 벤데: 음페푸, 치바세, 음파플리
- 통가: 은흘앙가누, 은쿠나, 샹가네

반투 계열 중 응구니들은 이후 남동부 해안을 따라 이주해 내려와 해안을 끼고 정착했다. 이들이 정확히 언제 이주했는지는 역사 기록이 남아 있지 않으며, 줄루를 비롯한 응구니 계열의 창조 신화를 통해 이주 경로를 짐작해 볼 수 있을 뿐이다.

> 예부터 사람들이 말하기를 은클룬클루는 세상에 맨 처음 생겨난 존재이자 절대자라고 한다. 최초의 사람은 갈대밭의 갈대가 부러지면서 그 안에서 나왔다고 한다. 그래서 사람들은 은클룬클루가 그 갈대라고도 말한다. 은클룬클루는 항상 우리 곁에 존재한다. 은클룬클루가 최초의 사람을 만들었는데, 그가 우리의 가장 오래된 조상이다. 오래된 조상들은 모두 죽어 잊혀졌지만 그들이 낳은 아이들은 지금도 살아 있다.
>
> —「조상신과 은클룬클루」에서

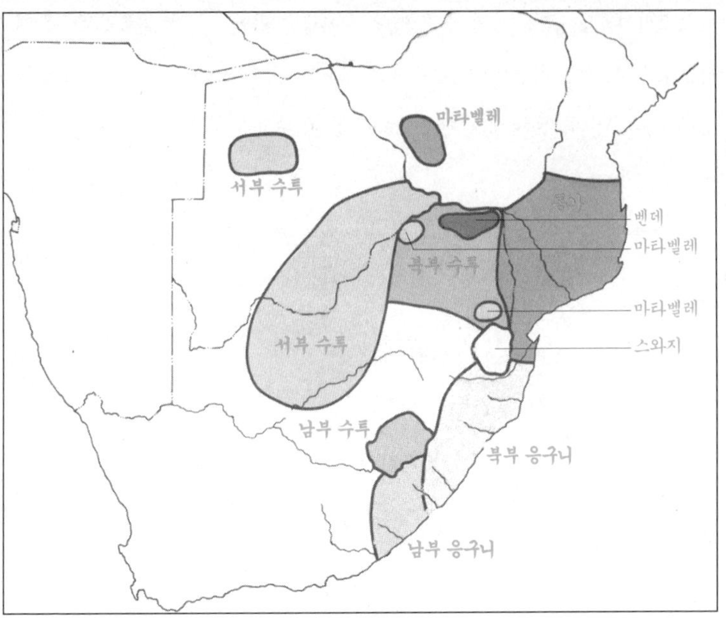

●—남아프리카 종족 분포도

이 짧은 창조 신화에는 그들의 이동 경로를 밝히는 중요한 단서가 들어 있다. 남아프리카에는 크고 작은 강들이 대륙을 가로지르고 있다. 현재 남아프리카 공화국과 나미비아를 가르는 장대한 오렌지 강은 대서양에서 시작해 남아프리카를 관통하며, 림포포 강은 이와 반대로 인도양에서 시작해 대륙을 가로지른다. 이 강에서 뻗어 나온 수많은 지류들은 남아프리카 해안의 심한 굴곡을 따라 크고 작은 하천을 이루었고, 강둑을 따라 크고 작은 갈대밭이 생겨났다. 반투 계열 이주민들은 필연적으로 습지와 갈대밭을 헤치고 전진해야 하는 어려움을 겪었을 것이고, 이 과정이 창조 신화에 반영된 것으로 보인다.

당시 그 지역에는 학계에서 '코이산'이라고 일컫는 이들이 이미 오래전부터 살고 있었다. 흔히 '부시맨'으로 알려진 사람들이다. 응구니와는 체형도 문화도 전혀 다른 그들은 이전에 사하라 이남 아프리카에 광범위하게 퍼져 살다가 철기 문화를 소유한 반투 인들의 남하 과정에서 어쩔 수 없이 남아프리카로 떠밀려 내려왔던 터였다. 응구니와 코이산은 때로는 우호적인 상호 의존 관계를 유지하기도 했지만, 석기 문화를 보유하고 있던 코이산은 결국 철기 문화를 가진 응구니에 밀려 점차 산악 지대와 지금의 칼라하리 사막으로 옮겨 가게 된다. 그러나 이 과정에서 코이산 문화는 응구니 문화의 구석구석에 영향을 끼쳤고, 응구니 사람들은 그 후로도 코이산이나 수투 등 이웃 문화권과 끊임없는 교류를 통해 문화를 발전시켜 갔다.

●—줄루 족과 줄루 민담

이 책은 줄루 민담에 코사와 마타벨레 민담을 함께 소개하고 있는데, 이것들은 남아프리카 응구니 사회 전체가 공유하는 민담이라고 보아도 무방하다. 줄루, 코사, 마타벨레 들은 의사소통에 전혀 어려움을 느끼지 않을 정도로 다른 점보다는 닮은 점이 많은 집단이기 때문이다. 학자에 따라서는 이들 집단들을 일일이 구분하기보다는 한데 아울러 '응구니'라는 개념으로 파악하는 것이 옳다고 주장하기도 한다.

줄루는 남아프리카 응구니 최대의 종족이다. 현재 인구 1000만이 넘는 이들은 남아프리카 공화국 크와줄루나탈 주州를 중심으로 남아프리카 공화국 전역에 흩어져 살고 있다. 이들이 자신들을 일컫는 말인 '아마줄루'는 '하늘에서 내려온 사람들'이라는 뜻이다.

'줄루'라는 말은 두 가지 용례를 갖는데, 좁은 의미에서는 줄루 성씨를 사용하는 혈연 공동체를 말한다. 부계 사회인 줄루 씨족은 비록 소수이지만 줄루 왕국의 왕위를 계승해 온 귀족 집단이다. 두 번째로 넓은 의미에서 '줄루'는 줄루 왕국이 확장하며 주변의 크고 작은 씨족을 병합하여 이룩한 씨족 공동체를 의미하기도 한다. 이 경우 자발적으로나 강제적으로 줄루 문화에 동화한 씨족들은 본래 성씨를 그대로 유지한 채 줄루의 정체성을 공유하게 된다.

오늘날 줄루 사회는 대부분 이들 타성바지 집단이지만, 이들도 다양한 경로를 통해 줄루 왕족과 연결되어 있다. 예를 들어 줄루 사회의 대표적인 성씨 중 하나인 크와베는 줄루의 시조인 줄루와 형제 관계에 있으며, 부텔레지나 랑가 등은 줄루 씨족과 외척 관계이다.

줄루 씨족의 시조는 말란델라라고 알려져 있지만 그가 언제 어느 경로로 남아프리카에 들어왔는지는 정확하게 알려진 바가 없다. 다만 어떤 경로로든 15세기경에는 현재 지역에 정착했을 것이라고 추측된다. 말란델라는 두 아들을 두었는데, 부친이 죽은 후 차남인 줄루가 장남 크와베와 갈라져 새로운 집안을 세우면서 그 후손들이 '줄루'를 성씨로 사용하기 시작했다. 당시에는 한 집안의 가장이 죽은 후 형제들이 흩어져 새로운 가계를 이루어 사는 것이 보편적인 관행이었다.

19세기 이전까지 줄루 족은 구성원이 1500명 정도에 불과한 이름 없는 씨족으로 강력한 이웃 왕국 음테트와에 조공을 바치고 군사적으로 보호를 받았다. 하지만 음테트와의 왕 딩기스와요의 죽음과 줄루의 영웅 샤카의 등장으로 전세가 역전되어 줄루는 서서히 남아프리카의 맹주로 떠오르게 된다. 샤카 줄루는 강제 징집으로 상비군을 구성하고 무기를 개량하며 치밀한 전술을 바탕으로 정복 전쟁을 펼쳐 불과 십여 년 사이에 남아프리카를 호령하는 거대 왕국을 세우며 '검은 나폴레옹'으로 불렸다. 하지만 지나친 세력 확장으로 인해 내외에 많은 적을 만든 샤카는 결국 이복동생과 심복의 창날에 목숨을 잃는다. 이후 줄루 왕국은 쇠락의 길로 접어들었고, 설상가상으로 백인 세력이 밀물처럼 밀려들면서 유명무실한 존재로 전락했다. 그러나 줄루 사람들은 여전히 줄루 왕을 상징적 구심점으로 삼아 결속을 과시하고 있다.

응구니를 대표하는 줄루의 민담에는 몇 가지 특성이 있다. 먼저 구전 문학으로서 청중의 성격이나 장소, 분위기에 따라 세부적인 내용이 바뀌는 즉흥성을 띤다. 구술자는 이야기를 듣는 대상이 아이들인가 성인인가, 남자인가 여자인가에 따라 이야기 내용은 물론 구술 시간과 화법 등에도 다양한 변화를 준다. 곧 중심 모티브를 해치지 않는 한 다양한 변주가 가능한 유연성을 지니고 있는 것이다.

또한 줄루 민담은 주된 청중이 어린아이들이기 때문에 반드시 교육적인 효과를 염두에 둔다는 점이 특징이다. 사회 구성원들이 지켜야 할 도덕적 교훈과 사물의 기원을 다룬 이야기들 특히 근친상간, 배반, 질투 등에 대한 도덕적 책임을 엄하게 묻는 민담들은 아이들에게 어린 시절부터 도덕과 윤리관을 심어 주는 훌륭한 교육 수단이 된다.

줄루 민담에서 볼 수 있는 또 다른 특징은 인간과 동물 사이의 교감이다. 줄루 민담에서는 동물과 사람, 식물과 사람이 자유로이 의사 소통을 하고 서로 돕는 내용을 자주 볼 수 있다. 자연에 대한 줄루 사회의 태도를 엿볼 수 있는 대목이다. 초식동물과 육식동물의 구분이 모호한 것도 민담 세계의 독특한 질서를 보여 준다. 이야기에 나오는 산토끼의 육식 습관이 대표적인 예이다.

하지만 줄루 민담의 가장 큰 특징은 바로 카니발니즘이다. 카니발니즘은 미하일 바흐친이 제시한 개념으로서, 중세 유럽에서 신분 제도에 얽매여 있던 일상적 위계 질서가 한순간에 무너지는 축제의 마당을 가리키는 말이다. 여기에서는 자유와 평등, 호혜의 원칙이 강조되며 현실적으로 불가능한 하극상이 일어난다. 카니발니즘은 웃음과 패러디를 무기로 지배 계층의 권위와 전통에 도전하고자 하는 민중의 욕망을 담고 있으며, 민중은 이로써 위계질서에 대한 불만을 토로하게 된다.

줄루 사회는 엄격한 가부장제 사회이며 남성 가장의 지위는 절대적이다. 우리의 삼강오륜 못지않은 엄격한 위계 질서가 사회의 기본 원리로 작용하는 줄루 사회에서 여자와 어린아이들의 활동 반경은 그만큼 위축되게 마련이었다. 따라서 줄루 사회에는 예부터 이들의 불만을 해소할 여러 가지 제도적 장치가 마련되어 있었다. 이것을 인류학자 막스 글룩만은 '반역의 의례'라고 정의한다. 줄루에서 이 대표적인 예로는 '과일 첫 수확' 의례를 들 수 있는데, 이는 수확기에 첫물 과일을 따는 동안 남자와 여자의 역할이 완전히 뒤바뀌게 되는 것이다. 마을 남자들은 모두 집 안으로 숨어들고 평소 행동 반경이 집 안에 머물렀던 여자들이 남장을 한 채 산과 들을 활보하며 남성 역할을 한다.

줄루 민담에 등장하는 영웅이 대개 어린아이나 여자인 것도 일상적인 위계 질서를 무너뜨리는 극적 구조로 이해할 수 있다. 여성의 장거리 여행과 탐험, 남성의 권위에 대한 도전 등은 문학의 세계에서나 가능한 카니발니즘이다. 사자와 토끼, 거북이 등의 관계 설정도 흥미롭다. 줄루 민담에서 사자는 언제나 걸만 호사스러운 천덕꾸러기에 지나지 않는다. 오히려 힘은 없지만 영악한 토끼가 사자를 이리저리 농락하며 웃음거리로 만든다. 이런 토끼도 느림보 거북에게는 꼼짝없이 당하기만 한다. 이처럼 줄루 민담에 등장하는 주인공들은 현실 세계에서와는 강약이 역전된 관계를 형성하고 있다.

줄루 사회의 가부장제적 골격은 연장자가 연소자 위에 군림한다는 사회적 위계 질서를 기초로 한다. 이 질서를 깬다는 것은 곧 사회 공동체를 파괴하는 것으로 여겨져 가혹한 처벌을 받았다. 이처럼 엄격한 사회 질서가 민담의 세계에 와서 역전되는 반역성은 일시적이나마 경직된 사회 질서를 완화하는 완충제 역할을 했을 것으로 보인다.

마지막으로 외부 문명이 줄루 문화에 끼친 영향도 민담 속에서 발견할 수 있다. 남아프리카에서 다양한 민족 사이의 문화 접변은 아주 자연스러운 현상이었고, 백인 문화가 줄루 문화에 미친 영향 또한 그들의 삶 구석구석에서 발견할 수 있다. 19세기 중반 이후 영국 문화가 소개되면서 줄루 사회에서 백인 문화는 추종의 대상이 되었다.

민담 영역에서도 이런 흔적을 어렵지 않게 발견할 수 있는데, 기독교 성경의 내용이 줄루 민담에 반영되어 있는 것 등이 그러한 예이다. 낯익은 이솝 우화의 변형 또한 흔히 발견된다.

하지만 이러한 외부 문화의 영향은 본래의 색채를 바꾸어 줄루 문화의 틀 안에 창조적으로 수용되어 있다. 줄루 사람들은 낯선 외부 문화를 받아들여 새롭게 자신들만의 독특한 문화로 형성해 낸 것이다.

엮은이 **장용규**

1987년 한국외국어대학교 스와힐리어과(현 아프리카어과)를 졸업한 뒤 인도 델리 대학교 정경대학에서 사회학 석사를 취득했다. 이후 남아공 더반에 있는 나탈 대학교에서 줄루 사회의 이상고마를 주제로 한 논문 「점술 사업: 크와줄루-나탈 변방의 다문화 사회에서 일하는 치유 전문가에 대한 연구 The Business of Divining : A study of Healing Specialists at Work in a Culturally Plutal Border Community of KwaZuluNatal」로 박사 학위를 취득했다. 대표 논문으로는 「아프리카 점술 뼈의 상징, 논리와 사회적 의미」, 「줄루 점술 의례와 정치화 Zulu divining Rituals and the Politics of Embodiment」 등이 있다.v

세계 민담 전집 4

남아프리카 편

1판 1쇄 펴냄 2003년 8월 25일
1판 4쇄 펴냄 2022년 3월 21일

엮은이 | 장용규
편집인 | 김준혁
발행인 | 박근섭
펴낸곳 | 황금가지

출판등록 | 2009. 10. 8 (제2009-000273호)
주소 | 06027 서울 강남구 도산대로 1길 62 강남출판문화센터 5층
전화 | **영업부** 515-2000 **편집부** 3446-8774 **팩시밀리** 515-2007
홈페이지 | www.goldenbough.co.kr

도서 파본 등의 이유로 반송이 필요할 경우에는 구매처에서 교환하시고
출판사 교환이 필요할 경우에는 아래 주소로 반송 사유를 적어 도서와 함께 보내주세요.
06027 서울 강남구 도산대로 1길 62 강남출판문화센터 6층 민음인 마케팅부

ISBN 978-89-8273-584-4 04800
ISBN 978-89-8273-580-6 (세트)

㈜민음인은 민음사 출판 그룹의 자회사입니다.
황금가지는 ㈜민음인의 픽션 전문 출간 브랜드입니다.